Der Bergdoktor

BASTEI LÜBBE

Dr. Thomas Burgner	Gerhart Lippert
Dr. Pankraz Obermayr	Walther Reyer
Franzi	Enzi Fuchs
Maxl Burgner	Manuel Guggenberger
Dr. Sabina Spreti	Anita Zagaria
Rosi	Jutta Speidel
Graf Markus Brauneck	Klaus Wildbolz
Gräfin Alexandra Brauneck	Michaela May
Traudl	Carin C. Tietze
Anna Pölz (Krämerin)	Margot Mahler
Zirngiebel	Georg Marischka
Pfarrer	Rolf Castell
Andreas (Postbote)	Robinson Reichel
Alois Angerer	Gerhard Riedmann
Elfriede Angerer	Ingèborg Schöner

Der Bergdoktor

von Susanne Scheibler

nach den Drehbüchern
von Uta Berlet, Christiane Saldo
und Robert Thayenthal

BASTEI
LÜBBE

Rita Althauser	Winnie Markus
Leo Wallner	Frithjof Vierock
Hilde Wallner	Katharina Jacob
Theresa Wallner	Katrin Strauss
Prof. Renner	Wolfgang Weiser
Schwester Cordula	Toni Netzle
Edi Stark	Fabian Harloff
Wilfried	Hartmut Reck
Elisabeth Strak	Theresa Hübchen
Dr. Zimmermann	Siegfried Kernen
Ludwig Breinfalk	Karl Merkatz
Else Breinfalk	Christine Ostermayer
Eva	Ditte Schupp
Rufus	Werner Asam

und viele andere

Produktion:

NDF, München

SAT 1

BASTEI-LÜBBE-TASCHENBUCH
Band 13 483

Erste Auflage:
Oktober 1993

Titelfoto und Innenfotos: Sat 1
Umschlaggestaltung:
Quadro Grafik, Bensberg
Satz: KCS GmbH,
Buchholz/Hamburg
Druck und Verarbeitung:
Brodard & Taupin, La Flèche,
Frankreich
Printed in France

ISBN 3-404-13483-4

Der Preis dieses Bandes
versteht sich einschließlich der
gesetzlichen Mehrwertsteuer.

Inhalt

Zuckerbrot

Ostern in den Bergen, das ist wirklich etwas Besonderes, jedenfalls, wenn der Frühling sich von einer so schönen Seite zeigt wie an jenem Ostersonntag in Sonnenstein, dem kleinen Dorf in den Tiroler Alpen. In strahlendem Weiß ragten die schneebedeckten Berggipfel in einen blitzblauen Himmel, während im Tal die Wiesen im Schmuck des ersten frischen Grüns prangten und die Obstbäume in den Bauerngärten zu blühen begannen. Tulpen und Narzissen reckten ihre bunten und weiß-gelben Köpfe der Sonne entgegen, und die Weidenkätzchen hatten ausgeschlagen.

Von der Sonnensteiner Dorfkirche wehte Glockenklang über das Tal, um die Schäflein von Pfarrer Hauberer zur Ostermesse zu rufen. Er wußte, heute konnte er sich auf eine voll besetzte Kirche freuen, denn an Ostern kamen nicht nur die weißen Schafe, die allsonntäglich da waren, sondern auch die mit den schwarzen Flecken und sogar die ganz schwarzen, die sich nur an hohen Feiertagen darauf besannen, daß sie doch eigentlich Christenmenschen waren.

Darum hatte Pfarrer Hauberer auch besonders lange an seiner Predigt gefeilt, nicht nur, um solchen Sündern ins Gewissen zu reden, sondern auch, um den Braven, Treuen im besonderen und den hoffentlich Reuigen im allgemeinen die rechte Osterfreude ins Herz zu legen.

Zufrieden beobachtete er, wie die Kirche sich füllte. Die Bauern hatten, wie es seit alters üblich war zu Ostern, große geflochtene Körbe mitgebracht. Darin lagen, in bestickte Leintücher gehüllt, Brotlaibe, Schinken, Eier, Würste, Milchbrote, Geselchtes und Osterkuchen. Alles wurde nachher von Pfarrer Hauberer gesegnet. Als die Glocken schwiegen und der Gottesdienst begann, setzte die Orgel mit einem Präludium ein.

Um dieselbe Zeit verließ Dr. Thomas Burgner im Sturmschritt das oberhalb von Sonnenstein gelegene Doktorhaus. Er war noch im Hemd und trug seinen Trachtensakko über dem Arm, während er nach seinem Sohn rief. »Maxl? Max, es ist schon nach neun. Wo steckst du denn schon wieder?«

Der Zwölfjährige riß im Oberstock ein Fenster auf. »Was is' denn?«

Dr. Burgner winkte ihm ungeduldig. »Komm, die Ostermesse hat schon angefangen!« Er warf einen nervösen Blick auf seine Armbanduhr, schlüpfte in sein Jackett und lief zu seinem Jeep. Gleich darauf kam Maxl angerannt. Er hatte einen Karton mit selbst modellierten Tonfiguren bei sich, den er auf einem Fensterbrett im Parterre abstellte.

Sein Vater lächelte anerkennend. »Du warst ja schon fleißig.«

»Für den Geburtstag von der Vroni«, erklärte Maxl stolz.

Dr. Burgner setzte sich hinter das Steuer. »Komm jetzt, der Pfarrer wart' net!«

Wenige Minuten später hatten sie die Sonnensteiner Kirche erreicht. Von drinnen hörten sie den Chorgesang der Ostermesse. Eilig parkte Thomas Burgner den Jeep unterhalb des Friedhofs und lief mit Maxl die Treppe hinauf auf das Portal zu. Der Bub war als erster da und schlug übermütig an die weiß getüchte Mauer. »Gewonnen!«

Sein Vater legte den Finger auf die Lippen und nahm ihn bei der Hand. Gemeinsam betraten sie die Kirche und huschten auf Zehenspitzen zu einer Bank, wo noch Platz war. Aber so verstohlen ihr Eintritt auch war, Pfarrer Hauberer hatte ihn bemerkt, obwohl er mit der Gemeinde zusammen gerade das ›Christ ist erstanden‹ sang.

Dr. Thomas Burgner, der Bergdoktor, wie man ihn inzwischen allgemein in Sonnenstein und Umgebung nannte, stimmte sogleich mit ein, während Maxl der Vroni zuzwinkerte. Sie saß neben ihren Adoptiveltern Markus und Alexandra von Brauneck ein paar Bänke weiter vorn und hatte sich umgedreht, als Maxl hereinkam. Sein Vater stupste ihn in die Seite, woraufhin der Bub weit den Mund aufriß, um zu dokumentieren, daß er eifrig mitsang. Doch da war das Lied zu Ende, und Pfarrer Hauberer warf einen strengen Blick zu Dr. Burgner hinüber.

»Nachdem nun auch die letzten verirrten Seelen sich eingefunden haben, erbitten wir, Herr, deinen Segen für die Speisen, die du uns gegeben hast«, sagte er würdevoll und breitete die Hände über die am Altar aufgestellten Körbe aus.

Natürlich wandten sich nun viele Köpfe, um sehen zu können, wen Hochwürden da gerügt hatte, und Dr. Burgner lächelte ein wenig verlegen in die Runde.

Nach dem Gottesdienst drängelte Maxl sich rasch zu seiner kleinen Freundin Vroni durch, und gemeinsam trugen sie einen Korb mit bunt gefärbten Ostereiern aus der Kirche.

Die beiden waren seit einem halben Jahr unzertrennlich. Damals war Vronis Mutter tödlich verunglückt, und Dr. Burgner hatte das verwaiste Kind zunächst in seinem Haus aufgenommen. Maxl mit seiner fröhlichen, unbekümmerten Art hatte Vroni über den ersten bitteren Kummer hinweggeholfen. Und dann hatte Vronis Leben eine ganz überraschende Wende erfahren. Graf und Gräfin Brauneck, die keine eigenen Kinder hatten, hatten beschlossen, das hübsche, aufgeweckte Mädchen zu adoptieren.

Während Maxl und Vroni über den Kirchhof auf die Treppe zurannten, folgten Thomas Burgner, die Braunecks, Dr. Pankraz Obermayr und die Franzi etwas langsamer. Sie schwiegen, noch beeindruckt von der Ostermesse, und hingen ihren Gedanken nach. Dr. Burgner erinnerte sich daran, daß es jetzt genau ein Jahr zurücklag, daß er nach Sonnenstein gekommen war.

Es war das Heimatdorf seiner verstorbenen Frau Christl. Ihr Vater, der Sonnensteiner Tierarzt Pankraz Obermayr, hatte gehofft, daß seine einzige heißgeliebte Tochter nach der Hochzeit mit ihrem Mann hierbleiben und eine Arztpraxis eröffnen würde.

Doch Thomas Burgner war als Chirurg an eine große Münchner Klinik gegangen. Schon das hatte dem Pankraz einen harten Schlag versetzt. Selbst die Geburt vom Maxl, seinem Enkelsohn, hatte seinen Groll nicht ganz ausräumen können. Und dann war die Christl an den Folgen eines Autounfalls gestorben, und Pankraz hatte in seiner Verzweiflung eigensinnig darauf beharrt, daß sein Schwiegersohn die Schuld daran trüge. Hätte er die Christl nicht aus Sonnenstein fortgeholt, wäre sie noch am Leben, behauptete er und hatte sich lange Zeit hindurch geweigert, mit Thomas auch nur ein Wort zu wechseln.

Doch dann war Pankraz vor Jahresfrist schwer erkrankt und hatte sich eingeredet, daß er an Darmkrebs litte und sterben müsse. Einen Arzt hatte er nicht aufgesucht, sondern selbst seine ständig wachsenden Schmerzen mit Tabletten und Spritzen bekämpft. Darüber war er immer hinfälliger geworden, und in Sonnenstein hatte niemand mehr daran gezweifelt, daß der Pankraz demnächst wirklich das Zeitliche segnen würde. Franzi Pichlinger, die ihm seit über dreißig Jahren den Haushalt führte und außerdem noch die Sonnensteiner Poststelle leitete, war in ihrer Angst um ihn schließlich nach München zu Dr. Burgner gefahren, um ihn um Hilfe zu bitten.

Er war sofort mit dem Maxl hierhergekommen und hatte harte Kämpfe mit seinem Schwiegervater ausfechten müssen, der weder von ihm noch von einer ärztlichen

Untersuchung etwas hatte wissen wollen. Erst als er wirklich fast im Sterben lag – am Karfreitag vor einem Jahr war das gewesen – hatte Dr. Burgner es geschafft, ihn in das Krankenhaus der nahen Kreisstadt Hall zu bringen.

Dort hatte Thomas den widerborstigen Patienten selbst operiert und dabei festgestellt, daß er gar nicht an Krebs, sondern an einem sogenannten umgeschlagenen Blinddarm litt, der an einer ganz anderen Stelle schmerzte, als dieses Organ es normalerweise tat. Immerhin hatte der Quälgeist kurz vor dem Durchbruch gestanden, so daß der Pankraz zweifellos ohne Dr. Burgners Eingreifen gestorben wäre.

Wer nun aber geglaubt hatte, daß diese lebensrettende Aktion den Pankraz mit seinem Schwiegersohn versöhnt hätte, der irrte sich gewaltig. Pankraz fühlte sich nämlich blamiert. Schließlich hatte er alles für seinen baldigen Tod vorbereitet, den Sarg ausgesucht, den Ablauf der Trauerfeier, ja sogar die Grabrede von Pfarrer Hauberer und den Text der zu verschickenden Anzeigen festgelegt – und nun blieb er am Leben.

Dr. Burgner unterdrückte ein Schmunzeln, während er jetzt seinem Schwiegervater nachblickte, der zu seiner Kutsche ging und dem davor eingespannten Pferd den Futtersack abnahm. Nur zu gut erinnerte er sich noch an Pankranz' Zorn, als bekannt wurde, daß er, Thomas, das alte Doktorhaus von Sonnenstein gekauft hatte und dort eine Praxis eröffnen wollte.

Es hatte viel Geduld und noch mehr Diplomatie gekostet, Pankraz endlich zu versöhnen. Und wirklich gelungen war es erst, nachdem er seinerseits Thomas Burgner das Leben gerettet hatte. Im letzten Herbst war das passiert, als ein Wilderer die Gegend unsicher gemacht hatte.

Bei einer Bergtour, die Thomas mit dem Maxl und der hübschen Dr. Sabina Spreti unternommen hatte, waren wieder Schüsse ganz in der Nähe gefallen. Poldi, Pankraz' Bernhardiner, war mit von der Partie gewesen, und Thomas hatte sich mit dem Hund an die Verfolgung des Wilderers gemacht. Dabei war der Hund von dem Flüchtenden angeschossen worden. Dr. Burgner war zu ihm gerannt, auf dem steinigen Gelände ins Rutschen gekommen und über eine Felswand in die Tiefe gestürzt. Sabina hatte Pankraz Obermayr alarmiert, der sich sofort auf den Weg zu der Unglücksstelle gemacht hatte. Noch vor den Männern der Bergrettung hatte er sich über die Wand abgeseilt, um dem bewußtlosen Thomas zu Hilfe zu kommen. Es war eine aufregende Rettungsaktion gewesen, und seitdem fand der Pankraz, nun sei er mit seinem Schwiegersohn quitt.

Seit jenem denkwürdigen Tag bestand endlich ein gutes, ja, herzliches Einvernehmen zwischen den beiden Männern, über das der Maxl besonders glücklich war. Nicht nur, weil er seinen Opa liebte, sondern weil er nun ungehindert von der guten Küche der Franzi profitieren konnte, die ihm in der Regel weitaus besser schmeckte als das, was sein Vater oder Sabina zusammenkochten, die seit einiger Zeit im Sonnensteiner Doktorhaus lebte.

Indessen hatte Pankraz sich auf den Kutschbock geschwunden, und die Franzi in ihrem Feiertagsstaat kletterte etwas schwerfälliger hinterdrein.

Thomas Burgner blieb neben der Kutsche stehen. »Ihr fahrt jetzt zu uns zum Osterfrühstück. Ich hol' nur schnell die Sabina vom Nachtdienst.«

Franzi nickte erfreut. Das Leben war wirklich wieder schön geworden, seit Pankraz, der alte Querschädel, sich mit dem Thomas ausgesöhnt hatte. »Also bis gleich«, sagte Thomas und ging zu seinem Jeep.

In der Nähe standen zwei Frauen, die sich gerade voneinander verabschiedeten. Thomas blieb vor der jüngeren stehen. »Schöne Ostern, Frau Waller«, wünschte er herzlich. »Was macht denn unser Sorgenkind?«

Hilde zuckte nur niedergeschlagen mit den Schultern. Ihr hübsches, noch jugendliches Gesicht wirkte vergrämt.

»Gibt's denn noch keine Untersuchungsergebnisse von Theresa?« fragte Dr. Burgner weiter, und sie schüttelte den Kopf.

»Wohl noch nicht . . . Ach, Dr. Burgner, wenn ihr nur jemand helfen könnte!«

Er drückte tröstend ihre Hand. »Frau Waller, sie ist doch im Krankenhaus in Hall in den besten Händen. Ich bin eh unterwegs in die Klinik. Ich seh' gleich mal nach ihr.«

Hildes bekümmerte Miene erhellte sich ein wenig. »Da wird sie sich aber freuen.«

Theresa Waller hatte im Haller Krankenhaus ein Einzelzimmer. Die Zwölfjährige lag im Bett und schlief. Sie sah erbarmungswürdig aus, blaß und abgemagert, und um den kindlichen Mund lag ein Zug, als litte sie selbst im Schlaf große Schmerzen.

Leo Waller, ihr Stiefvater, saß neben ihr und baute auf ihrem Nachttisch ein buntes Osternest mit gefüllten Schokoladeneiern und Osterhasen auf. Er blickte hoch, als Stationsschwester Cordula hereinkam und Theresa einen Tee brachte. »Es wird immer schlimmer mit ihr«, sagte sie. »In der Nacht hat sie vor Schmerzen kaum geschlafen.«

Leo Waller senkte den Kopf. »Mein armes Madl!« murmelte er, während er Theresa über das Haar strich. Die Kleine bewegte sich unruhig im Schlaf. Leo wartete, bis die Schwester hinausgegangen war, dann berührte er Theresas Wange, um sie zu wecken. Sie schlug die Augen auf und zuckte erschrocken zusammen, als sie den Stiefvater erkannte.

»Wie geht es dir?« erkundigte er sich liebevoll, doch sie gab keine Antwort, sondern drehte den Kopf weg, um der Berührung von Leos Hand auszuweichen.

»Schau nur, was für ein herrlicher Frühlingstag, fuhr er

unvermindert freundlich fort. »Heut nehm ich dich mit. Ich stell' dir einen Liegestuhl in den Garten, pack' dich schön warm ein . . .«

Theresa preßte das Gesicht in ihr Kissen. »Mir tut alles weh«, flüsterte sie weinerlich, doch ihr Stiefvater ging nicht darauf ein.

Er nahm ein Schokoladenei aus dem Osternest und hielt es ihr hin. »Hier, ich hab dir was mit'bracht. Heut ist doch Ostersonntag.«

Das Kind schüttelte abwehrend den Kopf, doch er begann trotzdem, das Ei aus der Stanniolverpackung zu schälen. »Mit Marzipanfüllung! Das hast doch gern.«

Als Theresa keine Anstalten machte, das Ei zu nehmen, legte er es zurück und hob eine mitgebrachte Reisetasche auf das Bett. »Hier, zieh das Rote an, das du so gern magst.« Er holte ein Kleid heraus, ebenso die Unterwäsche, die er daheim eingepackt hatte. Fassungslos starrte Theresa ihn an, und Leo lächelte wieder. »Das beste Krankenhaus kann dir net bieten, was du zu Hause hast. Liebe, Geborgenheit, Pflege und« – er deutete auf sich selbst – »den Chefkoch vom Gasthof Post.«

Theresa begriff, daß er es tatsächlich ernst meinte. Er wollte sie aus dem Krankenhaus fortholen. Trotz ihrer Kraftlosigkeit schlug sie die Decke zurück und stieg aus dem Bett. Als sie auf den Füßen stand, wurde ihr schwindlig. Trotzdem ging sie zur Tür. »Wo willst denn hin?« fragte ihr Stiefvater beunruhigt.

»Auf die Toilette«, erwiderte Theresa, ohne sich nach ihm umzusehen. Auf dem Flur tastete sie sich, so schnell sie konnte, an der Wand entlang zum Stationszimmer.

Dort war gerade Dr. Burgner eingetroffen, um Sabina abzuholen. Der Nachtdienst der jungen attraktiven Narkoseärztin war beendet. Sie hatte sich bereits umgezogen und wollte noch eine Tasse Kaffee trinken, den Schwester Cordula gerade frisch aufgebrüht hatte. Bei Dr. Burgners

Eintreffen stellte sie für ihn eine dritte Tasse auf den Tisch und schenkte sie voll.

Thomas hatte seiner Sabina einen blühenden Zweig mitgebracht, den er unten beim Klinikportal geklaut hatte. »Ein Gruß vom Frühling«, sagte er. Sabina strahlte ihn an. »Du bist ein Schatz!«

Sie hatte sich lange gegen ihre Liebe zu Dr. Burgner gewehrt, einmal, weil sie ihre Selbständigkeit nicht aufgeben wollte, und zum anderen, weil sie der Meinung gewesen war, daß zwei so engagierte Ärzte niemals eine glückliche, erfüllte Beziehung miteinander eingehen konnten. Aber Dr. Burgners beharrliches Werben hatte sie schließlich doch nachgeben lassen. Glücklicherweise, wie Sabina inzwischen fand, denn einen netteren, zärtlicheren und liebenswerteren Mann als Thomas hätte sie gar nicht finden können, obwohl sie sich immer noch beharrlich weigerte, ihn zu heiraten, um besagte Selbständigkeit nicht ganz aufgeben zu müssen.

Ein wenig neiderfüllt betrachtete Schwester Cordula den blühenden Zweig in Sabinas Hand. »So was sollte meinem auch mal einfallen«, meinte sie seufzend.

In diesem Augenblick stürzte Theresa herein. Sie entdeckte Thomas und klammerte sich zitternd an ihn. »Herr Dr. Burgner, helfen S' mir! Ich will nicht, daß er mich mitnimmt!« Mit einem Aufstöhnen preßte sie die Hände auf den Magen, weil die Schmerzen, die sie fast ständig quälten, stärker wurden und ihr beinahe die Besinnung nahmen.

»Theresa, was hast denn?« fragte Dr. Burgner, während Cordula zum Telefon lief und eine Nummer wählte. »Herr Dr. Renner, kommen S' bitte rasch ins Stationszimmer!« rief sie ins Telefon.

Leo Waller hatte indessen nervös auf seine Adoptivtochter gewartet. Als sie nicht zurückkam, verließ er ihr Zimmer und ging suchend über den Flur. Erst öffnete er die Tür zur Toilette und rief nach Theresa. Als er keine

Antwort erhielt, lief er mit wachsender Beunruhigung weiter, spähte in einige Patientenzimmer und die Teeküche, ohne das Mädchen zu entdecken.

Erst im Stationszimmer fand er sie, wo Dr. Burgner stützend die Arme um das stöhnende Kind gelegt hatte.

Als Leo den Bergdoktor erblickte, schlug er einen liebevoll ermahnenden Ton an. »Reserle, was machst denn für Sachen?« Er wollte auf sie zugehen, doch Sabina Spreti schob ihn zurück.

»Warten Sie bitte draußen.«

Mit wehendem weißen Kittel kam Dr. Renner herein. Er nickte Dr. Burgner zu. »Ah, Herr Kollege!«

Thomas warf einen kurzen, bezeichnenden Blick auf Leo Waller und meinte dann, an Renner gewandt: »Wenn Sie erlauben, bring' ich sie in ihr Zimmer zurück.«

Der Chefarzt der Klinik stimmte zu. »Bitte, Sie sind ja der Hausarzt.«

Als Thomas die Kleine behutsam hinausführte, wollte Leo ihr nach, doch Dr. Renner hielt ihn zurück. »Herr Waller, einen Augenblick.« Er bot ihm Platz an, doch Leo war zu unruhig, um sitzen zu können. Er wollte endlich wissen, was die Ärzte bei ihren Untersuchungen herausgefunden hatten.

Leider konnte Dr. Renner ihm nichts Ermutigendes sagen. Theresa litt an Appetitlosigkeit, Erschöpfungs- und Angstzuständen, Erbrechen und heftigen Leibschmerzen. Und hier in der Klinik hatte sich ihr Zustand in den letzten Tagen noch verschlechtert.

Leo wirkte bei dem Bericht des Arztes betroffen, aber gleichzeitig merkwürdig angespannt. »Und essen tut s' noch immer nix?«

Der Chefarzt schüttelte den Kopf. »Wenig. Nur Schwester Cordula gelingt es unter geduldigstem Zureden, ihr gelegentlich etwas zu geben.«

Waller fuhr sich über die Stirn. »Kann es net sein, daß es eher psychisch is'? Sie ist so fahrig, so nervös. Und diese Angstzustände... Grund hätt' s' ja genug nach dem, was das arme Kind früher mitg'macht hat.«

Dr. Renner hob die Schultern. »Freilich ist eine psychosomatische Ursache nicht auszuschließen. Man könnte einen Jugendpsychiater hinzuziehen. Aber vorher müssen wir sie körperlich wieder auf die Beine bringen.«

Leo preßte die Lippen zusammen. »Das können wir z' Haus' besser«, erklärte er entschlossen. »Ich nehm' sie mit.«

»In dem Zustand, in dem sie ist, wäre das unverantwortlich«, widersprach Sabina.

Dr. Renner pflichtete ihr bei, aber Leo blieb störrisch. »Ich weiß selber, was für mei' Kind gut ist!«

Indessen hatte Thomas Burgner das kranke Kind wieder ins Bett gebracht. Theresa war völlig erschöpft von der Schmerzattacke. Aber als er sie fragte, warum sie denn so offensichtlich Angst vor ihrem Vater hatte, daß sie sogar vor ihm ins Stationszimmer geflüchtet war, gab sie keine Antwort. Thomas blieb bei ihr, bis ihr die Augen zugefallen waren, dann kehrte er ins Stationszimmer zurück.

Dr. Renner wandte sich gerade verabschiedend an Leo Waller. »Ich würde in jedem Fall noch die weitere Entwicklung abwarten, Herr Waller«, sagte er eindringlich und hielt ihm die Hand hin.

Leo zögerte und kämpfte mit sich, bevor er sie ergriff. »Wiederschau'n, Herr Doktor«, murmelte er und ging widerstrebend hinaus..

Dr. Renner blickte ihm mitleidig nach. »Er macht sich völlig fertig...«

»Und seine Tochter dazu«, warf Sabina ein. »Jede freie Minute ist er da.«

Thomas wandte sich an den Chefarzt. »Sind Sie schon zu irgendwelchen Ergebnissen gekommen?«

Der schüttelte den Kopf. »Eine Salmonellenvergiftung kann man ausschließen. Für eine Virusinfektion sind die Symptome atypisch. Sie hat bis heute kein Fieber.« Er seufzte. »Keine Ahnung, woher ihre Schmerzen kommen.«

Sabina strich sich das dunkle Haar aus der Stirn. »Ihr Vater hat vorhin eine Andeutung gemacht, als gäbe es irgendein Trauma, das sie heute noch belastet.«

Der Chefarzt nickte. »Ihr Vater ist vor einigen Jahren gestorben. Ein Herzfehler.«

Dr. Burgner blickte erstaunt auf. »Waller ist Theresas Stiefvater? Das hab' ich gar net g'wußt.« Er hatte keinen Augenblick daran gezweifelt, daß der große, etwas massige Mann Theresas leiblicher Vater war. Er schien an ihr ja mit geradezu abgöttischer Liebe zu hängen, und ihre rätselhafte Erkrankung ging ihm sehr nahe. Eigentlich übertrieben nahe, schoß es Thomas durch den Kopf, aber er kam nicht mehr dazu, diesen Gedanken weiterzuspinnen, denn Sabina hakte sich bei ihm unter und zog ihn nach einer kurzen Verabschiedung von Dr. Renner und Schwester Cordula nach draußen.

Eine halbe Stunde später waren sie in Sonnenstein. Da das herrliche Osterwetter es erlaubte, hatte Franzi im Doktorhaus den Tisch auf der windgeschützten Terrasse gedeckt, wo es in der Sonne fast sommerlich warm war.

Alexandra und Markus von Brauneck, Pankraz und Vroni hatten ihr dabei geholfen. Poldi, der von seiner Schußverletzung längst wieder genesene Bernhardiner, strich schnuppernd um den Tisch herum. Verlockende Düfte nach Wurst und Schinken stiegen in seine Nase. Aber als er sich gerade ein Stück Schinken schnappen wollte, erwischte Maxl ihn am Halsband und zog ihn zurück. Der betrübte Hundeblick schnitt dem Buben ins Herz. »Wart', du sollst auch ein Osterfrühstück bekommen«, sagte er tröstend und winkte der Vroni zu. »Kommst mit?«

»Klar!« rief sie und folgte ihm um die Hausecke, wo auf dem Fensterbrett die Tonfiguren in der Sonne trockneten, die Maxl vor dem Kirchgang dort hingestellt hatte.

Der Bub holte eine Tüte Trockenfutter und schüttete für Poldi eine Portion in einen Napf. Heißhungrig machte der Hund sich darüber her. Die beiden Kinder kauerten sich neben ihn, um ihn zu streicheln. Dabei berührten sich zufällig ihre Hände. Maxl blickte Vroni an und wurde rot bis zu den Ohrwascheln. Wie hübsch sie war! Vroni lächelte ihm zu, aber danach drehte sie verlegen den Kopf weg, stand auf und entdeckte dabei die Tonfiguren auf dem Fenstersims.

»Was wird denn das?« fragte sie neugierig.

Maxl deckte hastig eine Zeitung darüber. »Ein Geheimnis – für deinen Geburtstag. Wen ladest denn ein?«

»Ein paar Freundinnen«, gab sie ausweichend zur Antwort.

»Nur Mädchen?« vergewisserte Maxl sich mit langem Gesicht, und Vroni nickte.

»Wir wollen ein bißchen tanzen.«

»Das ist doch langweilig!« protestierte er, doch sie reckte die niedliche Nase in die Luft.

»Für uns net. Du kannst ja ein anderes Mal kommen.«

Das hatte gesessen! Und er hatte extra so ein tolles Geschenk für die Vroni gebastelt. Weil er sie nämlich verflixt gern hatte. Und weil er sich eingebildet hatte, daß auch sie... Aber so waren die Weiber eben – unberechenbar!

»Woll'n wir Federball spielen?« fragte Vroni ablenkend, und Maxl bohrte die Fäuste in die Hosentaschen.

»Keine Lust«, sagte er so lässig wie möglich und ging davon. Auf dem Parkplatz vor dem Doktorhaus lief er seinem Vater und Sabina in die Arme.

Die junge Ärztin holte einen großen Osterhasen aus Schokolade aus ihrer Tasche. »Fröhliche Ostern, Maxl!« rief sie und gab ihm einen Kuß. Sein »Danke« klang ziemlich unfroh. Dann ging er wortlos mit seinem Osterhasen weiter.

»Was hat er denn?« fragte Sabina, und Thomas Burgner zuckte mit den Schultern. »Weiß ich nicht.«

Auf der Terrasse wurde inzwischen vergnügt getafelt. Nur Thomas und Sabina hatten keinen rechten Appetit. Ihnen ging Theresa Waller nicht aus dem Kopf. Wie elend und armselig das Kind gewirkt hatte. Wenn man ihm nur helfen könnte!

Markus von Brauneck, der für sein Leben gern aß und trank, fiel es schließlich auf, daß Thomas und Sabina sich so zurückhielten. »Was is' denn mit euch los?« erkundigte er sich verwundert.

Sabina lächelte entschuldigend. »Es ist nur wegen einer Patientin . . .«

Erzählen mochte sie jetzt nicht, wie schlecht es Theresa ging. Das hätte nur die heitere Stimmung der anderen verdorben.

Thomas drückte liebevoll ihren Arm. »Manchmal wird's einem halt bewußt, daß es nicht allen so gut geht wie uns«, sagte er nachdenklich.

Aber noch jemand war an diesem strahlend schönen Ostertag sehr niedergeschlagen: Sabinas Tante Rica Althäuser, ehemalige Repetitorin an der Wiener Staatsoper, die sich als Pensionistin nach Sonnenstein zurückgezogen hatte und ihre nicht gerade üppige Rente durch das Erteilen von Klavierstunden aufbesserte.

Heute hatte sie wie allsonntäglich in der Kirche die Orgel gespielt, und es war verabredet gewesen, daß sie anschließend ebenfalls zum Frühstück ins Doktorhaus kommen sollte. Pankraz Obermayr und Rica waren nämlich alte Freunde, allzu gute Freunde, wie Franzi manchmal eifersüchtig feststellte. Sie führte ihm den Haushalt, war Tag und Nacht um sein Wohl besorgt, aber anstatt sich damit zufriedenzugeben, mußte Pankraz, der alte Charmeur, auch noch eine Seelenfreundin wie die Rica haben, die ihm auf dem Flügel vorspielte und hochgeistige Gespräche mit ihm führte.

Das hatte Franzi oft gewurmt, aber zu guter Letzt hatte sie sich doch mit der Rica zusammengerauft, und inzwischen waren die beiden Frauen, die Pankraz jede auf ihre Art liebten, sogar zu Verbündeten geworden, wenn ihr weißhaariger Pascha ihnen Ärger machte. Und bei Pankraz' manchmal arg widerborstiger Art kam das nicht selten vor.

Heute während der Messe hatte Rica Althäuser sich auf das Frühstück bei Dr. Burgner noch gefreut. Doch dann war etwas geschehen, das ihr die Stimmung total verdorben hatte. Vor einiger Zeit war ihr Neffe, der in Innsbruck einen Laden besaß, in erheblichen Geldschwierigkeiten gewesen. Und Rica hatte ihm – großzügig und hilfsbereit, wie sie war – einige tausend Schilling geliehen. Allerdings hatte sie sich das Geld zuvor selbst borgen müssen – vom reichen Zirngiebel in Sonnenstein, der nicht nur der größte Bauer hier war, sondern daneben noch alle möglichen einträglichen Geschäfte betrieb. Und dieser hatte Sicherheiten verlangt.

Die einzige Sicherheit aber, die Rica bieten konnte, war ihr Flügel, der für sie weitaus mehr als nur ein Instrument zum Klavierspielen war, sondern ein geliebtes Erinnerungsstück. Sie hatte ihn einst als junge Frau von ihrer großen Liebe, dem Opernsänger Carlo Lombardi, bekommen, und sein Bild mit Widmung hatte seitdem einen Ehrenplatz auf dem blank polierten Deckel des Instruments.

Jetzt aber hatte Ricas Neffe die Schulden nicht zurückzahlen können und der Zirngiebel nicht länger auf sein Geld warten mögen. Nach der Messe war er deshalb auf die Orgelempore gekommen und hatte Rica eröffnet, daß er den Flügel heute noch abholen lassen wollte. Sein Schwager aus Wien sei zu Besuch und wolle das Instrument gleich mitnehmen.

Kein Wunder, daß Rica danach weder Appetit noch Lust auf ein fröhliches Osterfrühstück hatte. Als Pankraz sie abholen kam, hatte sie ihm erklärt, daß sie nicht gut fühle und deshalb lieber nach Hause wolle.

Daheim hatte sie sich an ihren Flügel gesetzt und gespielt, während ihr die Tränen in den Augen standen. Ihr war zumute, als würde der Zirngiebel, wenn er den Flügel holte, gleichzeitig ein Stück ihres Herzens mitnehmen.

Am frühen Nachmittag tauchte er mit vier Burschen aus Sonnenstein auf. Sie räumten Bilder, Decken und Nippes ab, die sich auf dem Instrument befanden, kippten es einfach zur Seite auf einen mitgebrachten Karren, schraubten die Beine ab und brachten es so nach draußen, wo sie es auf den Anhänger eines Traktor wuchteten.

Der Zirngiebel raffte sich zu einer lahmen Entschuldigung auf, als er sah, wie nahe Rica der Abschied von ihrem Flügel ging. Es sei ihm ja selbst unangenehm, aber er müsse auch schauen, wo er bliebe. Obwohl sie nicht vor ihm weinen wollte, konnte Rica die Tränen nun doch nicht zurückhalten. Der Zirngiebel bemerkte es und zog ein Taschentuch aus der Hose. »Ich weiß ja, was da für Sie dranhängt, Frau Althäuser«, meinte er scheinheilig.

Rica verschmähte das schmutzige Tuch, das er ihr hinhielt, und ging grußlos ins Nebenzimmer. Von einem Fenster aus beobachtet sie weinend, wie ihr Flügel davonfuhr. Dann kehrte sie ins Wohnzimmer zurück, setzte sich auf die Couch und starrte die Stelle an, wo er bis eben noch gestanden hatte.

Sie schrak erst auf, als es an der Tür läutete. Wer mochte das sein? Nein, sie wollte jetzt niemanden sehen. Sie wollte allein sein mit ihrem Kummer.

Aber der unwillkommene Gast war hartnäckig. Er läutete wieder und klopfte schließlich sogar an die Fensterscheibe. »Rica?« rief eine Männerstimme.

Mit müden Bewegungen stand sie auf und ging zur Tür. Aber sie öffnete sie nur einen Spaltbreit.

Pankraz stand draußen, ein hübsch eingepacktes Ostergeschenk in der Hand. »Wollt' nur mal nach dir schau'n ... Können wir nicht ein bisserl Klavierstunden ...«

»Heut nicht, Pankraz«, erwiderte Rica leise. »Ich hab' dir doch gesagt ...«

Durch den Türspalt musterte er besorgt ihr verweintes Gesicht. »Geht's dir net gut? Du bist ja ganz blaß. Komm, laß dir mal den Blutdruck messen.« Damit schob er die Tür auf und betrat das Haus. Im Wohnzimmer stockte er. »Wo ist denn dein Flügel?«

Sie wollte nicht gleich mit der Wahrheit herausrücken, sondern murmelte, daß er abgeholt worden sei. Die Hammerköpfe brauchten einen neuen Filz.

Aber Pankraz merkte, daß sie schwindelte. Er folgte ihr in die Küche, wo sie ihm einen Tee kochen wollte. Doch Rica war so durcheinander, daß sie versehentlich Kaffeepulver in die Teekanne gab. Erst als Pankraz sie darauf aufmerksam machte, bemerkte sie ihren Irrtum.

»Willst mir net endlich sagen, was los ist? Ist es wegen des Flügels?« fragte er. Und als sie mit abgewandtem Gesicht schweig, setzte er bestürzt hinzu: »Du hast ihn doch net verkauft?«

»Und wenn's so wär'?« erwiderte sie mit schwankender Stimme.

Er blickte sie fassungslos an. »Aber das kannst doch net machen! Wennst Geldprobleme hast, warum sagst dann nichts? Ich bin zwar kein Krösus ...«

»Hör auf!« fiel sie ihm mit einer Mischung aus Aggressivität und Verzweiflung ins Wort. »Was vorbei ist, ist vorbei!« Sie wandte sich zu ihm um. »Es ist wegen meines Neffen.« Und dann erzählte sie ihm, warum sie beim Zirngiebel Schulden gemacht hatte.

Immer noch fassungslos schüttelte Pankraz den Kopf. »Du hast deinen Flügel für deinen Hallodri von Neffen geopfert?«

Sie spürte, daß er wütend war, und erwiderte hastig: »Man muß einem jungen Menschen eine Chance geben, ihm zeigen, daß man an ihn glaubt. Er hat alles noch vor sich. Ob ich zum Zeitvertreib ein bisserl klimper' oder was and'res mach', davon geht die Welt nicht unter.«

Aber Pankraz wußte nur zu genau, was der Flügel für sie bedeutete, und seine Empörung wuchs. »Rica, das werd' ich net zulassen! Den Zirngiebel, den sturen Geldsack, knöpf' ich mir heut noch vor!«

»Das wirst du nicht tun!« widersprach sie mit ungewohnter Festigkeit, und er spürte, daß sie es ernst meinte. Sie wollte um keinen Preis, daß er sich in ihre Angelegenheiten mischte. Das mußte er wohl akzeptieren, aber trotzdem . . .

Pankraz straffte die Schultern. »Ich werd' ein Klavier auftreiben, das schwör' ich dir«, versprach er. Fast wirkte er ein bisserl komisch in seinem plötzlichen Pathos. »Nicht eher setz' ich meinen Fuß wieder über diese Schwelle, bis hier wieder ein Flügel steht!«

Sie wollte Einwände erheben, doch er hatte sich schon umgewandt und war aus dem Haus gestürmt.

Das kurze Gespräch mit Dr. Burgner nach der Messe hatte Hilde Waller gutgetan. Sie verspürte nun wieder ein wenig Hoffnung, daß die Ärzte in Hall die Ursache für Theresas unerklärliche Beschwerden fanden und sie wieder gesund machten.

Doch diese Hoffnung zerstob, als Leo, ihr Mann, aus dem Krankenhaus zurückkam. Er behauptete nämlich, daß die Ärzte Theresa für psychisch krank hielten. »Die tun so, wie wenn s' net ganz richtig wär' im Kopf«, berichtete er aufgebracht.

Hilde erschrak. »Die Theresa?«

Leo legte ihr den Arm um die Schultern. »Wenn unser Reserl a Chance hat, dann nur mit viel Liebe und Geduld, wie sie's eben nur bei uns hat. Morgen hol ich s' raus, bevor die Ärzte sie noch in die Psychiatrische stecken.«

Hilde war bislang der Meinung gewesen, daß ihr Kind im Haller Krankenhaus besser aufgehoben sei als daheim. Doch jetzt wollte sie es ebenfalls lieber bei sich haben, bevor man dem armen Ding etwas so Schreckliches antat wie die Einweisung in eine Klinik mit lauter Verrückten. Darum erhob die junge Frau keine Einwände mehr, als Leo gleich am Ostermontag früh mit ihr ins Haller Krankenhaus fuhr, um die Theresa abzuholen. Dr. Renner mußte nachgeben. Leo Waller unterschrieb ein Formular, daß er Theresa auf eigene Verantwortung nach Hause mitnähme, und dann trug er das Kind zum Wagen.

Eine halbe Stunde später schon lag Theresa in ihrem eigenen mit Polstern, Kuscheltieren und Bildern liebevoll eingerichteten Zimmer im Bett. Ihre Mutter schüttelte ihr die Decke auf und strich ihr über das Haar. »Hier hast deine Bücher, deine Tiere . . . ist doch etwas anderes als im Krankenhaus, wo keiner sich richtig um dich kümmert.«

»Die Ärzte und Schwestern waren sehr nett«, protestierte das Mädchen schwach.

»Aber hier hast du's doch viel besser!« widersprach Hilde.

»Und wenn du weggehst? Zur Arbeit?« wollte Theresa angstvoll wissen.

»Dann ist Papa bei dir.« Hilde gab genau die Antwort, die die Kleine gefürchtet hatte. Sie schwieg eine Weile. Dann fragte sie: »Mama? Muß ich jetzt sterben?«

Ihre Mutter zuckte zusammen. »Bist du verrückt? Wie kommst denn darauf?«

»Weil sie mich weggeschickt haben. Das machen sie doch nur mit Leuten, denen man nicht mehr helfen kann. So wie bei Papa damals.«

»Und mit solchen, denen es besser geht!« Mit einem Lächeln versuchte Hilde, ihr Mut zu machen, aber es mißlang.

»Es geht mir nicht besser«, sagte Theresa und schloß die Augen. Sie dachte an August, den Hund, der im Haus lebte und den sie sehr liebhatte. Ihn hatte sie im Krankenhaus am meisten vermißt. »Kannst ihn mir nicht mal bringen?« bat sie ihre Mutter.

Hilde wehrte ab. »Er ist müd'. Leo war mit ihm spazieren. Laß ihn schlafen.«

»Früher ist er immer gekommen und hat mich begrüßt«, beklagte sich das Kind. »Sogar in mein Bett is' er g'sprungen.« Sie verstummte, weil ihr Stiefvater den Raum betrat.

»Ich hab dir was zu essen gemacht«, sagte er fürsorglich. »Schau, Haferschleim, das ist das Richtige für deinen Magen.«

Theresa drehte sich auf die andere Seite. Aber Leo setzte sich zu ihr aufs Bett und machte Anstalten, sie zu füttern. »Du mußt was in den Bauch kriegen, damit du die Medikamente verträgst«, behauptete er. Hilfeflehend blickte Theresa ihre Mutter an, doch Hilde nickte ihr nur aufmunternd zu. Da öffnete das Mädchen gehorsam den Mund und ließ sich widerstrebend ein paar Löffel einflößen.

Leo lächelte befriedigt. »Der Doktor vom Krankenhaus hat dir einen genauen Diätplan zusammengestellt.« Im nächsten Moment fuhr er erschrocken zurück, als Theresa zu würgen begann und den Haferschleim erbrach. »Theresa, was soll das!« rief er wütend und sprang auf.

Sie gab keine Antwort, sondern brachte nur ein langgezogenes Wimmern hervor. Da war er wieder, der Schmerz, ärger als je zuvor, grausam und messerscharf.

Ihre Mutter kam zu ihr und hielt sie fest. »Theresa, so beruhige dich doch!«

Aus Leo Wallers Gesicht war alle Freundlichkeit gewichen. Wütend blickte er auf das sich in Krämpfen windende Mädchen hinunter. »Da gibt man sich Mühe, tut alles, um seiner Tochter eine Freude zu machen, und dann kotzt sie einem alles ins Gesicht!«

Sein Ausbruch irritierte Hilde. Wieso war er auf einmal so zornig? »Es war doch nicht bös gemeint«, stammelte sie.

Mit einem harten Ruck riß er Theresa die Decke fort und begann, den Bezug abzuziehen. »Das macht sie absichtlich, weil ich nicht ihr Vater bin!« behauptete er mit funkelnden Augen.

Hilde hielt immer noch ihre Tochter umarmt, die sich in schrecklichen Bauchkrämpfen wand. »Theresa, mein Schatz . . .« Sie weinte fast und fuhr ihren Mann an: »Geh doch endlich! Was stehst du hier im Weg herum?«

Da verließ er tatsächlich das Zimmer und warf krachend die Tür hinter sich zu. Hilde bettete ihre Tochter in die Kissen zurück. »Ganz ruhig, Theresa . . .« Sie strich ihr über das Haar und stellte erleichtert fest, daß es der Kleinen etwas besser wurde. Das magere Gesicht entspannte sich ein wenig.

Hildes Blick fiel auf den Haferschleim, den Leo auf dem Nachttisch abgestellt hatte. »Ich nehm' das mit, aber nachher ißt du ein wenig Zwieback und trinkst einen Tee dazu.«

Theresa war zu schwach zum Sprechen. Sie nickte nur. Ihre Mutter nahm den Teller und stieg damit die Treppe hinunter. Sie gab den Haferschleim in den Futternapf des Hundes. August lag unter der Treppe auf seinem Kissen. Als ihm der Geruch des Essens in die Nase stieg, stand er auf und begann zu fressen.

Am nächsten Morgen war der Hund krank. Er lag apathisch auf seinem Platz, mit trüben, glanzlosen Augen, und rührte sich nicht einmal, als Theresa gegen Mittag aus dem Bett schlüpfte und barfuß nach unten lief, um nach ihrem Hund zu schauen. Sie kauerte sich neben ihn und streichelte ihn mitleidig. »August, was is' denn mit dir? Bist krank?«

Leo Waller, der in der Küche einen Brei für Theresa kochte, hörte sie reden und kam hastig auf den Flur.

»Reserle, was geisterst denn barfuß umeinand'? Du holst dir ja den Tod«, sagte er besorgt.

Das Kind war aufgesprungen und wich vor ihm zurück. »Wo ist Mama?« fragte es unruhig.

»Auf der Arbeit«, gab Leo Auskunft. »Geh zurück ins Bett. Ich bring' dir gleich dein Frühstück.«

»Der August ist krank«, sagte sie, ohne sich von der Stelle zu rühren.

Leo warf dem Hund einen flüchtigen Blick zu. »Ja, ja.« Dann nahm er Theresa bei der Hand. »Du hast ja ganz kalte Finger.«

Mit einem Ruck riß sie sich los und lief, so schnell sie es vermochte, in ihr Zimmer zurück. Als Leo ihr folgte, warf sie ihm die Tür vor der Nase zu und verschloß sie von innen.

Er rüttelte an der Klinke. »Theresa, mach doch auf!«

Sie antwortete nicht, sondern lief zum Fenster. Draußen war ein warmer, sonniger Tag. Theresa öffnete einen Fensterflügel und blickte hinaus. Ihr war übel, und sie hatte immer noch Schmerzen. Aber sie versuchte, dagegen anzukämpfen, und lief zum Kleiderschrank, um sich anzuziehen. Doch der Schrank war leer, ebenso die Schubladen, die Theresa hastig aufriß.

Mit einem gehetzten Ausdruck blickte sie sich im Zimmer um, während Leo von draußen an die Tür hämmerte.

»Mach sofort auf, Theresa!« brüllte er, und ihre Angst wuchs. Als sie immer noch nicht gehorchte, gab er es schließlich auf. Er wußte ja, daß sie ihm nicht entkommen konnte. Es war eine gute Idee gewesen, ihre Sachen fortzuräumen.

Theresa hörte ihn die Treppe hinuntergehen und atmete auf. Ihr Blick fiel auf ihren Bademantel, der an einem Haken an der Tür hing. Eilig zog sie ihn über und schlüpfte in ihre Pantöffelchen, die vor dem Bett standen. Dann rannte sie zum Fenster, öffnete es weit und kletterte über die Spalierwand an der Hausfront nach unten.

Ihr Elternhaus lag ein wenig abseits vom Dorf. So schnell sie konnte, lief Theresa den gewundenen Wiesenweg entlang. Ihr Ziel war der Friedhof.

Als sie sich dem Dorf näherte, mußte sie sich ein paarmal im Gebüsch verstecken, weil Leute ihr begegneten. Aber sie schaffte es, ungesehen das Grab ihres Vaters zu erreichen. Atemlos und vor Schwäche und Schmerzen zitternd, sank sie davor nieder. Unterwegs hatte sie einen Zweig mit Weidenkätzchen abgebrochen, den sie nun in den Grabhügel steckte. Dann betrachtete sie das Grabkreuz, auf dem sich außer dem Namen und den Lebensdaten ihres Vaters auch ein Foto von ihm befand.

Lange schaute sie in das geliebte, unvergessene Gesicht. »Bald sind wir wieder zusammen. Ich versprech's dir . . .« flüsterte sie. Sie raffte sich wieder auf, strich noch einmal zärtlich über das Bild und wandte sich zum Gehen.

Auf der Treppe, die vom Kirchhof ins Dorf führte, überfiel sie eine neue Schmerzattacke. Sie war so heftig, daß Theresa sich zusammenkrümmte und kraftlos auf eine Stufe kauerte.

So fand sie Herr Konrad, ein Einwohner von Sonnenstein, der Dauerpatient bei Dr. Burgner war. Allerdings nicht, weil er besonders kränklich gewesen wäre, sondern an ausgeprägter Hypochondrie litt. Keine Woche verging, ohne daß Herr Konrad, schwarz gewandet und stets pessimistisch, nicht zwei- oder dreimal in der Praxis des Bergdoktors erschien, um irgendeine neue schreckliche Krankheit behandeln zu lassen. Thomas Burgner allerdings nahm Herrn Konrads eigentliches Leiden, nämlich ein eingebildet Kranker zu sein, sehr ernst; mit nie versiegender Geduld hörte er sich die Litanei seiner zahllosen Beschwerden und Befürchtungen an und verschrieb ihm harmlose Hausmittel dagegen.

Jetzt beugte Herr Konrad sich erschrocken über das auf der Treppe zusammengesunkene Mädchen. »Ja, um Gottes willen, was hast denn?«

Theresa konnte nur stöhnen, vor Schmerzen brachte sie kein Wort heraus. Herr Konrad blickte sich hilfesuchend um. »Ja, was mach' ich denn jetzt?« Er lief zur Straße hinunter und winkte heftig mit beiden Armen, als er den Wagen von Alexandra von Brauneck herankommen sah.

Die Gräfin war mit Vroni in der Stadt gewesen, um für das bevorstehende Geburtstagsfest einzukaufen. Auf dem Rücksitz standen die vollgepackten Körbe, und Vroni hatte ihrer Adoptivmutter gerade eröffnet, daß sie den Maxl nicht zu ihrer Fete einladen werde, sondern nur ihre Schulfreundinnen.

Als Alexandra den winkenden Herrn Konrad entdeckte, stoppte sie den Wagen und stieg aus. »Herr Konrad, was ist denn passiert?«

Er deutete auf Theresa, die immer noch auf der Treppenstufe kauerte. »Das arme Mädchen gehört sofort zum Doktor!«

Alexandra lief zu ihr hin und beugte sich über sie. »Kannst du aufstehen?« Wimmernd schüttelte Theresa den Kopf. Da faßte Alexandra das Kind unter den Armen, Herr Konrad ergriff die Beine, und gemeinsam trugen sie es zum Wagen.

Herr Konrad ließ es sich nicht nehmen, den Krankentransport zu begleiten. Während der kurzen Strecke hatte Theresa sich wieder so weit erholt, daß sie selbst die paar Schritte zu Dr. Burgners Praxis gehen konnte. Allerdings mußten Herr Konrad und Alexandra sie stützen.

In seiner Ordination half Thomas der Kleinen, sich auf die Untersuchungsliege zu legen, und maß als erstes ihren Blutdruck. »Am Friedhof hab' ich s' g'funden«, berichtete Herr Konrad währenddessen mit wichtiger Miene. »Leichenblaß, wie wenn's aus an Grab auferstanden wär'. Sie kann von Glück reden, daß ich a gewisse medizinische Praxis besitz' – aufgrund meiner eigenen Leidensgeschichte.«

»Ist es was Schlimmes?« fragte Alexandra besorgt dazwischen. Thomas Burgner nickte. »Ich fürchte, ja.«

Herr Konrad räusperte sich bedeutungsvoll. »Ich hab' zuerst auch 'glaubt, es ist ein Kollaps. Ma' kennt ja so was, aber mittlerweile bin ich fast überzeugt, es is' a typische Gallenkolik, wahrscheinlich durch chronische Entzündung der Gallenblase . . . is' ja auch ka Wunder, wenn s' barfuß umeinander lauft.«

Dr. Burgner hatte nur mit halbem Ohr zugehört. Er wollte Theresa gründlicher untersuchen und sagte deshalb zu Herrn Konrad: »Schon recht, ich dank' Ihnen dann.«

Alexandra von Brauneck ergriff ihn am Arm. »Kommen Sie, Herr Konrad, wir lassen den Doktor mit seiner Patientin allein.«

Aber dieser wich und wankte nicht. »Um a Operation wirst net herumkommen«, wandte er sich an Theresa. »Und hinterher blähende Nahrungsmittel möglichst meiden.«

»Auf Wiedersehen!« sagte Thomas Burgner nachdrücklich. Diesmal ließ Herr Konrad sich von der Gräfin bis zur Tür führen, aber dort blieb er wieder stehen, plötzlich im Zweifel, ob seine Diagnose stimmte. »Oder meinen S' gar, es is' was Ansteckendes?«

»Könnt' schon sein«, antwortete Thomas in der Hoffnung, daß der hypochondrische Herr Konrad Angst bekommen und endlich verschwinden würde.

Der Erfolg war durchschlagend. »Dann lass' ich Sie besser mit der Patientin allein!« brachte Herr Konrad hastig hervor, war mit einem Satz zur Tür hinaus und knallte sie hinter sich und Alexandra zu.

Dr. Burgner beugte sich über Theresa. »Wo hast du Schmerzen?«

Sie warf stöhnend den Kopf hin und her. »Überall . . . der ganze Bauch tut weh.«

»Das kommt vom vielen Erbrechen. Dein Kreislauf ist

im Keller.« Dr. Burgner blickte sie forschend an. »Theresa, ist wieder irgend etwas vorgefallen? Hast Streit g'habt mit deinem Vater?«

Und als sie auch diesmal nur schwieg, setzte er sich neben sie und nahm ihre Hand. »Theresa, du mußt schon mithelfen, wenn wir draufkommen sollen, was dir fehlt.«

Das Mädchen betrachtete ihn ein paar Sekunden lang stumm. Dann fragte es mit einer ganz kleinen dünnen Stimme: »Kann ich net hierbleiben? Ich will net mehr nach Haus.«

Das Gästezimmer im Sonnensteiner Doktorhaus hatte schon manche Patientin, die in Not war, beherbergt. Es war immer bezugsbereit, so daß es kein Problem war, Theresa dort unterzubringen, nachdem Dr. Burgner noch einige Untersuchungen bei ihr vorgenommen hatte.

Als Sabina aus dem Haller Krankenhaus kam, schlief Theresa. Daß sich das Kind zu Thomas geflüchtet hatte und um keinen Preis zu seinen Eltern zurückwollte, machte auch Sabina sehr nachdenklich. Was ging bei den Wallers vor?

Thomas wollte die beiden informieren, daß Theresa bei ihm war, doch Sabina war strikt dagegen.

»Wenn der Vater herkommt, gibt es ein Drama«, meinte sie.

Thomas nahm trotzdem den Telefonhörer ab. »Ich mach' mich strafbar, wenn ich sie gegen den Willen ihrer Eltern hierbehalte.« Er drückte die Wähltasten, doch Sabina unterbrach die Verbindung.

»Thomas, es geht um das Leben eines Kindes! Der Kerl kommt hier nicht über die Schwelle, und wenn ich ihm die Augen auskratzen muß!« drohte sie aufgebracht.

»Aber wenn uns der Vater die Polizei auf den Hals hetzt, ist Theresa damit am allerwenigsten gedient.« Dr. Burgner überlegte einen Moment, dann legte er den Hörer auf die Gabel zurück. »Wovor hat sie bloß Angst?« fragte er sich. »Ich muß mit Waller reden.«

Dr. Burgner wußte, wo er Theresas Adoptivvater um diese Zeit finden konnte, nämlich im Gasthof zur Post, wo er ja als Koch angestellt war. Deshalb beschloß er, an diesem Abend auswärts essen zu gehen. Als er die Gaststube betrat, war Leo Waller allerdings noch nicht zum Dienst erschienen, wie Alois Angerer, der Wirt, der gleichzeitig Bürgermeister von Sonnenstein war, finster mitteilte. Dabei herrschte in der Küche Hochbetrieb, und Elfriede, die Frau vom Angerer, mußte den Küchenmädchen bei den Essensvorbereitungen helfen.

Als Leo endlich eintraf, fuhr sie ärgerlich auf ihn los. »Wo bleibst denn, Leo? Mein Mann ist schon stinksauer.«

»Das is' mir net entgangen«, gab er gereizt zurück, denn der Angerer hatte ihn bereits bei der Tür abgefangen und ihm die Leviten gelesen. Aber Leo hatte einfach nicht früher zum Dienst erscheinen können.

Als seine Frau von der Arbeit zurückgekommen war, hatte er die Tür von Theresas Zimmer aufgebrochen und entdeckt, daß das Mädchen durch das Fenster geflüchtet war. Zuerst hatten sie selbst nach ihr gesucht und dann bei dem behäbigen, rotwangigen Gendarm Gilch eine Vermißtenanzeige aufgegeben.

Hilde Waller war vor Sorge um Theresa ganz außer sich gewesen, und zum ersten Mal hatte sie sich eingestanden, daß ihre Heirat mit Leo Waller offenbar ein Fehler gewesen war. Theresa mochte den Stiefvater nicht, sie hatte ihn von Anfang an abgelehnt, und seine Art, mit der er ständig hinter ihr her war, sie bevormundete und ihr seine Fürsorge aufdrängte, hatte ihre Abwehr noch gesteigert. Und zuletzt, das hatte Hilde sehr wohl gemerkt, hatte Theresa regelrecht Angst vor Leo gehabt. Nur deshalb war sie nun davongelaufen.

Leo hatte seine Frau nicht beruhigen können. Aber auch er war voller Unruhe. Theresa mußte nach Hause kommen, koste es, was es wolle, sonst ... Der Schweiß brach ihn aus, wenn er den Gedanken zu Ende dachte.

Während er jetzt in seine Kochjacke schlüpfte, kam der Angerer hereingestürmt. »Den ganzen Nachmittag telefonier' ich hinter dir her«, ging er auf seinen Koch los. »Soll ich vielleicht leere Teller servieren lassen?«

»Mei' Tochter is' mir davon!« schrie Leo zurück. »Glaubst, ich kann hier Gulasch rühren, während ich vor Sorge vergeh'?«

Sogleich wurde die Miene vom Angerer ein wenig milder. »Die wird schon wieder auftauchen. Wenigsten anrufen hätt'st können!«

Waller ging zum Herd. »Du hast ja kei' Ahnung, was wir mit dem Kind mitmachen. In der Klinik haben s' es von vorn bis hinten untersucht, ohne daß s' was g'funden haben. Zuschauen kannst, wie s' verwelkt wie a vertrocknete Blumen!«

»Das ist ja furchtbar«, sagte Elfriede Angerer mitleidig und legte ihm die Hand auf die Schulter. »Sie wird schon wieder auftauchen, Leo. Wirst seh'n, es wird alles gut.« Sie warf ihrem Mann einen vorwurfsvollen Blick zu. »Sei net so streng. so ein' Vater kannst suchen auf der Welt.«

»Ein' Koch hab' ich ang'stellt, kein' Vater!« murrte Alois Angerer.

In diesem Moment betrat Dr. Burgner die Küche. Er hatte in der Gaststube die streitenden Stimmen gehört und durch die Durchreiche gesehen, daß Leo Waller jetzt da war. Angerer drehte sich eilfertig zu Thomas um. »Das Essen kommt glei', Bergdoktor.«

Thomas winkte ab. »Ich müßt' mit'm Herrn Waller reden.«

»Das kannst hinterher«, entgegnet Angerer unwirsch. »Wir san heut äußerst im Druck.«

Leo hatte Dr. Burgner aufmerksam gemustert. Ein Verdacht war in ihm aufgestiegen, der ihn veranlaßte, drohend auf Thomas zuzugehen. »Wo is' mei' Tochter, Doktor?«

Thomas machte ein ernstes Gesicht. »Es geht der Theresa gar net gut.«

Waller stürzte sich auf ihn und packte ihn am Hemd. Er sah schrecklich aus, mit wutfunkelnden Augen und verzerrtem Gesicht. »Sie haben sie versteckt, geben S' es zu, daß Sie sich wieder eingemischt haben!«

»Leo, spinnst du!« rief Angerer erschrocken.

Thomas versuchte, sich auf Wallers Griff zu befreien. »Jetzt hören S' mir doch erst einmal zu...«

»Hackbraten mach' ich aus dir, wennst es net sofort heimbringst, du Lump!« keuchte Leo. Erst als Angerer ihn zurückriß, besann er sich und zwang sich gewaltsam zur Ruhe.

»Ihre Tochter ist zu mir gekommen, weil sie krank ist«, erwiderte Thomas erregt. »Sie können ihr nicht einreden, mit Haferschleim und wohlgemeinten Sprüchen ein Wunder zu vollbringen. Wir müssen herausfinden, was sie wirklich hat, und das gezielt behandeln. Dazu brauchen wir ihre Hilfe, sonst...«

»Was sonst?« fragte Leo dazwischen, und Dr. Burgner ergänzte:

»Sonst können Sie ihre Tochter bald auf dem Friedhof besuchen.«

Leo sackte ein wenig in sich zusammen. »Ich tu' doch eh, was ich kann!«

»Nein«, widersprach Thomas. »Sie machen ihr nur zusätzlich das Leben schwer. Sie ist davongelaufen, weil sie es nimmer aushält mit Ihnen. Ich muß es leider ganz hart sagen: Theresas psychischer Zustand kann bewirken, daß es rapide bergab geht.«

Waller schüttelte heftig den Kopf. »Bei uns hat sie's immer gut g'habt. Erst im Krankenhaus is' sie zum seelischen Krüppel geworden. Und ich werd' auch net zulassen, daß Sie jetzt an ihr herumdoktern.« Er schwieg ein paar Sekunden und wandte sich dann entschlossen zur Tür. »Ich hol' sie.«

Alois Angerer packte ihn beim Arm. »Das wirst hübsch bleiben lassen.«

»Misch du dich net ein!« brüllte Waller, hochrot im Gesicht, aber der massige Angerer ließ sich dadurch nicht einschüchtern.

»Bei der Arbeit bin immer noch ich der Chef!«

Ein paar Augenblicke musterte sich die beiden Männer stumm, dann senkte Leo den Kopf und kehrte an den Herd zurück. Auf dem Weg dorthin blieb er vor Dr. Burgner stehen. »Das werden S' mir büßen, Doktor, das versprech ich Ihnen!« sagte er gefährlich leise. »Es gibt noch a Gerechtigkeit auf dera Welt.«

Thomas begriff, daß man mit Waller nicht vernünftig reden konnte. Dieser Mann reagierte einfach nicht normal, wenn es um Theresa ging. Deshalb wandte Dr. Burgner sich wortlos ab und kehrte in die Gaststube zurück. Es war ihm sehr schwer ums Herz.

Pankraz Obermayr hatte sich in Hall die Prospekte eines Musikhauses besorgt. Franzi entdeckte sie, als er von den Einkäufen zurückkam, die sie ihm aufgetragen hatte. Neugierig begann sie darin zu blättern. »Willst dir vielleicht einen Flügel kaufen?«

»Und wenn's so wär'?« gab er brummig zur Antwort.

Franzi stemmte die molligen Arme in die Hüften. »Freilich, ein Virtuose wie du, der braucht so was für seine freien Variationen über den Flohwalzer!« spottete sie. Sie griff nach der beiliegenden Preisliste und stieß einen Pfiff aus. »Da kriegt man ja ein Auto für das Geld!« stellte sie entsetzt fest.

Pankraz riß ihr die Liste aus der Hand. »Herrschaftsseit'n, jetzt reicht's aber!«

»Ein bisserl ein teures Trostpflaster für deine Angebete!« setzte sie noch rauf, und er runzelte die Stirn.

»Wie meinst denn das?«

Franzi lehnte sich gegen den Küchenschrank. »Mir brauchst nix vorzumachen, Pankraz. Ich weiß, wie's um die Rica steht. Der Zirngiebel hat mir was angedeutet.«

»Der Lump, der ausg'schamte!« ging Pankraz Obermayr sogleich in die Luft. »Der hat's notwendig, es auch noch an die große Glocke zu hängen!«

»Wenn man Schulden macht«, warf Franzi ein, aber er ließ sie nicht aussprechen.

»Die Rica und Schulden! Eine Bürgschaft hat s' übernommen für ihren Neffen. Und jetzt muß sie grad'stehen dafür.« Er redete sich immer mehr in Rage. »Is' eh nix zu holen bei der Frau. Das Haus ist gemietet, Besitz hat s' keinen von Wert, nur den Flügel, den ihr einmal ihre große Liebe, der Carlo Lombardi, geschenkt hat.«

»War der Flügel denn so viel wert?« wollte Franzi neugierig wissen, und Pankraz winkte ab.

»Kein Vermögen – aber für die Rica war er eben alles. Er ist mehr als nur ein Instrument; er war ihr Beruf, ihr Stolz, ihre Träume, ihre Vergangenheit. Ihr ganzes Herz hängt dran. Ich mach' mir Sorgen.«

Franzi dachte eine Weile nach. Dann schlug sie vor, Pankraz solle doch einmal mit dem Zirngiebel reden. Vielleicht rückte er den Flügel wieder heraus. Aber Pankraz belehrte sie, daß der Schwager vom Zirngiebel das gute Stück bereits nach Wien mitgenommen habe. Daran jedoch vermochte Franzi nicht so recht glauben. Sie hatte am Ostersonntag nämlich besagten Schwager gesehen. Er fuhr lediglich einen Wagen der unteren Mittelklasse, und damit konnte er das Instrument nicht transportiert haben.

»Soll ich einmal beim Zirngiebel vorfühlen?« bot sie sich an. »Ganz unverbindlich?«

Doch davon wollte der Pankraz ebenfalls nichts wissen. »Naa, naa, das ist schon meine Sache. Ich werd' der Rica einen Flügel besorgen, daß der Herr Lombardi im Grab rotiert vor Neid. Und wenn ich beim Bösendorfer selber einbrechen muß!«

Vorerst freilich wollte er auf reellem Weg einen Versuch starten, setzte sich in seinen Wagen und fuhr nach Innsbruck in eine große Musikalienhandlung. Der Verkäufer, der ihn empfing, hielt ihn wegen seines weltmännischen Auftretens und dem ja wirklich interessanten Künstlerkopf für einen Konzertpianisten. Pankraz wollte schon widersprechen, doch da sagte der junge Mann: »Künstler bekommen bei un selbstverständlich Sonderrabatt.«

Das war ein Wort, das Pankraz aufhorchen ließ. »Tatsächlich?« fragte er. »Wie aufmerksam. Nun, in der Tat ... ich habe natürlich schon einige interessante Angebote, aber Sie wissen ja, das Charisma eines Instruments ist nicht unbedingt eine Frage des Preises.«

»Ganz Ihrer Meinung«, pflichtete der Verkäufer ihm bei. »Wenn der Funke überspringt, wer fragt da schon nach dem Preis.« Er ging Pankraz voran auf einen Flügel zu. »Fangen wir einmal mit diesem Blüthner hier an. Er läßt keine Wünsche offen. Gediegenste Verarbeitung und ein glockenreiner Klang.«

Pankraz gab sich zögerlich, bis der Verkäufer ihm erklärte, daß es sich um ein herabgesetztes Vorführmodell handelte. »Tatsächlich?« fragte er wieder, und der junge Mann schob einen Klavierhocker an den bereits geöffneten Flügel. »Bevor ich viele Worte mache, überzeugen Sie sich selbst. Nehmen Sie Platz, Maestro.«

Wieder zögerte Pankraz und fand, daß Lügen in diesem Fall wirklich besonders kurze Beine hatten. Schließlich war er trotz seiner Klavierstunden bei Rica alles andere als ein Virtuose, wie Franzi so treffend bemerkt hatte. Aber als er den erwartungsvollen Blick des Verkäufers auffing, blieb ihm nichts anderes übrig, als ein paar wilde Akkorde anzuschlagen. Er wollte ihnen noch einen rasanten Lauf folgen lassen, unterließ es dann aber lieber, weil er fürchtete, sich damit zu blamieren. Und dann entdeckte er das Preisschild auf dem Deckel und zog so hastig die Finger von den Tasten, als hätten sie sich urplötzlich in eine glühende Herdplatte verwandelt. »Nein, nein, nein«, erklärte er, ganz der Maestro. »Zu glatt, zu perfektionistisch im Klang. Aber keine Seele.«

Der Verkäufer wirkte irritiert. »Ich verstehe nicht ... So ein Pianissimo finden Sie so bald nicht wieder. Glasklar! Justus Frantz hätte seine Freude daran.«

»Bin ich Justus Frantz?« erklärte Pankraz sehr von oben herab, und der Verkäufer beeilte sich, ihm eingeschüchtert zu versichern, daß er ihm mit seiner Bemerkung keineswegs hatte zu nahe treten wollen.

Pankraz' Blick fiel auf einen Bösendorfer Flügel, der anscheinend noch teurer war als der Blüthner, denn der Verkäufer lobte ihn nicht nur in den höchsten Tönen, sondern teilte seinem Kunden auch mit, daß der Preis nicht ohne sei. Aber schließlich – was gäbe es Schlimmeres, als auf einem mittelmäßigen Instrument Rachmaninow zu spielen.

Wieder forderte er Pankraz auf, den Flügel auszuprobieren, und als dieser sich aus begreiflichen Gründen zierte, setzte der junge Mann sich auf den Klavierhocker und begann zu Pankraz' Verblüffung geradezu meisterhaft zu spielen. »Hören Sie nur«, sagte er dabei begeistert. »Engelsharfen in den oberen Lagen. Archaisches Donnergrollen die Bässe. Zehn Jahre Garantie ...«

»Ja, wunderbar«, gab Pankraz zu, während er seinen Blick nach einem erschwinglichen Instrument umherschweifen ließ. Dabei entdeckte er den alten Flügel, der ihm auf Anhieb bekannt vorkam. Ich werd' verrückt. Das ist doch der Flügel von der Rica, dachte er und ging darauf zu.

Der Verkäufer beendete sein Spiel und tigerte hinter ihm her. »Dieses Möbel gehört eigentlich gar nicht hierher. Es wurde erst heute geliefert. Wir haben es aus reiner Gefälligkeit in Kommission genommen.«

»Ach, wirklich?« sagte Pankraz erfreut und strich fast zärtlich über den glänzenden Deckel. Dann schlug er einige Töne an, und der Klang erschien ihm so vertraut, daß er völlig sicher war, es handelte sich um Ricas Instrument.

»Wunderbar, diese volkstümliche Einfachheit«, meinte er glücklich.

Der Verkäufer zwinkerte nervös. »Finden Sie?«

»Nun ja«, erwiderte Pankraz fachmännisch. »Auf die Hammerköpfe gehört ein neuer Filz. Die Mechanik muß vielleicht überholt werden, aber da schwingen Jahrzehnte gelebter Musik in jedem Ton.«

Der Verkäufer bezwang sein Befremden. Schließlich war er hier, um zu verkaufen, und wenn dieser eigenwillige Kunde fand, daß dies ein ganz exquisites Instrument war, dann sollte er selbstverständlich recht bekommen. »Natürlich«, sagte er deshalb. »Er hat was – unleugbar. Und die Verarbeitung! Sehen Sie nur – so etwas wird heut gar nicht mehr gemacht.«

Entschlossen, den Flügel zu kaufen, erkundigte Pankraz sich nach dem Preis. Als der Verkäufer den Zettel mit der entsprechenden Auszeichnung vom Deckel nahm, entdeckte er einen handschriftlichen Vermerk darauf und zog ein bedauerndes Gesicht. »Ach, ich sehe gerade, da ist Ihnen leider schon jemand zuvorgekommen. Der Flügel ist bereits verkauft.«

»Und an wen?« fragte Pankraz mit langem Gesicht. Der junge Mann hob die Schultern, während er den Zettel zurücklegte. »Das tut doch nichts mehr zur Sache. Aber kein Grund zur Trauer. Hören sich doch noch einmal den Bösendorfer an. Ich bin sicher, Sie werden sich mit ihm anfreunden.« Schwungvoll kehrte er zum Klavierhocker zurück, setzte sich und legte die Hände auf die Tasten.

Pankraz nutzte die Gelegenheit und warf einen raschen Blick auf besagten Zettel, der auf Ricas vermeintlichen Flügel lag. Der Name, den er darauf entdeckte, ließ ihn den Kopf schütteln. Das darf ja nicht wahr sein, dachte er. Was macht der denn mit so einem Riesenflügel?

»Treten Sie ruhig näher«, sagte der Verkäufer in seinem Rücken. »Machen Sie die Augen zu und lassen Sie sich forttragen in Sphären, wo der Himmel noch voller Geigen hängt.« Dabei schloß er selbst die Augen und begann von neuem zu spielen. Er war so begeistert von sich selbst und der Klangfülle des Instruments, daß er gar nicht merkte, wie Pankraz zwar leise, aber doch möglichst schnell die Musikalienhandlung verließ.

Er war der Meinung, daß er sich die nächsten Schritte genau überlegen müsse, da er nun wußte, wer den Flügel gekauft hatte, und auch nichts zu überstürzen brauche, weil das Instrument nun auf jeden Fall nach Sonnenstein zurückgebracht wurde.

Deshalb beschloß Pankraz, nach Hause zu fahren und Rica zum Essen einzuladen. Aber da er das Gelübde abgelegt hatte, Ricas Haus nicht eher zu betreten, bis dort wieder ein von ihm besorgter Flügel stand, klingelte er nicht an der Tür, sondern klopfte an die Fensterscheibe ihres Wohnzimmers.

Rica war damit beschäftigt, Schränke und Schubladen auszuräumen, den Inhalt zu sortieren und teilweise in Kartons zu verpacken. Sogar Bilder hatte sie abgenommen und gegen die Wände gelehnt. Durch Pankraz' Klopfen wurde sie in ihrer Arbeit unterbrochen und öffnete das Fenster. »Warum klingelst du nicht?« fragte sie verwundert, und er erinnerte sie an seinen Schwur.

»Aber zum Essen kann ich dich trotzdem einladen«, fügte er hinzu.

Sie schüttelte den Kopf. »Ich kann jetzt nicht weg.«

Er betrachtete das desolate Wohnzimmer. »Machst grad einen Frühjahrsputz?«

»So ähnlich«, erwiderte sie und strich sich das Haar aus dem Gesicht. »Der ganze sentimentale Vergangenheitskram kommt weg.«

»Was? Deine Noten und Bilder, die Schallplatten?« fragte er regelrecht entsetzt.

»Ich kann in diesem Museum nicht mehr leben«, behauptete sie. »Ich werd' ein paar Wochen zu meiner Schwägerin nach Verona verreisen. Und danach wird man weitersehen. Hier fällt mir doch alles nur auf den Kopf.«

Er begriff, wie es in ihr aussah, nachdem sie ihren Flügel hatte hergeben müssen. Da wollte sie gleich alle Erinnerungen aus ihrem Leben verbannen. Aber daß sie zu ihrer Schwägerin nach Verona fuhr, gefiel Pankraz überhaupt nicht. Er hob beschwörend die Hände. »Rica, hab doch ein bisserl Geduld. Das mit dem Flügel, das is' am Laufen. Wenn der Pankraz was verspricht, kannst Häuser drauf bauen.«

»Du bist wirklich rührend«, sagte sie dankbar.

»Rührend? Ich will meine Klavierstunden weiterhin nehmen. Zieh dir was Schönes an und geh mit mir essen. Und wer noch einmal das Wort ›Flügel‹ in den Mund nimmt, zahlt eine Flasche Schampus.«

»Nein, Pankraz«, lehnte Rica ab. »Ich muß das jetzt hier zu Ende bringen. Entschuldige.« Sie wandte sich ab, um weiterzuarbeiten, und Pankraz verzog ärgerlich das Gesicht. Dann entdeckte er auf dem Fensterbrett eine gerahmte Fotografie, die früher auf dem Flügel gestanden hatte. Sie zeigte Carlo Lombardi und Rica in jungen Jahren. Pankraz nahm das Bild auf und las die Widmung. ›*Mit diesem Flügel lege ich die Welt der Musik in Deine Hände. Carlo Lombardi, 1948.*‹

Pankraz schnaubte verächtlich. »Angeber!« Dann machte er sich mißmutig auf den Heimweg.

Aber es war nicht nur der Pankraz, der mit der holden Weiblichkeit Probleme hatte. Maxl Burgner, so jung er noch war, hatte sie ebenfalls. Sein Problem hieß Vroni. Ostern hatte sie ihm kaltlächelnd mitgeteilt, daß sie nur Mädchen zu ihrer Geburtstagsfete nach Schloß Brauneck einladen wollte, angeblich um zu tanzen.

So ein Schmarr'n! Ob die wirklich schon alle tanzen konnten? Er, Maxl, besaß jedenfalls keine Kenntnisse auf diesem Gebiet. Und wenn die Vroni sich einbildete, daß er nun frustriert war, weil sie ihn an ihrem Geburtstag nicht dabeihaben wollte, da hatte sie sich gewaltig geschnitten. Pah, er hatte sowieso keine Lust, an dieser Mädchenparty teilzunehmen. Das hatte er auch der Franzi gesagt, aber die war völlig anderer Meinung gewesen.

»Du, das darfst dir net entgehen lassen. Was glaubst, wie du dort Hahn im Korb wärst.« Maxls Einwand, er könne doch gar nicht tanzen, hatte sie nicht gelten lassen. »Ach, das ist gar net so schwer. Du gehst zu einem Madl, das dir g'fallt und sagts: Darf ich um diesen Tanz bitten?«

»Und dann?« hatte der Maxl naiv gefragt.

»Dann nimmst es bei der Hand, gehst in die Position und . . .« Franzi hatte Maxls Finger ergriffen und trällerte einen Walzer, zu dem sie sich drehte.

»Geh zu, so was tanzt man doch nimmer!« protestierte der Bub. »Kennst du Genesis?«

Erstaunlicherweise bejahte Franzi das. »Die san doch immer im Radio.« Und dann sang sie: »I can't dance . . . I can't dance . . .« Dazu vollführte sie ein paar Disco-Schritte.

»Wow, Franzi!« sagte Maxl begeistert.

Sie lachte über ihr ganzes rundes, liebes Gesicht. »Net schlecht, gell? Tja, ich geh' halt mit der Zeit. Nur der Pankraz mag von so was nix wissen. Er ist halt schon ein älteres Semester.«

»Und wie tanzt man so was?« hatte Maxl wissen wollen, und Franzi setzte eine lässige Miene auf. »Unsereins macht das mit links. Ich zeig's dir ein andermal, net hier im Garten.«

Das war am Vortag gewesen, und gleich am nächsten Morgen hatte Franzi mit der Traudl, Dr. Burgners Sprechstundenhilfe, einige Telefonate geführt, um sich von ihr in die Geheimnisse der modernen Tänze einführen zu lassen. Ein bißchen wußte Franzi zwar aus einschlägigen Fernsehshows Bescheid, aber ›mit links‹ schaffte sie es auch nicht, dem Maxl ein paar fetzige Disco-Schritte beizubringen. Und genau das wollte er inzwischen von ihr lernen.

Auf einmal stellt er es sich super vor, mitten in Vronis fade Mädchenparty hineinzuplatzen und als toller Tänzer zu brillieren. Und darum fand er sich an diesem Mittag bei Franzi ein, einen Stapel Schallplatten in seiner Schultasche. »Geil, gell«, sagte er stolz, während er seine Schätze auspackte. »Schau mal, die hab' ich mir in der Schule ausgeborgt. Mister Big, Roxette, Genesis, Michael Jackson . . . Wo ist denn der Plattenspieler?«

»Hier.« Franzi deutete auf die Kommode, auf der der altmodische Apparat stand. Als Maxl die erste Platte auflegte, ertönten heiße Pop-Rhythmen. »Das is' was anderes als die Polka von unserer Dorfband!« schrie Maxl gegen den Lärm an, und Franzi nickte.

»Das kann man wohl sagen!«

»Und was tanzt man dazu?« erkundigte er sich.

»Rock 'n' Roll natürlich«, erklärte Franzi mit schöner Selbstverständlichkeit und erinnerte sich daran, was Traudl ihr am Telefon erklärt hatte. »Rück-Vor-Wechselschritt und so weiter. Wennst erst einmal den Grundschritt hast, kannst es beliebig variieren.« Sie machte ihm die Schritte vor und wiederholte dabei: Rück-Vor-Wechselschritt . . . Drehung.« Dabei fing sie Maxls grinsenden Blick auf und kommandierte: »Schau net so über Kreuz. Mit 'n linken Haxen fangst an.«

Er gehorchte, und nun übten sie gemeinsam. Franzi machte die Sache allmählich Spaß, sie wurde mutiger und wagte sogar einen Stop-and-Go, worüber Maxl schon wieder grinsen mußte. Sie gewahrte es und drohte: »Wennst lachst, leg' ich das Zillertal-Duo auf.«

»Ich lach' ja gar net«, beteuerte er und ließ sich von ihr

in die Mitte des Raumes ziehen, wo sie beide weitertanzten. Allmählich wurden sie sicherer und immer ausgelassener, drehten und schwenkten die Hüften zu der lauten Musik, und Maxl war vor lauter Eifer regelrecht ins Schwitzen geraten.

So fand der Pankraz sie, als er nach Hause kam. »Was is' denn hier los?« fragte er grantelnd, und Franzi ließ sich lachend auf einen Stuhl fallen, während Maxl hastig den Plattenspieler abstellte.

»Also wenn der Maxl so weitermacht«, sagte sie atemlos, »dann kriegst eine harte Konkurrenz in der Damenwelt. Zeig dem Opa, was du gelernt hast«, forderte sie den Buben auf.

Doch der war auf einmal verlegen geworden. Er packte seine Platten in die Schultasche, nahm seine Jacke und lief zur Tür. »Ich muß nach Haus«, sagte er und verschwand.

Pankraz setzte sich niedergeschlagen auf die Küchenbank und starrte vor sich hin. »Wie geht's der Rica?« fragte Franzi neugierig, und er machte eine resignierende Armbewegung.

»Es ist, wie wenn s' ihre Seele verkauft hätt'. Und alles nur wegen dieses Hallodris von Neffen. Aber so ist die Rica. Wenn sie anderen helfen kann, denkt s' net lang' nach. Da kann man sich ein Beispiel dran nehmen.«

»Na, dir tät' ein bisserl nachdenken manchmal net schaden«, meinte Franzi ironisch. »Bevor dich in Unkosten stürzt für einen Flügel.«

Er beachtete ihren Einwand nicht, sondern schaute sie besorgt an. »Stell dir vor, jetzt will sie nach Italien.«

»Ein Kulissenwechsel tät' ihr sicher ganz gut«, warf Franzi ein, doch Pankraz schüttelte den Kopf.

»Davon lauft s'! Und wer weiß, ob s' überhaupt wieder zurückkommt. Ihre Wohnung räumt s' jedenfalls schon aus. Ich darf keine Zeit mehr verlier'n.«

»Vielleicht solltest doch mal mit dem Zirngiebel reden«, schlug Franzi vor, doch er reagierte ungehalten.

»Jetzt hör schon auf mit'm Zirngiebel. Ihr Flügel ist inzwischen bei einer ganz anderen Adresse. Ich hab' ihn mit meinen eigenen Augen gesehen.«

»Geh, da schaut doch einer aus wie der andere«, erwiderte sie ungläubig, und er warf ihr einen tadelnden Blick zu.

»Du bist weiß Gott a gute Seel' und eine Eins-a-Köchin. Aber davon verstehst du soviel wie die Kuh vom Jodeln. Jede Taste kenn' ich von dem Klavier, ich hab ja oft genug g'spielt drauf. Naa, naa, Franzi . . .« Er stand auf und wandte sich zur Tür.

»Wo gehst denn hin?« rief sie ihm nach, und er erwiderte:

»Ich muß mir was einfallen lassen. Was der Carlo Lombardi vor vierzig Jahr' können hat, das kann ein Pankraz Lombardi schon lang'.«

Kopfschüttelnd schaute Franzi ihm hinterher. Dann ging sie zum Küchentisch und zog eine aufgeschlagene Zeitung zu sich heran, die sie bereits am Vormittag studiert hatte. Da stand es groß und breit: ›*Gut erhaltener Flügel zu verkaufen*‹ – und darunter die Telefonnummer vom Zirngiebel. Franzi seufzte. Wenn der Pankraz so stur is', dann muß ich das halt selber in die Hand nehmen, sagte sie sich entschlossen.

Am nächsten Morgen marschierte sie zielstrebig auf das Haus von Xaver Zirngiebel zu. Sie klingelte an der Tür, die gleich darauf von Frau Zirngiebel geöffnet wurde. Sie machte einen reichlich genervten Eindruck, und deshalb klang auch ihr Gruß ziemlich unfreundlich. Franzi kam sogleich auf den Grund ihres Kommens zu sprechen. »Ich hab' gelesen, ihr habt ein Klavier zu verkaufen . . .«

Frau Zirngiebel streckte abwehrend die Hände aus. »Nein! Net du auch noch!«

»Was hast denn?« fragte Franzi verwundert, und Waltraud Zirngiebel machte ihrem Ärger prompt Luft.

»Ich bin völlig mit den Nerven fertig. Ständig gehen hier die Leut' ein und aus. Man kommt net amal von der Kuchl aufs Klo. Und ein Lärm is's, daß man net weiß, wo man sich verkriechen soll. Und alles nur wegen der Althäuserin!«

Von drinnen hörte man Telefonklingeln und lautes Klavierspiel. Offenbar hatte die Zeitungsannonce wegen des Flügels eine Menge Interessenten angezogen. Und Franzi hatte schon gehofft, sie wäre die einzige, die sich um das alte Stück bemühte. »Ist der Zirngiebel net da?« fragte sie schließlich.

Waltraud schüttelte verärgert den Kopf. »Der Xaver, der macht sich's leicht. Stellt mir den Krempel ins Wohnzimmer und geht auf Geschäftsreise. Der weiß schon, warum!«

»Frau Zirngiebel, Telefon!« rief von drinnen der Veit, ein Sonnensteiner mit musikalischen Ambitionen, dem Ricas Flügel deshalb ungeheuer in die Nase stach.

Waltraud kehrte in die Wohnstube zurück, in der das Instrument untergebracht war. Um dafür Platz zu schaffen, hatte man die übrigen Möbel zusammengerückt, so daß man sich kaum noch bewegen konnte. Vor dem Instrument saß ein Mann und spielte hingebungsvoll. Ein möglicher Käufer, wie Franzi sogleich registrierte. Und vermutlich sogar ein Pianist, weil er so meisterhaft in die Tasten schlug.

Frau Zirngiebel riß Veit den Hörer aus der Hand, rief in die Sprechmuschel: »Ich bin net da!« und knallte ihn wieder auf den Apparat zurück. Dann fuhr sie den Pianisten aufgebracht an: »Können S' net endlich mal aufhören!«

Er drehte sich auf dem Klavierhocker zu ihr herum. »Frau Zirngiebel, auf die Hammerköpfe gehört ein neuer Filz. Hören Sie mal den Anschlag . . .« Um das Manko zu demonstrieren, begann er erneut zu spielen, was bei Waltraud Zirngiebel nun endgültig das Faß zum Überlaufen brachte.

»Raus mit euch!« rief sie. »Es reicht!«

»Aber ich wollte noch wegen des Preises . . .« setzte der Veit an, doch Frau Zirngiebel fuhr ihm in die Parade:

»Eure Angebote könnt ihr schriftlich an den Zirngiebel richten. Ich will mit dem ganzen Verkauf nix mehr zu tun haben!«

»Denk an dein' Blutdruck, Waltraud«, mahnte Franzi besorgt. »Weißt was, ich mach' dir einen Tee, und dann plauschen wir in aller Ruhe.«

»Ich brauch' keinen Tee!« schrie Frau Zirngiebel hysterisch. »Ich will nur mei' Ruh'!« Sie riß die Tür auf. »Bitte sehr!«

Veit und der Pianist verließen als erste die Stube. Und auch Franzi dämmerte es, daß sie wohl keinen günstigen Augenblick gewählt hatte, um Ricas Flügel beim Zirngiebel wieder auszulösen. Mußte sie sich eben etwas anderes einfallen lassen . . .

Immerhin war es gut, daß sie hergekommen war, wußte sie doch nun, daß der Zirngiebel demnächst eine Menge Post bekommen würde. Und die ging zuerst in ihrer, Franzis, Poststelle ein . . .

Zur selben Zeit war auch Pankraz Obermayr wieder in Sachen Flügel unterwegs. Unangemeldet tauchte er auf Schloß Brauneck auf, um, wie er sagte, die gräflichen Pferde einmal zu untersuchen.

In der Musikalienhandlung hatte er nämlich gestern den Namen Markus von Brauneck auf dem bereits verkauften Flügel gelesen, von dem Pankraz sicher war, daß es sich um Ricas früheres Eigentum handelte.

Graf Markus war etwas irritiert über Pankraz Obermayrs plötzliche tierärztliche Fürsorge, aber immerhin begleitete er ihn zum Stall und sah zu, wie Pankraz die Pferde abhörte, Maul, Augen und Hufe kontrollierte. »Ich find's ja nett, daß du dich sogar um die Pferd' kümmerst, wenn s' gesund sind«, meinte er, als Pankraz seine Arzttasche wieder zusammenpackte und mit ihm vor den Stall trat. »Hast net viel zu tun zur Zeit?«

»Über Mangel an Arbeit kann ich mich nie beklagen«, erwiderte Pankraz. »Übrigens, was macht denn das Klavierspiel von der Vroni?« leitete er dann geschickt zu dem eigentlichen Thema über, das ihn hergeführt hatte.

Markus' Miene erhellte sich. »Die Frau Althäuser meint, die Vroni wär' recht begabt. Ich weiß net, ob's a Schmeichelei is' oder ob ich wirklich ein kleines Wunderkind hab'.«

»Wenn's die Rica sagt – die hat eine Nase für Talente. Wichtig is' halt nur, daß die Vroni fleißig übt.«

»Sie kriegt zum Geburtstag ein eigenes Klavier«, verriet Markus, und Pankraz mimte großes Erstaunen.

»Tatsächlich? Kann ich's mal sehen?«

»Seit wann interessierst du dich denn für Klaviere?« fragte der Graf lachend, und Pankraz hob indigniert die Augenbrauen.

»Hast net gewußt, daß das Klavierspielen eine heimliche Leidenschaft von mir ist?«

Markus kniff ihm ein Auge zu. »Von der Leidenschaft hab' ich g'wußt, aber net, daß sie sich auf den Flügel bezieht.« Eine Bemerkung, auf die Pankraz es vorzog, zu schweigen. Was die Leute immer gleich zu tratschen wußten, bloß weil er die Rica öfter besuchte . . .

Im Schloß führte Markus seinen Besucher in einen Salon, wo ein von einem großen Leinentuch bedeckter Flügel stand. Schwungvoll zog der Graf es herunter. »Da ist das Prachtstück. Schön, was? Und einen Klang hat er . . .« Er schlug ein paar Akkorde an. Und dann wiederholte er wortwörtlich, was Pankraz bereits von dem Verkäufer in der Innsbrucker Musikalienhandlung gehört hatte. »Engelsharfen in den hohen Lagen, archaisches Donnergrollen die Bässe. Weißt, die ganz neumodischen Dinger, die ausschauen wie übergroße Särge, die g'fallen mir einfach net. Das hier is' eine gediegene Qualität.«

»Sag nix gegen die modernen Klaviere«, widersprach Pankraz gegen seine Überzeugung. »Die Bauart ist wesentlich stabiler, und sie verstimmen auch nimmer so leicht. Nix Schädlicheres für Kinderohren, als auf einem verstimmten Instrument zu üben.«

»Meinst?« fragte Markus zweifelnd, und Pankraz beteuerte im Brustton der Überzeugung:

»Das kannst mir glauben!« Nun schlug auch er ein paar Töne auf dem Flügel an und verzog gequält das Gesicht. »Au, au, au ... hast das g'hört? Die Hammerköpfe!«

»Ist mir gar net aufgefallen«, murmelte Graf Brauneck verunsichert, und Pankraz nickte bedeutungsschwer.

»Beim Klavierkauf kann man leicht reinfallen. Wie bei einem Gebrauchtwagen.« Er öffnete die Flügelklappe und schaute hinein. »O weh, o weh ... Der Rahmen ist ja eine Tragödie! Verzogen wie Faßdauben. Und die Mechanik is' auch nimmer das Wahre. Hast wenigstens eine Garantie drauf?«

Betreten zog Markus die Schultern hoch. »Nein, nachdem der Flügel gebraucht war ...«

»Na, die haben schon gewußt, warum!« Pankraz klappte den Deckel wieder zu. »Na ja, ein schönes Möbel is' es – um Blumenvasen draufzustellen. Aber spielen sollt' die Vroni auf was Vernünftigem, Solidem. Ein Pianino hätt's auch getan. Und es nimmt net soviel Platz weg.«

Markus betrachtete ihm mit plötzlichem Mißtrauen. »Sag einmal, Pankraz, was willst mir denn eigentlich einreden?«

»Ich?« Pankraz versuchte, so unschuldig wie ein Neugeborenes dreinzuschauen. »Ich will nur, daß du auch zufrieden bist, wenn du so eine Investition tätigst. Einen Flügel kauft man schließlich nicht alle Tag'.«

Aber der Graf ließ sich nicht mehr aufs Glatteis führen. »Das Schwindeln solltest lieber denen überlassen, die's besser können. Was ist mit dem Flügel?«

Pankraz gab es auf, ihn täuschen zu wollen. »Ich brauch' ihn«, gab er zu. »Für die Rica halt. Der Flügel, den du da 'kauft hast, ist nämlich ihrer.«

»Der Flügel von der Frau Althäuser?« wiederholte Markus betroffen. »Deswegen hat s' also den Klavierunterricht für die Vroni eingestellt.«

Pankraz nickte. »Freilich! Jetzt hast einen Flügel, aber keine Lehrerin.«

»Natürlich kann sie jederzeit ins Schloß kommen und spielen«, sagte Markus mitleidig. »Auch zum eigenen Vergnügen.«

Doch das war es ja nicht, was Pankraz wollte. Fast flehend blickte er den Grafen an. »Markus, versteh doch . . . Ich hab' ihr versprochen, ich bring' ihr dieses verdammte Ding zurück. Mein Wort hab' ich gegeben, daß ich nicht eher meinen Fuß über ihre Schwelle setz'. Willst auch mich noch ins Unglück stürzen?«

Graf Brauneck machte ein ratloses Gesicht. Er war sehr gutherzig und hilfsbereit, aber was Pankraz da verlangte, erschien ihm doch unmöglich. »Was soll ich denn dann der Vroni zum Geburtstag schenken?«

Pankraz witterte Morgenluft. »Nichts leichter als das«, sagte er eifrig. »Ich geb' dir mein Piano. Die Vroni könnt' eine ordentliche Ausbildung kriegen, und die Rica bekommt den Flügel als eine Art Leihgabe überlassen.«

»Ich weiß net«, murmelte Markus unbehaglich, doch Pankraz war nun nicht mehr zu bremsen.

»Hier verstellt's doch nur den Platz, das unselige Gerümpel. Und deine Pferd' behandel' ich dir auch umsonst. Und dein' Hund!«

»Ich hab doch gar keinen Hund«, wandte der Graf ein, und Pankraz schlug ihm auf die Schulter.

»Dann kriegst halt einen! Aber gib mir diesen Flügel!«

Als er eine Viertelstunde später Schloß Brauneck verließ, war Pankraz Obermayr hoch zufrieden. Er hatte es geschafft. Graf Brauneck war mit dem Tausch einverstanden, und er, Pankraz, konnte bald wieder Ricas Haus betreten. Staunen würde sie, daß er sein Gelübde wahrgemacht und ihr ihren Flügel zurückgebracht hatte. Und Carlo Lombardi, der Angeber, würde sich vor Neid im Grab umdrehen!

Theresa hatte eine verhältnismäßig ruhige Nacht im Haus von Dr. Burgner verbracht. Freilich, übel war ihr immer noch, und die Leibschmerzen waren auch nicht verschwunden, aber sie hatte trotzdem schlafen können, weil sie sich im Doktorhaus sicherer fühlte als daheim.

Dr. Burgner, der schon in aller Frühe nach ihr sah, installierte einen Tropf neben ihrem Bett und sagte, als er ihn anschloß: »Wennst nix essen kannst, kriegst du dein Frühstück halt durch den Schlauch hier.«

Sabina, die ihn begleitete, schüttelte Theresas Kissen auf. »Steht dir gar nicht schlecht, mein Schlafanzug«, stellte sie lächelnd fest.

Dankbar blickte Theresa zu ihr hoch. Sabina deckte sie liebevoll zu, ehe sie mit einem kurzen Abschiedsgruß hinausging, um in die Klinik zu fahren.

Theresa hielt Thomas Burgners Hand fest. »Herr Doktor, ich mach' mir so Sorgen wegen meinem Hund«, sagte sie mit ihrer dünnen Kinderstimme. »Er hat irgendwas. Aber sie wollen's mir net sagen. Ich hab Angst, daß er stirbt, wenn man ihm nicht hilft. Können Sie ihn sich nicht mal anschauen?«

Thomas strich ihr das Haar aus der Stirn. »Ich bin kein Tierarzt. Aber wenn du willst, kann ich mich ja mal darum kümmern.«

Traudl, seine Sprechstundenhilfe, steckte nach einem

kurzen Anklopfen den Kopf durch die Tür. »Herr Doktor?«

»Ich kann jetzt nicht«, erwiderte Thomas etwas ungehalten. »Was ist denn los?«

»Die Mutter von Theresa ist da. Soll ich sie rauflassen?«

Thomas nickte zögernd. Er hatte mit Hilde Wallers Besuch gerechnet, dennoch wußte er, daß ihm jetzt vermutlich ein harter Kampf bevorstand. Nachdem Traudl verschwunden war, ergriff Theresa ihn beim Arm. »Ich geh' nicht mehr zurück«, erklärte sie mit einer Mischung aus Furcht und Entschlossenheit.

Thomas setzte sich zu ihr ans Bett. »Geh, Theresa, man kann sich doch zusamm'reden unter vernünftigen Menschen. Und für dich wär' am besten . . .«

Das Kind drehte den Kopf zur Wand. »Das, was für mich am besten ist, wird's nie mehr geben.« Unvermittelt begann sie zu weinen, während sie Thomas' Hand gegen ihre Wange legte. »Mein Vater hatt' auch so warme, weiche Hände wie Sie«, murmelte sie unter Tränen.

»Du hast ihn sehr liebgehabt, net wahr?« fragte er mitleidig.

Der Eintritt von Hilde Waller enthob Theresa einer Antwort. Ihre Mutter kam an ihr Bett und umarmte sie. »Theresa! Wie kannst uns nur so einen Schrecken einjagen«, schalt sie liebevoll. »Wir haben gestern das ganze Dorf nach dir abg'sucht.«

Theresa stemmte schwach die Hände gegen die Brust der Mutter. »Ich lass' mich nicht einsperren! Meine ganzen Kleider hat er mir weggenommen . . .«

»Er hat es nicht so gemeint«, versuchte Hilde zu begütigen. Dann wandte sie sich an Thomas. »Das Kind hat viel mitgemacht. Die Schmerzen, die Angst, die Ungewißheit . . . Es tut mir leid, wenn sie Ihnen Umständ' gemacht hat.«

»Das hat sie nicht«, widersprach er freundlich. »Ihre

Tochter ist aus Verzweiflung weggelaufen, nicht, weil sie krank ist. Sie hat sich nicht mehr zu helfen gewußt.«

Hildes Gesicht überzog sich mit leichter Röte. »Ein bisserl überdreht ist s'. Die Medikamente . . .«

»Was ist mit August?« fragte Theresa dazwischen. »Was hat er mit ihm gemacht?«

»Nichts«, sagte ihre Mutter, aber das Kind beharrte:

»Er ist krank, ich weiß es genau.«

Hilde nahm sie wieder in die Arme. »Komm, Theresa, zieh dich an«, bat sie.

Doch die Kleine wiederholte, was sie schon zu Dr. Burgner gesagt hatte. »Ich geh' nicht mehr nach Haus zurück.«

»Und was soll ich dem Papa sagen? Er hat dich aus der Klinik geholt, damit du bei uns bist . . .«

Statt einer Antwort befreite Theresa sich aus der Umarmung und legte sich in die Kissen zurück. Hilde betrachtete sie ratlos. »Warum machst du's uns denn so schwer?«

»Er hat dich geschickt, net wahr?« fragte Theresa, und allein die Art, wie sie das Wort ›er‹ aussprach, verriet ihre Angst und ihren Widerwillen gegen den zweiten Mann ihrer Mutter.

»Leo macht sich Sorgen um dich«, wandte Hilde schwach ein, doch Theresa schüttelte den Kopf.

»Manchmal hat er so kalte Augen und wird so schnell bös'.«

»Was erwartest du denn, wenn du ihn immer zurückstößt und fortläufst?« frage Hilde vorwurfsvoll. »Er meint's doch nur gut.«

Theresa preßte die blutleeren Lippen zusammen. »Du redest genau wie er. Früher, als Papa noch lebte, warst du ganz anders.«

Ihre Worte ließen Hildes Beherrschung zusammenbrechen. Sie war ohnehin zermürbt – erst durch die ständigen Schwierigkeiten zwischen Leo und Theresa, dann durch die schwere Erkrankung ihres Kindes und sein gestriges Verschwinden. Sie begann haltlos zu weinen. »Hör auf! Papa ist tot. Es wird nie mehr, wie es früher war. Wir haben jetzt ein neues Leben.« Damit sprang sie auf und lief nach einer hastigen Entschuldigung in Thomas Burgners Richtung aus dem Zimmer.

Er kam ihr nach und schloß leise die Tür hinter sich. Hilde stand auf dem Flur und wischte sich die Tränen ab. Vergeblich versuchte sie, ihre Fassung wiederzugewinnen. »Sie hat den Tod ihres Vaters noch immer net verwunden«, sagte sie stockend. »Und bis heut hat sie mir net verziehen, daß ich wieder geheiratet hab.«

Dr. Burgner nickte. »Wenn Theresa fürs erste hierbleiben will, tun Sie ihr den Gefallen«, bat er.

Sie blickte ihn aus nassen Augen an. »Und wie soll ich das meinem Mann erklären?«

»Ich glaub', Sie begreifen nicht, wie ernst es um Theresa steht. Wenn sich ihr Zustand weiterhin verschlimmert, wird sie's nimmer lang' machen«, sagte er eindringlich, und sie erschrak. »Lassen Sie sie zur Ruhe kommen«, fuhr er fort. »Und Sie würden ihr eine Riesenfreud' machen, wenn Sie ihr den Hund bringen könnten.«

Hilde senkte den Kopf. »Der Hund, ja . . . Das Problem ist nur – es geht ihm gar net gut. Er frißt nix mehr, liegt nur mehr in seinem Korb und hat große Schmerzen.«

Dr. Burgners Frage, ob sie denn schon beim Tierarzt gewesen sei, verneinte sie. Dann öffnete sie ihre große Handtasche und nahm einen Stoffhund heraus. »Den trag' ich schon seit Tagen herum. Er is' zwar von Leo, aber früher hat Theresa den immer gern g'habt. Irgendwie . . . ist sie ja noch ein Kind.«

Sie drückte Dr. Burgner das weiche braune Kuscheltier in die Hand und wandte sich ab, um die Treppe hinunterzusteigen.

Als sie nach Hause kam, schaute sie als erstes nach August. Der Hund lag apathisch und schwer atmend in seinem Korb. Er war offensichtlich, daß er Schmerzen hatte. Hilde kauerte sich zu ihm und streichelte ihn. Sie hatte schon wieder Tränen in den Augen. »Warum hat nur alles so kommen müssen, August«, sagte sie leise. »Dein Herrl is' tot, die Theresa is' krank, und du . . . Als ob mir alles weggenommen werden sollt'!«

Sie schrak zusammen, als sie plötzlich Schritte hinter sich hörte. Es war Leo, der sie vom Küchenfenster aus hatte kommen sehen. »Wo is' die Theresa?« fragte er barsch.

Hilde wich seinem Blick aus. »Ich hab' sie beim Doktor gelassen.«

Seine Augenbrauen schoben sich drohend zusammen. »Und was hat s' dort verloren? Glaubst, so ein Landarzt find't, was die Fachärzte net gefunden haben? Ich hab' genug von den Quacksalbern, wo ein jeder was anderes sagt. Wenn du sie net holst, dann hol' ich sei eben selber.«

Hilde stand auf. »Du bleibst da!« Die Festigkeit in ihrer Stimme, die er von seiner nachgiebigen Frau nicht gewöhnt war, ließ ihn die Augen zusammenkneifen.

»Was soll denn das heißen?« fragte er aggressiv.

Diesmal erwiderte Hilde seinen Blick. »Daß jetzt einmal g'schieht, was fürs Kind am besten is'. Du hast genug Schaden ang'richtet mit deiner Halsstarrigkeit.«

Ihre Entschiedenheit veranlaßte ihn, einzulenken. »Ich mein's doch nur gut.«

Langsam und ohne den Blick von ihm zu lösen, schüttelte sie den Kopf. »Da bin ich mir nimmer so sicher. Du bist zerfressen von Mißtrauen und Sturheit. Wohin soll das führen, Leo? Anstatt daß du froh bist, daß unsere Theresa in guten Händen is' . . .«

»Ich bin der Vater!« unterbrach er sie hart.

»Naa, das bist nicht«, erwiderte seine Frau fest. Dann setzte sie leiser hinzu: »Ich hab g'hofft, du könntest es einmal werden. Aber ein Vater liebt sein Kind. Sag mir doch, was hat dich so verändert?«

Leo Waller gab keine Antwort darauf. Ein, zwei Sekunden standen sie einander noch gegenüber, dann war er es, der den Blick senkte und mit schweren Schritten in die Küche zurückkehrte. In seinen Augen stand Panik. Egal, was Hilde tat oder sagte: Die Theresa mußte nach Hause zurückkehren. Zu ihm. Und wenn er sie mit Gewalt aus dem Haus des verfluchten Doktors herausholen mußte!

Hilde Waller war bei dem kranken Hund zurückgeblieben. Sie streichelte ihn wieder, und sein leidender Augenausdruck schnitt ihr ins Herz. Was hatte der August bloß? Eine einfache Magenverstimmung war das gewiß nicht. Aber wenn der August starb – das wäre eine Katastrophe für die Theresa. Sie hing doch so an dem Tier.

Die Wallers lebten in finanziell recht beengten Verhältnissen. Leo als Koch verdiente nicht allzu viel, so daß Hilde nach ihrer Heirat ebenfalls arbeiten gegangen war. Sie hatte ein paar Putzstellen angenommen, um das magere Wirtschaftsgeld ein wenig aufzubessern. Trotzdem reichte es manchmal hinten und vorn nicht. Aber den August einfach eingehen lassen? Nein, dann wollte sie schon lieber eine teure Tierarztbehandlung in Kauf nehmen, beschloß Hilde Waller. Sie wartete, bis ihr Mann das Haus verließ, nahm dann den Hund und machte sich mit ihm auf den Weg zu Dr. Pankraz Obermayr.

Als sie sein Haus erreichte, waren vier kräftige Bauernburschen gerade dabei, sein Pianino aus dem Haus zu schleppen, um es nach Schloß Brauneck zu transportieren. Schließlich war heute Vronis Geburtstag, da mußte es rechtzeitig an Ort und Stelle sein.

Hilde setzte sich mit ihrem Hund in den Flur, wo ein paar Stühle aufgestellt waren. Pankraz begleitete den Klaviertransport noch bis zur Straße, dann kehrte er nach Haus zurück.

»Entschuldigen Sie, Frau Waller«, sagte er freundlich. »Grüß Gott.« Die beiden schüttelten sich die Hände. Dann deutete Hilde bekümmert auf ihren Hund.

»Dem August geht's gar net gut.«

Pankraz betrachtete das Tier und erschrak. »Oh, der macht mir aber keinen guten Eindruck. Kommen S' mit Ihrem Hunderl ins Sprechzimmer.«

Hilde nahm August auf den Arm und trug ihn zum Behandlungstisch. »Die ganze Nacht hat er gewinselt. Ich fürcht', er hat was mit dem Magen.« Besorgt schaute sie zu, wie Pankraz das Tier untersuchte, die Augenlider anhob und den Bauch abtastete.

»Hat er was Unrechtes g'fressen?« erkundigte er sich dabei.

Hilde zog die Schultern hoch. »Nicht, daß ich wüßt'.«

»Und hat er schon früher mal diese Schmerzen g'habt?«

»Immer wieder mal seit ein paar Tagen. Erst hab' ich's net so ernst genommen. Wir haben halt andere Sorgen«, fügte sie bedrückt hinzu.

Pankraz blickte verständnisvoll auf. »Wegen der Theresa . . .«

»Ja. Der Doktor hat sich jetzt um sie angenommen. Zu dem hat s' wenigstens Vertrauen.« Sie seufzte. »Vielleicht g'schieht ja ein Wunder.«

Pankraz hörte den August gewissenhaft ab. Dabei wurde seine Miene immer bedenklicher. »Ich glaub', sie müssen ihn dalassen«, sagte er schließlich, und Hilde erschrak.

»Steht's so schlecht um ihn?«

Er warf ihr einen ernsten Blick zu. »Viel Hoffnung mach' ich mir, ehrlich gesagt, nicht.«

»Mein Gott, die arme Theresa«, murmelte Hilde und kämpfte schon wieder mit den Tränen. Noch einmal strich sie dem August über das struppige Fell, dann wandte sie sich zur Tür. Das Herz lag ihr wie ein Stein in der Brust.

Leo Waller saß währenddessen in der Küche der ›Post‹ und nahm einen tiefen Schluck aus der Schnapsflasche, die vor ihm auf dem Küchentisch stand. Die Mittagszeit war vorbei, und bis zum Vorbereiten des Abendessens waren noch mindestens zwei Stunden Zeit.

Alois Angerer, der Wirt, beobachtete Leos Tun mit wachsender Beunruhigung. Der Koch war schon ziemlich angetrunken, und wenn er so weitermachte, würde er am Abend völlig ausfallen. »Warum gehst net heim«, sagte der Angerer deshalb, »und legst dich hin, anstatt daß d' dich hier ansaufst?«

Leo machte eine weit ausholende Armbewegung. »Den Schnaps, den zahl' ich schon, Chef«, erklärte er mit schwerer Zunge.

Angerer lehnte sich gegen den großen Herd. »Dei' Frau hat ang'rufen, wo du so lang' bleibst.«

»Die soll mir den Buckel runterruschten«, knirschte Leo und nahm abermals einen Schluck Schnaps.

»Wie geht's denn der Theresa?« erkundigte Angerer sich mitfühlend.

Leo stützte den Kopf in die Hände und starrte auf die Tischplatte. »Schlecht. Schlechter denn je.«

Der Angerer nickte ein paarmal. »Kannst eh nur beten und hoffen, daß der Doktor was find'. Gegen 's Schicksal nutzt der stärkste Sturschädl nix.«

»Ich pfeif' auf den Doktor!« fuhr Leo auf. »Die Hilde hat sich nur was einreden lassen. Aber sie hat die Rechnung ohne den Wirt gemacht. Die Theresa muß so schnell wie möglich wieder in häusliche Pflege!«

»Unser Doktor is' schon in Ordnung«, wandte der Angerer ein, und Leo warf ihm einen lauernden Blick zu.

»Wenn ich will, daß die Theresa zu mir kommt, dann muß das doch g'schehen, oder?«

»Freilich«, bestätigte Alois Angerer. »Notfalls holst dir vom Gericht a einstweilige Anordnung.«

»Und wie lang' dauert das?« wollte Leo wissen.

Der Angerer kam zu ihm an den Tisch. »Das geht ganz schnell, wenn man die richtigen Wege kennt.«

Leo wandte sich zu ihm um. Sein flackernder Blick bekam etwas Unterwürfiges. »Kannst mir net helfen als Bürgermeister?«

»Ich?« fragte der Angerer gedehnt, weil es ihm im Grunde nicht paßte, in diese Sache hineingezogen zu werden.

Leo nickte. »Bevor ich mir einen teuren Paragraphenfuchser nehm', der sich net auskennt . . .«

Das wiederum schmeichelte dem Alois. Der Leo schien ja eine ganze Menge von ihm und seiner Tüchtigkeit zu halten. »Na ja, man kann ja mal schau'n«, sagte er, ohne sich direkt festzulegen. Leo starrte wieder vor sich hin. Auf seiner Stirn glänzten Schweißtropfen.

»Wär' doch gelacht, wenn man als Vater net seine Rechte hätt'!« brummte er und griff wieder nach der Flasche.

Etwa um dieselbe Zeit hatte Franzi ihren Vorsatz in die Tat umgesetzt und sämtliche Post für den Zirngiebel vorerst an die Seite gelegt. Es waren alles Briefe von Interessenten für den in der Zeitung angebotenen Flügel, nachdem Frau Zirngiebel die persönlichen Interessenten so rüde aus dem Haus gescheucht hatte.

Maxl, der die Franzi bei ihrem Tun überrascht hatte, hatte dann für sie einen Brief an den Zirngiebel tippen müssen, in dem sie ihm – nunmehr als einzige – ein Angebot für den Flügel machte. Auf diese Weise hoffte sie, ihn möglichst billig zu bekommen.

Anschließend wanderte Maxl feingemacht und durch das heimlich benutzte Rasierwasser seines Vaters angenehm duftend mit dem sorgfältig eingepackten Geburtstagsgeschenk für die Vroni zum Schloß hinauf.

Gräfin Alexandra öffnete ihm auf sein Läuten. »Servus, Maxl«, sagte sie überrascht. »Hat die Vroni dich doch noch eingeladen?«

Er schüttelte den Kopf. »Ich will sie überraschen.«

»Die Mädchen sind oben im Salon«, erklärte Alexandra, während sie ihn durch die Halle führte. Sie hätte das gar nicht zu sagen brauchen; Klaviermusik und aufgeregte Stimmen verrieten, wo die Geburtstagsgäste sich aufhielten.

Vroni saß auf dem Hocker vor ihrem Geburtstagsgeschenk, dem Pianino, ihre vier Freundinnen umringten sie und klimperten gleichzeitig darauf herum. Es klang laut und schauerlich schön.

Erstaunt hob das Geburtstagskind die Brauen, als Maxl neben ihm auftauchte. »Du?« fragte Vroni gedehnt.

Diese Art der Begrüßung war nicht gerade ermunternd. Verlegen blickte er auf das Päckchen in seinen Händen. »Ich . . . ich wollt' dir mein Geschenk vorbeibringen.«

»Danke«, sagte sie lässig, und sein Enttäuschung wuchs, als sie das Päckchen zwar nahm, aber keine Anstalten machte, es auszupacken. Am liebsten wäre er gleich wieder gegangen.

Er beäugte das Klavier, vor dem Vroni saß, und erkannte es prompt wieder. »Weißt, wem das . . .« platzte er heraus und verstummte, weil Markus von Brauneck, der gerade eingetreten war und seine Worte mitbekommen hatte, ihn an den Schultern zu sich herumdrehte. Dabei bedeutete er ihm, nur ja nicht zu verraten, daß das Pianino bisher im Besitz von Pankraz gewesen war.

»Was is' denn?« wollte Vroni neugierig wissen, und Maxl antwortete geistesgegenwärtig: »Weißt, wem das auch gefallen würd'?« Mir!«

Markus von Brauneck klatschte in die Hände. »Jetzt folgt der Höhepunkt der Geburtstagsfete. Im Keller des Schlosses findet die große Tanzparty statt. Darf ich bitten?«

Kreischend und lachend rannten Vroni und ihre Freundinnen nach unten. Maxl wandte sich noch einmal an Markus. »Aber das ist doch das Klavier vom Opa?« vergewisserte er sich, und der Graf nickte.

»Ich hab' mit dem Opa einen Tausch gemacht. Ganz versteh' ich das selber net, aber er wird's dir schon erklären. Und jetzt komm in den Keller. Dort warten fünf Mädels auf dich. Mensch, wie ich dich beneide!«

Ein großer Kellerraum war als Disco hergerichtet worden. Bunte Spots und eine Disco-Kugel verbreiteten zuckende Helligkeit, und aus einer Stereo-Anlage dröhnte laute Popmusik. Die Mädchen standen an der improvisierten Bar, knabberten Gebäck und tranken Cola.

»Toll habt ihr's hier«, sagte Maxl bewundernd. Eines der Mädchen drückte auch ihm ein Glas Cola in die Hand. Eine andere wandte sich an Vroni. »Wenn ich g'wußt hätt', daß du den Maxl einlädst, hätt' ich meinen Bruder auch mitbringen können.«

»Der bleibt bestimmt net lang'«, sagte Vroni schnippisch, und ihre Freundin kicherte.

»Was is', Maxl, willst nicht das Geburtstagskind zum Tanzen auffordern?«

»Wenn's weiter nix is'«, sagte er weltmännisch und machte eine kleine Verbeugung vor seiner kratzbürstigen Freundin. »Darf ich um diesen Tanz bitten?«

»Laß doch den Blödsinn«, wehrte sie ab und ärgerte sich, daß ihre Freundinnen lachten. Aber Maxl ignorierte Vronis Abwehr und zog sie auf die improvisierte Tanzfläche. Dort begann er mit den Schritten, die er so fleißig mit der Franzi geübt hatte.

Dabei stellte er fest, daß Vroni längst nicht so gut tanzen konnte wie er, und das machte ihn mutig. Er tanzte immer ausgelassener und probierte die verwegensten Schritte und Verrenkungen. Vroni wurde es schließlich zu dumm; sie löste sich von ihm und kehrte an die Bar zurück. Aber statt daß der Maxl nun mit seiner wilden

Der Bergdoktor

Ein Bilderreigen aus der erfolgreichen Bastei-Serie

von SAT.1

Vorseite: Eine (nicht immer) glückliche »Familie«: Anita Zagaria als Dr. Sabina Spreti, Gerhart Lippert als Dr. Thomas Burgner, Manuel Guggenberger als Maxl und Walther Reyer als Pankraz.

Unten: Das Gruppenbild vor dem Beginn der Dreharbeiten zur zweiten Staffel der Bergdoktor-Serie.

Oben: Kindergeburtstag im Schloß

Links: Was verbirgt Leo Wallner (Frithjof Vierock) vor seiner Frau (Katarina Jacob)?

Oben: Pankraz bei der Arbeit. Aber was fehlt dem kleinen Hund von Hilde Wallner wirklich?

Rechts: Alexandra (Michaela May) und Markus von Brauneck (Klaus Wildbolz) mit »ihrer« kleinen Vroni (Margit Dirscherl) in der Ostermesse.

Für die Fernsehzuschauer bringt »Der Bergdoktor« auch ein Wiedersehen mit Winnie Markus, die im Pilotfilm Rica Althäuser spielt.

Hopserei aufgehört hätte, schnappte er sich ein anderes Mädchen und setzte mit ihm den Tanz fort.

Als Markus und Alexandra von Brauneck wenig später in den Disco-Keller kamen, um Pommes frites und Würstchen zu bringen, tanzten alle fünf Mädchen mit dem Maxl, und er war wirklich, wie die Franzi prophezeit hatte, ›der Hahn im Korb‹.

Markus und Alexandra schauten zu, und er sagte lachend zu seiner Frau: »Das is' Franzis Schule, hat mir der Pankraz verraten. Was meinst, ob mir die Franzi auch ein paar Nachhilfestunden gibt?«

Als Maxl am Abend heimkam, war er todmüde, aber glücklich. Der Vroni hatte er es aber heute gezeigt! Jetzt würde sie ihn gewiß nicht mehr für kindisch oder langweilig halten. Und wenn es wieder einmal eine Fete in Schloß Brauneck gab, würde sie ihn als allerersten einladen.

Er ging bald ins Bett und schlief so fest, daß er das Klingeln des Telefons in der Nacht nicht einmal gehört hätte, wenn es direkt neben ihm gestanden hätte.

Thomas Burgner allerdings, daran gewöhnt, daß er des Nachts öfter angerufen wurde, weil ein Patient Hilfe brauchte, war schon beim ersten Läuten wach. Er setzte sich im Bett auf und nahm den Hörer des Apparats auf seinem Nachttisch ab.

Aber es war kein Patient, der sich meldete, sondern sein Schwiegervater. »Thomas, entschuldige«, sagte er aufgeregt. »Ich weiß, wie spät es ist, aber eben ist der Hund von Theresa Waller gestorben. Ihre Mutter hat ihn zu mir in die Praxis gebracht, weil er krank war. Ich bin eigentlich ziemlich sicher, daß das arme Viech vergiftet worden is'.«

Er schilderte die Symptome, unter denen der August eingegangen war, Krämpfe, Brechreiz, Zuckungen, und Dr. Burgner begriff sofort die Parallele zu Theresas Krankheitserscheinungen.

Zehn Minuten später war er in Pankraz' Ordination, wo der tote Hund auf dem Behandlungstisch lag. Thomas betrachtete ihn nachdenklich. »Was frißt so ein Hund da heraußen am Land? Bestimmt kein Dosenfutter.«

»Essensreste«, bestätigte Pankraz, und Thomas nickte.

»Richtig, was so anfallt. Und was das Frauerl net anrührt, darüber macht der Hund sich um so dankbarer her.«

Sein Schwiegervater warf ihm einen betroffenen Blick zu. »Du meinst . . .«

»Daß unseren beiden Patienten vielleicht die Küche vom Herrn Waller net recht bekommen is'«, ergänzte Thomas bitter. »Wir müssen den Hund obduzieren.«

»Ich bin der Tierarzt«, sagte Pankraz sofort energisch, und Thomas setzte hinzu:

»Ja, ja, und ich fahr' morgen früh gleich selbst nach Innsbruck, um die Blut- und Gewebeproben untersuchen zu lassen.«

Sein Schwiegervater holte das Obduktionsbesteck aus einer Schublade. »Ich kann mir net vorstellen, daß der Waller sein eigenes Kind vergiftet. Warum sollt' er das tun?«

Thomas erinnerte sich plötzlich an eine Bemerkung, die die Traudl heute früh gemacht hatte, als sie über die Theresa gesprochen hatten. Der Bacher, Theresas verstorbener Vater, sei einer der reichsten Männer hier in der Gegend gewesen. Ein Sägewerksbesitzer.

Aber in ihrer zweiten Ehe lebte Hilde Waller mehr als bescheiden. Sie ging sogar arbeiten. Wie reimte sich das zusammen?

Als Dr. Burgner seinen Schwiegervater danach fragte, erhielt er eine überraschende Auskunft. Der Bacher, der gewußt hatte, daß er wegen seines Herzleidens nicht alt werden würde, hatte bis auf den Pflichtteil das gesamte Erbe seiner Tochter vermacht. »Das hat einen Riesenwirbel ausgelöst damals. Und die Theresa weiß gar net, wie reich sie ist«, fügte Pankraz hinzu, während er sich die Gummihandschuhe überstreifte.

»Der Waller offenbar schon«, sagte Thomas. »Wer verwaltet denn das Erbe?«

»Ein Notar. Weder die Mutter noch der Stiefvater kommen da dran.«

»Außer durch Erbschaft!« vollendete Thomas ingrimmig.

Pankraz blickte ihn an und nickte langsam. »Verdammt, Thomas, erschlagen darfst mich, wenn da net ein Riesenhund begraben is'!«

Dr. Burgner sah zu, wie er den ersten Schnitt an dem toten Hund setzte. »Begraben ist er noch net, Gott sei Dank. Vielleicht ist das treue Tier net ganz umsonst gestorben.«

Am nächsten morgen öffnete er erst gar nicht seine Praxis, sondern fuhr mit den Blut- und Gewebeproben des toten Hundes sowie einer Blutprobe von Theresa nach Innsbruck in ein Speziallabor, um alles auf mögliche Gifte untersuchen zu lassen.

Wenig später wußte er, daß seine Vermutung ihn nicht getrogen hatte. Theresas Hund war an einer Thallium-Vergiftung gestorben. Und in der Blutprobe von Theresa fand sich einwandfrei das gleiche Gift. Leo Waller hatte versucht, seine Stieftochter mit Rattengift umzubringen.

Während Dr. Burgner nach Sonnenstein zurückfuhr, stoppte vor seinem Haus ein Gendarmerieauto. Leo Waller und Bürgermeister Angerer saßen auf dem Rücksitz. Mit zwei Gendarmen gingen sie auf das Haus zu, an dessen Tür ein Schild hing mit der Aufschrift ›*Heute keine Ordination*‹.

Gendarm Gilch läutete trotz des Schildes, und schließlich öffnete der Maxl die Tür. Er war gerade aus der Schule gekommen.

»Servus, Maxl«, sagte Gilch. »Ist dein Vater da?«

Der Bub schüttelte den Kopf. »Er is' net zu Haus.«

»Und die Frau Dr. Spreti?« erkundigte Angerer sich.

»Die is' in der Klinik.«

»Das tut mir aber leid«, sagte Leo Waller mit falscher Freundlichkeit. »Wir kommen die Theresa abholen.«

Mit seiner schmächtigen Bubengestalt versuchte Maxl, den Türrahmen zu versperren. »Sie können jetzt nicht zu ihr«, erklärte er mit aller Festigkeit, die er aufbringen konnte.«

»Ich bin ihr Vater!« Leo ging vor ihm in die Hocke, etwas, das Maxl ohnehin nicht ausstehen konnte. Er mochte es nicht, wenn die Erwachsenen so betont auf lieben Onkel machten. »Ist ja sehr nett, daß ihr euch so um sie gekümmert habt, aber . . .« Er brach ab, weil Maxl versuchte, ihm die Tür vor der Nase zuzuschlagen. Alois Angerer schnappte sie im letzten Moment und hielt sie fest.

»Du könntest deinem Vater ziemliche Schwierigkeiten machen, Maxl«, sagte er streng, »wenn du Herrn Waller nicht zu seiner Tochter läßt.«

Da wandte der Bub sich ab und rannte, immer zwei Stufen auf einmal nehmen, die Treppe in den Oberstock hinauf.

Traudl war gerade bei Theresa, um eine neue Flasche an den Tropf zu hängen. Das kranke Kind schlief, aber selbst im Schlaf bewegte es sich unruhig und wimmerte ab und zu, weil es Schmerzen hatte.

Maxl stürmte ins Zimmer. »Traudl, der Bürgermeister! Und der Vater von der Theresa!«

Leo erschien hinter ihm im Türrahmen, gefolgt von Alois Angerer und Gendarm Gilch. »Ich komm' meine Tochter holen«, sagte Leo laut und drohend.

Traudl stellte sich schützend vor das Bett. »He, he, immer langsam. Solang' der Doktor net da ist..«

»Das hat alles seine Ordnung«, fiel der Angerer ihr ins Wort. »Ich war mit Herrn Waller in Hall und hab' eine gerichtliche Anordnung erwirkt. Die Theresa muß zu ihren Eltern, da hilft nix.«

Durch die lärmenden Stimmen war Theresa erwacht. Furchtsam starrte sie ihren Stiefvater an. »Ich geh' nicht mit!«

Waller ging auf sie zu. »Theresa, am Nachmittag kommt extra ein Doktor aus Innsbruck, um dich zu untersuchen. Und Sie«, setzte er, an Traudl gewandt, hinzu: »machen das Zeug da ab.« Damit deutete er auf den Tropf.

Theresa stieß plötzlich ein langgezogenes, herzzerreißendes Wimmern aus. Ihre Augen verdrehten sich, der magere Körper krümmte sich zusammen, sie würgte und wurde von einem heftigen Krampf geschüttelt. Unkontrolliert zucke sie mit Armen und Beinen und stürzte dabei aus dem Bett, wobei sie den Tropf zu Boden riß. Klirrend zerbrach die Infusionsflasche.

»Theresa, was hast denn!« schrie Maxl entsetzt auf.

Traudl beugte sich über das Kind, das sich auf dem Teppich wand. »Schnell, Maxl, ruf in der Klinik an, die sollen mit einem Notarztwagen kommen!«

Eilig rannte der Bub aus dem Zimmer, während Leo kopfschüttelnd behauptete: »Ist doch alles nur Theater!«

Da war es um Traudls Beherrschung geschehen. Sie war ohnehin eine temperamentvolle Person, die mit ihrer Meinung nicht hinter dem Berg hielt. Furchtlos schrie sie Leo Waller an: »Gehen Sie, verdammt noch mal! Haben Sie noch net genug angerichtet?«

In diesem Augenblick waren schnelle Schritte auf der Treppe zu hören. Thomas Burgner war zurückgekommen und betrat eilig Theresas Zimmer. »Um Gottes willen«, stieß er hervor, als er das Kind erblickte. »Schnell, wir dürfen keine Zeit verlieren!« Er hob Theresa aufs Bett, trug Traudl auf, aus der Ordination die Sauerstoffmaske und ein Medikament zu holen, das er Theresa injizierte. Danach entspannte sie sich etwas.

Leo Waller, Angerer und der Gendarm standen noch bei der Tür, ersterer mit scheinbar entsetzter, verzweifelter Miene, die beiden anderen ehrlich erschüttert. Wenig später war die Sirene des Notartzwagens zu hören, die rasch näher kam. Zwei Sanitäter und Sabina sprangen aus dem Fahrzeug. Während die junge Anästhesistin sich sofort um Theresa kümmerte, holten die beiden Männer eine Trage aus dem Wagen.

»Es sieht schlimm aus«, sagte Sabina leise zu Dr. Burgner, nachdem sie Theresa flüchtig untersucht hatte. Er nickte verzweifelt.

»Wir müssen uns beeilen, sonst bringen wir sie nicht lebend in die Klinik.«

Die Sanitäter hoben Theresa auf die Trage und brachten sie ins den Notarztwagen. Thomas und Sabina waren schon vor ihnen eingestiegen. Er beugte sich über das Kind. »Ganz ruhig, Theresa, es wird alles gut.«

Da tauchte Leo Waller in der Tür auf. »Ich fahr' mit«, erklärte er. Thomas wandte sich an den Fahrer.

»Halten Sie uns den Mann vom Hals«, forderte er ihn leise, aber scharf auf. Der Fahrer drängte Leo beiseite, doch der wehrte sich.

»Das is' mein Kind!« brüllte er. »Angerer, tu doch was!«

Der Bürgermeister, blaß und betroffen, zog ihn am Arm fort. »Laß sie. Jetzt is' net der Zeitpunkt, was zu erzwingen.«

Wütend riß Leo sich los, wollte wieder zum Wagen hinstürzen, doch der Fahrer hatte bereits die Türen geschlossen.

In fieberhafter Eile hatten Thomas und Sabina inzwischen Theresa an das Beatmungsgerät angeschlossen. Zischend blähte der Atembeutel sich auf, und Sabina rief nach vorn: »Wir sind so weit. Fahren Sie los.«

Mit Martinshorn und Blaulicht raste der Wagen davon, während Leo Waller zum Gendarmerieauto rannte. »Los, hinterher!« schrie er dem Gendarmen zu, der hinter dem Steuer saß, und schwang sich schon auf den Beifahrersitz, während Gilch in den Fond stieg.

Im Haller Krankenhaus war bereits alles für Theresas Empfang vorbereitet. Sie wurde sofort in den OP gebracht, wo Dr. Renner sie erwartete.

»Was ist denn passiert?« fragte er Dr. Burgner, während eine Schwester die Patientin sofort an das große Beatmungsgerät des OP anschloß.

»Dringender Verdacht auf Thalliumvergiftung. Vor zwei, drei Tagen muß sie die letzte Dosis erhalten haben«, erwiderte Dr. Burgner knapp.

Renner starrte ihn an. »Was? Rattengift? Wie kommt sie denn daran?«

Thomas deutete auf die Glaswand des OP, die in den Vorraum führte. Dort tauchte gerade Leo Waller, auf, gefolgt von den Gendarmen. »Das fragen Sie mal diesen Herrn da draußen mit seiner Giftküche.«

Renner fuhr zurück. »Was? Sie meinen, er hat seine Tochter . . .«

Thomas nickte. Das schalldichte Glas verhinderte, daß Waller hörte, was im OP gesprochen wurde. Ganz der besorgte Vater, stand er da und beobachtete, wie sich drinnen Ärzte und Schwestern hektisch um Theresa bemühten. Es war wirklich ein Kampf auf Leben und Tod.

Nach einer Weile kam Dr. Burgner in den Vorraum. »Wie geht es ihr?« fragte Leo mit zitternden Lippen.

Dr. Burgner antwortete nicht. Er sah ihn nur an, und Leo duckte sich unter diesem Blick. »Was starren S' mich so an?«

»Ich frage mich«, erwiderte Thomas langsam, »was in einem Menschen vorgeht, der versucht, seine Tochter mit Rattengift systematisch zu ermorden.«

Leo keuchte. »Sie sind ja verrückt!«

Gendarm Gilch, der die Worte mitgehört hatte, kam näher. »Der Leo – seine Tochter?« fragte er entgeistert.

Dr. Burgner sah immer noch Leo Waller an. »Ihr Pech war, daß Theresas Hund gefressen hat, was für Ihre Tochter bestimmt war.«

Waller holte rasselnd Atem. »Sie sind wahnsinnig! Ich ... die Theresa ... Warum sollt' ich denn das tun?«

»Weil Sie an Ihr Erbe wollen!« Thomas wandte sich ab. »Aber das können Sie alles der Polizei erklären. Sie entschuldigen mich.«

»Herr Doktor!« rief Waller ihm plötzlich nach, und Thomas drehte sich wieder um.

»Ja?«

»Wird's durchkommen?« fragte Waller, der den Stoffhund in der Hand hielt, den Theresas Mutter dem Kind ins Doktorhaus gebracht hatte. Sinnloserweise hatte Leo ihn in die Klinik mitgenommen – den Hund, den er Theresa einmal geschenkt hatte.

Thomas Burgner nickte. »Ich hoff's. Aber es wird eine Zeitlang dauern.« Dann ging er endgültig, während der Gendarm auf Waller zutrat.

»Leo, is' das wirklich wahr?« fragte Gilch noch immer völlig fassungslos.

Der große massige Mann betrachtete den niedlichen kleinen Hund. »Wir hätten nie eine Familie werden können«, murmelte er. »Immer hat s' von ihrem Vater geredet. Ihr Vater, ihr Vater, ihr Vater! Ein Heiliger! Und ich? Ein Versager.« Ein merkwürdiges Lächeln geisterte um seinen Mund. »Aber fast ... um ein Haar wär' doch noch was 'worden aus mir!«

Theresa und die Ärzte des Krankenhauses gewannen den Kampf um ihr Leben. Entscheidend trug freilich dazu bei, daß sie die letzten beiden Tage im Haus von Dr. Burgner verbracht und ihr Stiefvater dadurch keine Gelegenheit mehr gehabt hatte, ihr weiterhin Gift zu verabreichen.

Leo Waller war im Gefängnis, und seine Frau kam am nächsten Vormittag zu ihrer Tochter ins Krankenhaus.

Mit gesenktem Kopf ging sie über den langen Flur zu Theresas Zimmer. Sie streckte schon die Hand aus, um die Klinke herunterzudrücken, ließ den Arm dann aber wieder sinken, weil aller Mut sie verließ. Statt dessen ging sie zu einem Fenster und weinte.

So fand Dr. Burgner sie, der ebenfalls hergekommen war, um nach Theresa zu sehen. Ruhig, mit sanfter Stimme sprach er die weinenden Frau an. »Frau Waller?«

Hilde drehte sich um, doch sie brachte kein Wort heraus. Thomas nickte ihr zu. »Gehen Sie doch hinein. Theresa braucht Sie.«

Sie wischte sich über die nassen Wangen. Ihre Lippen zitterten. »Ich kann ihr nicht in die Augen schauen. Warum hab' ich es nicht gemerkt, Herr Doktor?« brachte sie stockend hervor.

»Wir alle haben uns das nicht vorstellen können«, sagte Thomas leise.

Hilde zog die Schultern zusammen, als fröre sie. »Die Polizei hat das ganze Haus auf den Kopf g'stellt. Sie haben es g'funden, das Gift . . .« Wieder stürzten Tränen aus ihren Augen. »Und alles nur wegen dem verdammten Geld! Wie soll ich ihr das sagen?«

»Sie weiß es schon«, erklärte Dr. Burgner ruhig, und Hildes Augen weiteten sich entsetzt. »Woher?«

Er legte ihr beide Hände auf die Schultern. »Nur wenn sie weiß, was sie so krank gemacht hat, kann sie die Kraft aufbringen, die sie braucht, um gesund zu werden. Gespürt hat sie es ja schon die ganze Zeit. Es wird noch ein paar Wochen dauern, aber mit Ihrer Hilfe wird sie's schaffen.«

Hilde war nicht fähig, zu antworten. Da nahm er sie sacht bei der Hand und führte sie zu Theresas Zimmer. »Kommen Sie.«

Miteinander traten sie ein. Theresa lag im Bett. Sie war wieder an einem Tropf angeschlossen und wirkte sehr schwach. Aber als sie ihre Mutter sah, hob sie den Kopf und lächelte ihr zu.

»Mama!«

»Theresa!« stieß Hilde erstickt hervor und kam zu ihr, um sie zu umarmen. Sie hielten sich lange fest. Dr. Thomas Burgner beobachtete die kleine Szene, nickte ein paarmal zufrieden und ging dann lächelnd wieder hinaus.

Franzi hatte mit Maxls Beistand noch einige Briefe an den Zirngiebel geschickt, immer unter anderen Namen, in denen ein angeblicher Interessent eine beschämend geringe Summe für Rica Althäusers Flügel bot. Die anderen echten Angebote hatte sie wohlweislich zurückbehalten.

An diesem Vormittag nun betrat der Zirngiebel die Poststelle, wo Franzi hinter dem Schalter saß. »Servus, Franzi«, grüßte er. »Ich hätt' ein Einschreiben aufzugeben.« Er schob ihr den Brief hin, den sie frankierte und abstempelte. Anschließend füllte sie den entsprechenden Beleg aus.

»Na, hast dei' Klavier angebracht in der Zwischenzeit?« fragte sie beiläufig.

Xaver Zirngiebel zog ein Gesicht, als hätte er auf einen Regenwurm gebissen. »Erinnere mich net daran! Nix wie Scherereien hab' ich mir damit aufgeladen!«

»Und ich hab' 'glaubt, dein Schwager hätt's nach Wien mitgenommen«, erwiderte Franzi scheinheilig.

Der Zirngiebel nickte wehleidig. »Das hat er vorgehabt. Aber dann hat er sich doch für so a elektrisches G'lumpert entschieden, mit eingebautem Schlagzeug und an Haufen Knöpf'. Jetzt sitz' ich auf dem Kasten . . . Auf alle viere muß ich unterdem G'lumpert durchkriechen, wenn ich ins Bett will. Und mei' Frau hat g'sagt, sie laßt sich scheiden.«

Franzi kniff ihm ein Auge zu. »Das wär' dir eh net so unrecht, oder?«

»Und wer find't sich in meiner Buchhaltung zurecht?« jammerte er und seufzte. »Es is' a Tragödie!«

»Tz, tz, tz«, machte die Franzi. »Aber da müssen sich doch Käufer finden!«

»Das hab' ich auch 'glaubt«, lamentierte er weiter. »Zuerst haben s' uns auch die Tür eing'rennt, und dann, wie ma nur mehr schriftliche Angebote annehmen wollten – Funkstille. Außer ein paar Verrückten, die mir dafür einen Apfel und ein Ei geboten haben. Es is' wie verhext!«

»Net verzagen, Zirngiebel«, tröstete Franzi ihn. »Heut san noch ein paar Briefe für dich 'kommen.«

Seine düstere Miene erhellte sich ein wenig. »Na dann... Ich hab' schon 'glaubt...« Hastig riß er das erste Kuvert auf, das Franzi ihm reichte, und überflog die wenigen Zeilen. Dabei ging sein Gesicht wieder beträchtlich in die Länge. »Also, manche Leut' erdreisten sich was!«

»Wieder nix?« fragte Franzi heuchlerisch, und er winkte aufgebracht ab.

Mit seinen dicken Fingern schlitzte er den nächsten Umschlag auf und las. »Unglaublich! Da sind ja net einmal meine Transportkosten gedeckt. Von meinen Außenständen bei der Althäuserin gar net zu reden. Das gibt vielleicht einen Aufstand mit meiner Alten. Jessasmaria, ich darf gar net dran denken.«

Franzi wiegte den Kopf hin und her. »Ja, die Zeiten sind nimmer so rosig, wie s' einmal waren. Aber vielleicht fallt mir a Möglichkeit ein, wie ich dir helfen könnt'!«

Xaver Zirngiebel blickte hoffnungsvoll auf. »Das würdest wirklich tun?«

»Aus alter Freundschaft, Zirngiebel«, beteuerte sie. »Ich kann doch net verantworten, daß an so einem blöden Flügel dei' Ehe, dei' Geschäft und alles zugrund' geht.«

Er war regelrecht gerührt. »Danke, Franzi. Ich tät' ja

noch was zahlen dafür, daß ich den Krempel endlich los wär'!«

Das waren genau die Worte, die Franzi von ihm hatte hören wollen. Jetzt rückte sie mit ihrem Vorschlag heraus...

In Rica Alterhäusers Wohnung hatte sich inzwischen Sabina Spreti eingefunden, um ihrer Tante beim Packen zu helfen. Rica hatte sich auch von Pankraz nicht von ihrem Vorhaben abbringen lassen, einige Zeit bei Sabinas Mutter in Verona zu verbringen.

Während Sabina die Kofferdeckel hinunterdrückte, um die Verschlüsse zuschnappen zu lassen, ging Rica noch einmal durch ihr Haus. Es wirkte leer und irgendwie traurig, weil sie alle Bilder, Bücher und andere persönliche Sachen fortgeräumt und, in Kisten verpackt, auf den Speicher gebracht hatte. Dann kehrte Rica noch einmal in den Wohnraum zurück.

»Hab' ich meine Medikamente?« fragte sie nervös, und Sabina richtete sich auf.

»In deiner Handtasche, Tante.«

Rica sah in der auf dem Tisch abgestellten Tasche nach. »Ach ja.« Dann wandte sie sich wieder Sabina zu. »Danke, daß du mich nach Innsbruck zum Zug fährst – mit dem schweren Gepäck.«

Die junge Ärztin strich sich das Haar aus dem Gesicht. »Ist doch klar.«

Rica wanderte unruhig auf und ab. Dabei fiel ihr Blick auf das Telefon. »Ich hab' den ganzen Tag versucht, Pankraz zu erreichen, um mich zu verabschieden. Aber weder er noch Franzi sind zu Hause. Meinst, daß er bös' auf mich ist, weil ich wegfahr'?«

»Aber nein«, beschwichtigte Sabina sie. »Ich werd' ihm Grüße bestellen.«

Sie schraken beide ein wenig zusammen, als es an der Tür läutete. Dann meinte Rica erleichtert: »Vielleicht ist er das!« und ging in den Flur, um zu öffnen.

Aber es war nicht Pankraz, der draußen stand, sondern Franzi, die über das ganze Gesicht strahlte. »Grüß Gott, Rica.«

»Franzi!« sagte die überrascht. »Das ist aber ein seltener Besuch. Willst net reinkommen?«

Franzis Lächeln wurde geheimnisvoll. »Naa, es wär' nett, du würdest rauskommen.« Und als Rica nicht gleich begriff, sondern sie nur verwundert anschaute, nahm Franzi ihren Arm. »Komm, bitte.«

Widerstrebend ließ Rica sich vor die Haustür führen. Und dann blieb sie erst einmal wie angewurzelt stehen. Denn vor dem Haus stand ihr geliebter Flügel. Daneben hatte sich in großer Pose der Zirngiebel aufgebaut. »Das . . . das ist ja net möglich«, stammelte Rica überwältigt. »Was is' denn in den Zirngiebel gefahren?«

Franzis Stimme klang triumphierend. »Er wollt' sich's net nehmen lassen, selber vorbeizukommen.«

Der Zirngiebel lupfte seien Trachtenhut. »Grüß Ihnen, Frau Althäuser. Es ist mir sehr unangenehm, daß ich Sie schon wieder belästigen muß . . .«

»Ich wollt' gerade verreisen«, unterbrach Rica ihn, und er zog ein entsetztes Gesicht.

»Tun S' mir das net an! Unser Geschäft mit dem Flügel . . . ich tät' Sie bitten, es rückgängig zu machen. Ich handel' ja sonst mit allem, aber mit dem G'lumpert da – naa, das is' nix für mich.«

»Aber ich steh' doch in Ihrer Schuld«, wandte sie zaghaft ein, und er grinste breit.

»Frau Althäuser, man kann doch net immer nur ans Geld denken. Wir werden uns schon einigen. Notfalls zahlen S' die Summe in Raten ab.«

Sabina, die schon während der ersten Worte vom Zirngiebel aus dem Haus getreten war, legte Rica den Arm um die Schultern. »Tante, freust du dich denn nicht?«

Rica bekam feuchte Augen. »Ich weiß gar nicht, was ich sagen soll!« Sie ging auf ihren Flügel zu und strich andächtig über das dunkel schimmernde Holz, ehe sie dem Zirngiebel die Hand hinstreckte. »Danke . . .«

Er schlug ein. »Schon gut, Frau Althäuser.«

In diesem Moment waren Räderrollen und Schritte zu hören. Pankraz Obermayr begleitete den Transport des Flügels, den er in Schloß Brauneck gegen sein Pianino eingetauscht hatte. Vier Bauernburschen schoben einen Tafelwagen, auf dem das Instrument stand. Vor Rica kamen sie zum Stehen.

»Auf geht's, Burschen!« rief Pankraz aufgeräumt, und die vier begannen schwitzend und schnaufend den Flügel abzuladen. »Rica, mein Schatz, ich hab' eine Riesenüberraschung für dich!« fuhr Pankraz mindestens so strahlend wie vor wenigen Minuten die Franzi fort. »Unsere Klavierstunden sind gesichert.«

»Ja?« frage sie zaghaft, und er deutete mit großer Geste auf den Tafelwagen. »Dein geliebter Flügel ist zu dir zurückgekehrt.«

Sie schüttelte hilflos den Kopf. »Mein Flügel? Der steht aber schon dort . . .«

Pankraz Obermayr fuhr herum und entdeckte erst jetzt das vor dem Haus stehende Instrument. Er erstarrte förmlich und brachte kein Wort heraus. Rica begriff seine Riesenenttäuschung und umarmte ihn spontan. Aber er löste sich sofort von ihr. Trösten oder gar bedauern lassen wollte er sich keinesfalls. Und im nächsten Moment stieg eine gesunde Wut in ihm hoch.

»Gewettet hätt' ich, daß das hier der Lombardi-Flügel ist«, knurrte er und blickte Rica an. »Was machen wir denn nun?«

Franzi, der die Szene ein diebischen Vergnügen bereitete, trat auf ihn zu. »Dann spielt ihr halt auf zwei Flügeln«, meinte sie salomonisch.

Pankraz und Rica schauten sich an, und dann mußten beide über die verrückte Situation lachen.

Allerdings machte Pankraz nur vor Rica gute Miene zu

bösen Spiel Innerlich fuchste es ihn weiterhin mächtig, daß die Franzi ihn wieder einmal ausgetrickst hatte. Da hatte er sich die Hacken schiefgelaufen, Markus von Brauneck zugesichert, seine Pferde in Zukunft umsonst zu behandeln, sein eigenes Pianino nach Brauneck schaffen und den aus der Innsbrucker Musikalienhandlung stammenden Flügel nach Sonnenstein holen lassen – und alles ganz umsonst. Die Franzi, das gerissene Frauenzimmer, war indessen seelenruhig zum Zirngiebel marschiert und hatte ihm, wer wußte schon wie, den echten Flügel von der Rica wieder abgeschwatzt.

Das war, fand Pankraz Obermayr, vorerst nicht zu verzeihen. Also machte er ein entsprechend brummiges Gesicht, als er mit Franzi gemeinsam zur Jause zum Doktorhaus hinüberging.

Thomas und Sabina deckten den Tisch auf der Terrasse, weil es wieder einmal ein selten schöner sonniger Tag war, und Franzi half den beiden, indem sie den Schinken schnitt, den es zum Brot geben sollte.

Pankraz setzte sich auf die Hausbank und las demonstrativ Zeitung. Franzi stieß ihn schließlich freundschaftlich in die Seite. »Geh, Pankraz, jetzt mach net so ein G'sicht.«

»Ich hab nur das eine«, blaffte er, ohne aufzuschauen.

Sie setzte sich neben ihn. »Ich kann doch auch nix dafür, daß du dem falschen Flügel hinterherg'laufen bist.«

»Aber du hast wieder mal gewußt, wie's geht«, versetzte er mufflig. »Machst ›schnipp‹ mit 'm Finger und triffst ins Schwarze.«

Sie schüttelte lachend den Kopf. »Ich weiß gar net, warum du so zuwider bist! Der Graf wird seinen Flügel zurücknehmen, du kriegst dei' Pianino wieder, der Zirngiebel hat sein' Hausfrieden. Und du kannst wieder zur Rica gehen, Klavierstunden nehmen.«

Er schüttelte störrisch den Kopf. »Absichtlich hast mich auflaufen lassen! Aber eins sag' ich dir: Ich üb' so lang', bis ich den Rachmaninow im kleinen Finger hab' – und dann wehe deinem Hausfrieden!«

Sabina, die das Geplänkel der beiden mit angehört hatte, lachte. »Wenn man euch so sieht, könnt' man euch für ein altes Ehepaar halten.«

»Das hätt' mir noch gefehlt!« grantelte der Pankraz weiter und warf Franzi einen finsteren Blick zu.

Aber dann ließ er sich doch dazu herab, wenigstens bei der Jause kräftig zuzulangen, denn essen tat Pankraz Obermayr nun einmal für sein Leben gern, und es gab wenig Dinge auf der Welt, die ihm den Appetit verderben konnten.

Ein Mädchen bog um die Hausecke. »Ist der Maxl da?« fragte es ein wenig verlegen.

Dr. Burgner wußte, daß es eine von Vronis Freundinnen war, die an der Geburtstagsfeier teilgenommen hatten, und daß es Karin hieß.

Sabina schüttelte den Kopf. »Nein, ich weiß auch nicht, wo er steckt. Willst du auf ihn warten?«

Karin warf die langen Haare über die Schulter. »Nein, ich schau' später noch einmal vorbei«, erklärte sie und rannte davon.

Thomas Burgner schmunzelte. »Das is' schon die dritte heut. Ich glaub', der Bub hat der halben Klasse den Kopf verdreht.«

Er gewahrte, wie Karin plötzlichen stehenblieb, weil Maxl und Vroni angeradelt kamen. Poldi, der Bernhardiner vom Pankraz, begleitete sie. Die beiden stiegen vom Rad, lehnten es an die Hausmauer, und Maxl nahm einen Karton von seinem Gepäckträger. Damit lief er zu seinem Großvater. »Schau mal, Opa, die Bela vom Zimmerer-Bauern hat geworfen!« rief er mit glänzenden Augen.

Pankraz betrachtete die Welpen, die in dem Karton lagen, und seine Miene erhellte sich. »Die sind ja erst ein paar Tag' alt«, meinte er begeistert und streichelte die Winzlinge.

Karin, die Vroni und Maxl nachgekommen war, schaute ihm über die Schulter. »Sind die süß!«

Poldi drängte sich an die Beine seines Herrchens und stecke neugierig seine dicke Hundeschnauze in den Karton, um die Hundebabys zu beschnuppern. Pankraz warf ihm einen prüfenden Blick zu. »Die schauen dir aber verflixt ähnlich, Poldi!«

Dr. Burgner, dem es angesichts der Hundeinvasion allmählich etwas bänglich zumute war, meinte zögernd: »Ist das net ein bisserl viel Familienzuwachs?«

Maxl feixte von einem Ohr zum anderen. »Die sind doch für die Theresa! Wenn s' aus der Klinik kommt, sind sie groß genug.« Er ergriff Vronis Arm. »Komm, wir setzen sie in die Wiese.«

Gleich darauf tollten alle drei Kinder im hohen Gras mit den tapsigen Welpen herum. Thomas Burgner lächelte zufrieden. Natürlich hatte er bemerkt, daß es zwischen Maxl und Vroni vor ihrem Geburtstag gewisse Spannungen gegeben hatte, und Maxl war deswegen eine Zeitlang ziemlich unleidlich gewesen. Aber jetzt herrschten offenbar Frieden und Eintracht zwischen den beiden.

»Ich glaub'«, sagte Dr. Burgner und legte seine Hand auf die von Sabina, während er die Kinder beobachtete, »ich glaub', der Haussegen wär' wieder gerade.«

Sie lachte und drückte zärtlich seine Finger. Es waren aufregende Tage gewesen, die hinter ihnen lagen. Aber sie hatten ein gutes Ende gefunden. Theresa würde wieder gesund werden, Rica Althäuser hatte ihren geliebten und so schmerzlich vermißten Flügel zurückbekommen, und Franzi . . . na ja! Pankraz und sie würden immer mal wieder Streit miteinander bekommen und sich im Anschluß daran versöhnen, eben wirklich wie ein altes Ehepaar, das zwar gelegentlich aufeinander schimpfte, aber doch nicht ohne einander sein konnte.

Sabina hielt ihr Gesicht der Sonne entgegen. Ach, das Leben war doch manchmal verflixt schön!

Der Patensohn

Es war ein etwas trüber Morgen, an dem noch Nebelschwaden über dem Sonnensteiner Tal hingen, die die Sonne nur zögernd durchließen, als Dr. Sabina Spreti, wie meist in Eile, das Haus verließ, um zum Dienst zu fahren. Aber ihr Cabrio sprang nicht an.

Nach einigen vergeblichen Startversuchen rief sie Thomas Burgner zu Hilfe, der sogleich die Motorhaube aufklappte und mit gefurchter Stirn nach dem Defekt suchte. Er prüfte einige Kabelanschlüsse, starrte ratlos auf das Innenleben des Autos, das ihm weitaus rätselhafter vorkam als das eines Patienten auf dem OP-Tisch, zog da eine Schraube nach und drehte dort einen Verschlußdeckel fest, kontrollierte Zündung, Wasser- und Benzinstand, während Sabina ungeduldig auf die Uhr blickte. Es standen einige Operationen auf dem Plan, für die sie als Anästhesistin eingeteilt war. Dann wieder schaute sie nervös zu Thomas hin, dessen Kopf unter der Motorhaube verschwunden war. Als er einmal aufsah, grinste er ihr zu. »Ich hab's gern, wenn du mich bewunderst. Start mal.«

Wieder versuchte Sabina, ihr Auto in Gang zu bringen – und wieder vergeblich.

Jetzt grinste sie. »Und ich hätt' gern einen Grund, dich zu bewundern.« Ein weiterer nervöser Blick auf die Uhr folgte. »Kollege Renner wetzt schon sein Skalpell.«

Thomas' Kopf verschwand wieder unter der Motorhaube. »Gleich ... gleich hab' ich's. Es ist nur die Elektrik.«

Während er herumwerkelte, trommelte Sabina mit den Fingerspitzen auf das Lenkrad. Ein weiterer Startversuch brachte immer noch kein Ergebnis, und Thomas tauchte mit ölverschmierten Fingern wieder auf. »Es ist doch nicht die Elektrik«, erklärte er kleinlaut.

Sabina stieg aus dem Wagen. »Thomas, ich muß los. Kann ich dein Auto nehmen?«

Er nickte. »Tja, das geht wohl nicht anders.«

Sie rannte zu seinem Jeep, nahm Thomas' Arztkoffer heraus und stellte ihn auf den Weg. Dann startete sie den Motor und fuhr zum Dorf hinunter. Ein etwa sechzehnjähriger Junge kam ihr entgegen, der sich mit einem Rucksack abschleppte. Sabina warf ihm nur einen flüchtigen Blick zu und fuhr weiter.

Der Junge marschierte auf das Doktorhaus zu, entdeckte Thomas, der inzwischen in Sabinas Cabrio saß und wiederum vergeblich zu starten suchte, und grinste breit. Er suchte sich einen geeigneten Stein und schlug damit kräftig auf den Anlasser.

»Der Magnetschalter hat geklemmt«, erklärte der Ankömmling lässig, während er die Motorhaube zuwarf. Sein Grinsen vertiefte sich. »Servus, Onkel Thomas.«

Dr. Burgner blickte ihn verblüfft an, und das nicht nur wegen der erfolgreichen ›Reparatur‹. »Edi?« fragte er zögernd, und der Junge nickte. »Du bist ja nicht zum Wiedererkennen!«

Edi Stark hob die Schultern. »Wir haben ja auch ein paar Jahre keinen Gebrauch voneinander gemacht.« Er deutete auf den Anlasser. »Probier mal!«

Thomas drehte den Zündschlüssel, und diesmal sprang der Motor tatsächlich an. Anerkennend lächelte er Edi zu. »Bist du deswegen eigens aus Augsburg zu mir gekommen?«

Wortlos schob Edi den linken Ärmel seines T-Shirts hoch und deutete auf den Verband um seinen Arm. Dabei sah Dr. Burgner, daß der Junge außerdem fünf Uhren, offensichtlich teure Markenfabrikate, am Handgelenk trug. Vier davon steifte Edi hastig ab und steckte sie in seine Hosentasche. Dann hielt er seinem Patenonkel den Arm hin. »Meine Mama hat mal behauptet, du machst die besten Narben Europas.«

Eine Viertelstunde später, Dr. Burgner hatte sich rasch gewaschen und seinen Arztkittel übergezogen, nähte er die lange und tiefe Wunde an Edis Unterarm, die unter dem Verband zum Vorschein gekommen war. Traudl assistierte ihm dabei.

Edi war etwas blaß um die Nase. »Das war kurz vor knapp, was?«

Thomas nickte. »Schweineglück im Unglück hast du gehabt. Du hättest dir fast den Nerv durchtrennt. Ich hoff' nur, daß sich nichts infiziert hat.«

»Ich mess' gleich noch Fieber bei ihm«, sagte Traudl und holte das Thermometer. Thomas verband die Wunde und legte eine Unterarmschiene an, um den verletzten Arm ruhigzustellen. Dabei warf er Edi einen skeptischen Blick zu.

»Und du bist wirklich mit dem Arm durch eine Glastür?«

Edi nickte heftig. »Ja. Gestolpert, hingeschlagen – und ab durch die Glastür.«

Thomas erwiderte nichts darauf, warf Edi nur noch einen nachdenklichen Blick zu, ehe er aus seiner Schreibtischschublade einen Schlüssel nahm und damit den Medikamentenschrank aufschloß. Von den drei darin liegenden Packungen Dolantin nahm er eine heraus und verschloß danach den Schrank wieder sorgfältig. Edi hatte ihn beobachtet und registrierte, in welche Lade Dr. Burgner den Schlüssel zurücklegte.

Thomas gab ihm die Packung des starken Schmerzmittels. »Für den Notfall. Eine – höchstens zwei im Lauf der Nacht, okay, Edi«, sagte er mahnend. »Nur wenn's sehr weh tut.«

Edi steckte die Schachtel ein. »Vielen Dank, Onkel Thomas. Echt große Klasse.« Dabei wanderte sein Blick wieder durch die Ordination und blieb sekundenlang an Thomas' Arztkoffer hängen, der geöffnet auf dem Schreibtischstuhl stand.

Dr. Burgner wandte sich zum Telefon. »Sollten wir nicht rasch deine Eltern anrufen, um ihnen zu sagen, daß alles in Ordnung ist?«

»Die ... die sind auf einem Kongreß«, behauptete der Junge schnell. »Ich hab' ihnen aber einen Zettel hingelegt, damit sie wissen, wo ich bin.«

»Ach so«, meinte Dr. Burgner beruhigt und verließ mit Edi zusammen die Praxis, um ihm das Gästezimmer zu zeigen.

Mittags trafen Sabina und Maxl fast gleichzeitig im Doktorhaus ein. Thomas hatte bereits das Essen vorbereitet. Es gab Schnitzel und Salat, und Edi machte sich nützlich, indem er in der gemütlichen Küche den Tisch deckte.

Thomas gab Sabina einen kleinen Begrüßungskuß auf die Wange und zerwuschelte Maxl liebevoll das Haar. »Ich hab einen Überraschungsgast.«

»Guten Tag«, sagte Edi höflich in Sabinas Richtung, dann grinste er Maxl an. »Na, Max?« fragte er.

»Edi!« rief der Bub erfreut. »Super!« Die beiden klopften sich gegenseitig auf die Schulter, während Thomas, an Sabina gewandt, erklärte: »Edi ist mein Patenkind. Wir haben in München ein paar Jahre lang im selben Haus gewohnt, bevor seine Eltern nach Augsburg zogen.«

»Und Max war mein kleiner Bruder«, ergänzte Edi. Dann gab er Sabina wohlerzogen die Hand und sagte ihr noch einmal guten Tag. Sie betrachtete ihn einen Augenblick forschend, dann lächelte sie.

»Ich bin die Sabina. Was ist denn mit deinem Arm?«

Er wiederholte die Geschichte von der Glastür, und Thomas fügte hinzu: »Damit ist er eigens von Augsburg zu mir gekommen. In seiner Familie gelte ich nämlich als Koryphäe.« Als Sabina spöttisch lachte, warf er ihr einen gespielt strafenden Blick zu. »Die Dame aus Italien ist noch ziemlich neu in diesem Laden!« Dann öffnete er die Kühlschranktür. »Und was trinken wir? Ich möcht' ein Bier. Sabina, du auch? Und Edi?«

»Ich auch«, erwiderte der Junge, und Thomas stellte zwei Flaschen Bier und einen Fruchtsaft für Maxl auf den Tisch.

»Ein Glas kannst meinetwegen trinken«, sagte er dabei zu Edi. »Mehr aber net – wegen des Schmerzmittels.«

Während Maxl die Getränke einschenkte, holte Thomas sein privates Notizbuch aus der Brusttasche und wollte damit zum Telefon gehen, das in der Diele stand. »Wen rufst du an?« fragte Sabina, und er deutete auf Edi. »Seine Eltern.«

Für eine Sekunde war Edis fröhlich-pfiffiger Gesichtsausdruck wie weggewischt. Auf einmal wirkte er regelrecht verängstigt. Dann rief er Thomas nach. »Du weißt aber schon, daß wir eine neue Nummer haben?«

Mit dem Telefonbuch in der Hand kam Thomas zurück. Er stellte es auf den Küchentisch. »Nein.«

»Vorwahl wie immer«, sagte Edi, »und dann 37 13 17. Die Nummer haben wir schon seit ein paar Monaten.«

Thomas notierte sie sich in seinem Büchlein und wählte. Die Verbindung kam sofort zustande, das Freizeichen ertönte, aber niemand nahm an der Gegenseite den Hörer ab. Edi stieß die angestaute Luft aus. »Die können noch gar nicht zurück sein«, meinte er erleichtert. »Frühestens morgen.«

Während des Essens bestritten hauptsächlich er und Maxl die Unterhaltung, und natürlich redeten sie über die Schule.

»Kriegt ihr auch bald Zeugnisse?« wollte Maxl mit einem tiefen Seufzer wissen. Edi nickte. »Und?« fragte der Bub weiter.

»Nix und!« erklärte Dr. Burgners Patensohn etwas vage. »Und du?«

Maxl grinste. »Von denen, die nicht streben, bin ich der Beste.«

»Und von den Kleinen bist du der Größte«, vollendete Edi lachend. »Ich hoffe, dich haben sie nicht auch aufs Humanistische getan.«

Maxl stopfte sich ein Stück Schnitzel in den Mund. »Das gibt's hier gar nicht.«

Edi verzog verspielt theatralisch das Gesicht. »Daß Vater und Sohn sich zusammen an Plato ergötzen können – im Urtext! So ein Schwachsinn!«

Thomas Burgner hatte das Gespräch aufmerksam verfolgt, und ihm wurde klar, daß zwischen Edi und seinem Vater, dem Professor Wilfried Stark, offensichtlich gewisse Spannungen bestanden. Edi wehrte sich gegen seine humanistische Schulausbildung, die für seinen Vater vermutlich die einzig richtige war.

Edis nächste Worte bestätigten es. Er fragte Maxl nämlich, was dieser in den Ferien unternehmen würde, und bekam ganz sehnsüchtige Augen, als der Bub etwas von Reiten, Bergsteigen und mit seinem Großvater Umherfahren sagte, wenn der seine vierbeinigen Patienten behandelte. »Du hast's gut. Ich muß ›auf Goethes Spuren‹ radeln – von einem Denkmal zum nächsten«, erwiderte Edi und nahm einen Schluck Bier.

»Wirklich blöd!« bekräftigte Maxl, und Sabina, die neben ihm saß, gab ihm einen liebevollen Rippenstoß.

»So was würde dir auch nicht schaden.«

Am Abend, Thomas und Sabina lagen bereits im Bett, sprachen sie über Edi. Dr. Burgner hatte ein zweites Mal vergeblich versucht, dessen Eltern anzurufen. Jetzt verschränkte Thomas nachdenklich die Arme hinter den Kopf. »Edis Wunde stammt nie und nimmer von Glasscherben.«

»Warum nicht?« fragte Sabina und richtete sich auf. Sie mochte Thomas' Patensohn. Deshalb hatte sie ihm auch eine der Uhren abgekauft, die er bei sich hatte. Für tausend

Schilling. Im Laden würde sie das Dreifache kosten, hatte er behauptet. Und auf ihre Frage, wieso denn er so günstig an diese Uhr gekommen sei, hatte er ihr einen treuherzigen Blick zugeworfen und etwas von einem Kumpel erwähnt, der solche Uhren ab Fabrik besorgen konnte.

»Ich hab' das sofort geseh'n«, beantwortete Thomas nun Sabinas Frage. »Glatte Wundränder, keine Glassplitter ... Warum beschwindelt er mich?« Er seufzte. »Mit dem Edi stimmt was net. Den Buben bedrückt was, aber ich lass' ihm Zeit. Er soll sich von selber rühren.«

Sabina warf ihm einen liebevollen Blick zu. »Vielleicht ist er deshalb zu dir gekommen.«

Er nickte leicht. »Kann schon sein. Unbewußt ...«

Sie rückte näher und kuschelte sich an ihn. »Der Edi hat ein schlaues Unterbewußtsein. Ich würde auch zu dir kommen, wenn ich nicht weiter wüßte.«

Er lachte und zog sie an sich. Es tat so gut, Sabina im Arm zu halten ...

Um dieselbe Zeit lag ein paar Türen weiter Edi in seinem Bett, rauchte eine Zigarette nach der anderen und heulte. Er wußte, daß er in der Klemme saß und daß er allein da niemals mehr herauskommen würde. Aber ob Thomas Burgner ihm helfen konnte?

Edi richtete sich auf, nahm die Dolantin-Packung, die Thomas ihm gegeben hatte, vom Nachttisch und drückte drei Tabletten aus der Folie. Er spülte sie mit Bier hinunter, das er sich vorhin noch heimlich aus dem Kühlschrank geholt hatte. Morgen mußte er sich etwas anderes, Stärkeres besorgen.

Edi ließ sich zurückfallen und schloß die Augen. Die Tränen liefen ihm über die Wangen, und er vergrub den Kopf in den Kissen.

Spätestens morgen früh würden seine Eltern sein Verschwinden bemerken. Dann würde seine Mutter herumtelefonieren und erfahren, daß er in der Schule sitzenbleiben würde. Alles würden seine Eltern dann erfahren.

Wenn Edi Stark daran dachte, wünschte er sich zu sterben.

Franzi fuhrwerkte hektisch in ihrer Küche herum. Sie war wesentlich später als sonst aus ihrer Poststelle heimgekommen, und Pankraz hatte sie mit knurrendem Magen und entsprechender Laune empfangen. Immerhin hatte er sich schon selbst daran gemacht, das Essen vorzubereiten, Fett in eine Pfanne gegeben, Kartoffeln hineingeschnitten und sie mit Kümmel, Salz und Pfeffer gewürzt.

»Übermorgen kommt er«, berichtete Franzi, während sie das bereits am Vortag zubereitete Geschnetzelte aus dem Kühlschrank holte. Pankraz wendete die Kartoffeln.

»Der Postinspektor?« erkundigte er sich, und sie nickte aufgeregt.

»Dr. Zimmermann von der Oberpostdirektion persönlich.«

Er teilte ihre Aufregung absolut nicht. »Das ist nur recht, daß der Chef selber kommt. Du bist schließlich auch net irgendwer. Aber daß d' deswegen gleich Überstunden machen mußt . . .«

»Nur weil ich dich gebeten hab, daß du schon mal das Essen warm machst!« fuhr sie auf. »Die Poststelle muß doch blitzsauber sein, wenn er kommt.« Sie schüttelte betrübt den Kopf. »Heut war absolut nichts los bei mir. Wenn das übermorgen auch so is', bin ich ihn los, meinen Job.«

»Glaubt der etwa, wenn jemand anders deine Arbeit tät', dann wär' mehr los?« fragte Pankraz grollend. Er selbst durfte die Franzi kritisieren und an ihr herumnörgeln, aber so ein Postinspektor hatte das gefälligst bleiben zu lassen.

»Nein, er schaut, ob die Poststelle Sonnenstein rentabel ist«, berichtigte die Franzi ihn. »Wenn nicht, wird sie zugemacht. Darum geht's.«

Pankraz' Miene erhellte sich. »Ah, um Rationalisierung. Aber wärst du net froh darum? Dann hätt' die Plackerei ein End'.«

»*Du* wärst froh!« sagte sie aufgebracht »Egoist! Weil ich dann den ganzen Tag Zeit hätt' für dich und dein Sach'.« Mit unglücklichem Gesichtausdruck rührte sie in dem Topf mit dem Geschnetzelten. »Nein, nein, da muß ich mir was einfallen lassen.« Sie sinnierte eine Weile vor sich hin, und dann erhellte sich ihre Miene. Das war die rettende Idee! Gleich morgen würde sie sie in die Tat umsetzen. Der Herr Postinspektor würde staunen, was in Sonnenstein für ein reger Postbetrieb herrschte!

Um ihren Plan in die Tat umzusetzen, heuerte die Franzi die Kramerin, die ihren Laden gleich neben der Poststelle hatte, Elfriede Angerer, Rica Althäuser und den Maxl an. Die drei Frauen waren am nächsten Vormittag eifrig damit beschäftigt, Pakete und Päckchen zu packen, auf die Maxl die verschiedensten Sonnensteiner Adressen schrieb. Natürlich waren die Packerl leer. Lediglich etwas zum Beschweren hatten Franzis Helferinnen hineingetan. Maxl saß am Kopfende des aus einer auf Holzböcken ruhenden Platte bestehenden Packtisches und malte, jedesmal mit einem anderen Stift und in anderer Schrift, die Adresse drauf.

›Frau Klavierpädagogin Rica Althäuser‹, oder ›Herrn Bürgermeister Angerer‹ oder ›Frau Waltraud Zirngiebel‹. Im Moment adressierte er gerade ein Päckchen an Traudl Meinrd, Praxis Dr. Burgner. Franzi, die zum Telefon wollte, schaute ihm über die Schulter.

»Schön unterschiedlich schreiben, Maxl«, ermahnte sie ihn und wählte eine Nummer.

»Rieder«, sagte sie in die Sprechmuschel, »hör zu. Morgen um zehn Uhr dreißig mußt in die Poststelle kommen. Die Kinder mitbringen . . . Ja, alle sieben. Und deine Frau soll auch vorbeikommen, aber eine Stund' später.. Warum? Damit ihr demnächst nicht wegen jeder Briefmarke bis nach Hall reisen müßt.«

Sie legte auf und wählte sofort eine neue Nummer, um den morgigen Postbetrieb anzukurbeln, indem sie alle Bekannten zu bestimmten Zeiten hierherzitierte, damit der Herr Dr. Zimmermann den Eindruck bekam, die Sonnensteiner Poststelle sei dermaßen stark frequentiert, daß man sie keinesfalls schließen dürfe. Dazu die vielen Päckchen und Pakete, die morgen hier eintrudeln würden – also, der Herr Postinspektor würde staunen!

In diesem Augenblick läutete nebenan im Laden der Kramerin die Türglocke. Verärgert legte Anna Pölz das Päckchen zurück, das sie gerade verschnürte. »Moment!« rief sie durch die offene Tür nach draußen. »Als ob ich heut nix Wichtigeres zu tun hätt'! Also wirklich, immer diese Unterbrechungen.« Sie stand auf, als die Ladenglocke wieder anschlug. »Komm' schon . . . ich komm' ja schon!«

Damit verließ sie die Poststelle.

Rica Althäuser massierte ihre schmerzenden Finger. »Jetzt kann ich aber bald net mehr.«

Franzi lächelte ihr verständnisvoll zu. »Tun dir die Händ' weh? Wart, ich mach' dir ein Arnikabad . . .« Sie ging an die Regale mit ihren Kräutern und erschrak. »Jessas, die müssen natürlich auch noch weg, wenn der Inspektor kommt!«

Gleich darauf fuhr Pankraz Obermayr mit dem Pferdewagen vor. Gemeinsam mit Maxl und Franzi stapelte er die vielen, zum Teil sehr auffälligen Pakete darauf. Poldi, der Bernhardiner, war natürlich mit von der Partie und thronte stolz als Bewacher neben dem ›Postgut‹, das Pankraz aufgeben sollte.

Währenddessen bediente die Kramerin in ihrem Laden Edi Stark, der Zigaretten und zusätzlich noch Zigarettenpapier kaufte. »Willst auch noch Tabak für eine Papierln – zum Selberdrehen?« fragte sie, doch er winkte ab.

»Hab' ich noch genug. Aber eine Flasche Enzian möcht' ich noch.«

Die Kramerin betrachtete ihn mit zusammengeschobenen Brauen. »Ja, sag amal, wie alt sind wir denn?«

Edi setzte sein unschuldigstes Lächeln auf. »Ist doch nicht für mich. Ich wohn' im Doktorhaus, und das ist eine Überraschung für den Bergdoktor.«

Franzi, die draußen gerade eine neue Ladung Päckchen auf Pankraz' Wagen warf, hatte seine Worte gehört und rief durch die offene Ladentür: »Der mag aber keinen Enzian. Der trinkt nur seinen Klaren.«

Edi steckte den Kopf nach draußen. »Ja? Gut, daß Sie's mir sagen.« Dann wandte er sich wieder dem Ladentisch zu. »Also eine Flasche Klaren. Und bitt' schön, nix verraten, die kriegt er erst, wenn er an meinem Arm die Fäden zieht.«

Zum Bezahlen verwendete er die Tausendschillingnote, die er am Vortag von Sabina für die Uhr bekommen hatte.

Franzi fing ihn ab, als er mit der Schnapsflasche und den Zigaretten ins Freie trat. »Es geht mich ja nix an«, sagte sie resolut. »Aber du solltest besser nicht rauchen.«

Wieder fabrizierte Edi sein Unschuldslächeln. »Aber ich rauch' doch gar nicht.«

Die Paketaktion war beendet, und Maxl schloß sich Edi auf dem Heimweg an, während Franzi noch einmal in die Poststelle zurückkehrte, um den Stapel Briefe zu holen, die der Maxl ebenfalls phantasievoll beschriftet hatte. Damit schwang sie sich neben Pankraz auf den Sitz, er schnalzte mit der Zunge, und das Pferd zog an.

In flottem Trab ging es über die sonnenbeschienene Straße nach Hall zum Postamt. Franzi blätterte die Briefe durch und zog einen heraus. »Wart' nur, wenn du erst meinen Brief kriegst... Bist net schon neugierig, was drinsteht?«

Das war Pankraz freilich, aber er hätte es um nichts in der Welt zugegeben. Statt dessen grantelte er: »Einen ganzen Berg Post nach Hall bringen, damit er in Sonnenstein ankommt...«

»Wien wär' freilich besser gewesen«, erwiderte Franzi schulterzuckend. »Aber dann wären die Sachen bis morgen nicht wieder bei mir.«

»Absurd!« behauptete Pankraz, und sie warf ihm einen überlegenen Blick zu.

»Das ist nicht absurd, das ist Strategie.«

Am Abend sagte Thomas Burgner seinem Buben wie immer gute Nacht. Er gab ihm einen Kuß, während der Maxl seinen Vater umhalste. »Schlaf gut und träum schön«, meinte Thomas mit einem freundschaftlichen Klaps auf Maxls Rücken.

Edi putzte sich im angrenzenden Badezimmer die Zähne. Als Thomas auf den Flur trat, kam er ebenfalls heraus.

»Bei dir zu Haus meldet sich immer noch niemand«, sagte Dr. Burgner beunruhigt, und Edi zuckte mit den Schultern.

»Da haben sie eben noch einen Tag drangehängt. Das machen sie manchmal. Aber ... ich muß doch sowieso hierbleiben, bis die Fäden rauskommen?«

Thomas registrierte den ängstlichen Ausdruck in Edis Augen. »Das wär' natürlich das Beste«, erwiderte er und sah, wie Edis Gesicht sich wieder entspannte. »Wo ist denn der Kongreß?«

»Eh ... in ... in Trier«, gab der Sechzehnjährige etwas stockend Auskunft. »Aber die Nummer von da hab' ich nicht dabei – leider.« Er ging ins Bad zurück und bürstete weiter seine Zähne. Im Spiegel sah er, wie Thomas Burgner hinter ihn trat. »Weißt du noch, Onkel Thomas? Als wir uns zuletzt gesehen haben, war ich noch voll auf Zahnspange.«

Thomas erwiderte nichts darauf. Er blickte Edi nur nachdenklich an, und ihm fiel auf, wie nervös und überdreht der Junge wirkte. Seine Sorge um ihn wuchs. »Wir zwei hatten eigentlich immer einen guten Draht zueinander«, setzte er an, aber Edi reagierte nicht darauf, sondern nahm sein Zahnputzglas und begann laut und prustend zu gurgeln.

Die Packung Dolantin, die Thomas Burgner ihm gegen seine Schmerzen gegeben hatte, war aufgebraucht. Edi benötigte dringend mehr davon. Deshalb wartete er in seinem Zimmer, bis im Haus alles schlief. Sicherheitshalber gab Edi noch eine Stunde zu, ehe er sein Bett verließ und ein Bergsteigerseil am Fensterkreuz des Gästezimmers befestigte. Dann warf er das Seilende durch das Fenster nach draußen.

Anschließend verließ er sein Zimmer durch die Tür. Mit lautlosen Schritten schlich er den Flur entlang und die Treppe hinunter. Er trug Turnschuhe und seinen Trainingsanzug und hatte eine Taschenlampe mitgenommen, die er anknipste, als er die Ordination betrat.

Edi ging zum Schreibtisch, holte den Schlüssel des Medikamentenschranks aus der Lade und öffnete damit die Schranktür. Hastig nahm er die beiden Packungen Dolantin heraus und stopfte sie in seine Hosentasche. Den Schlüssel ließ er stecken.

Ebenso leise, wie er gekommen war, verließ er den Raum durch das Fenster. Draußen suchte er nach einem Stein und schlug damit die Scheibe ein. Er nahm sich noch die Zeit, durch das so entstandene Loch zu greifen und das Fenster wieder zu schließen. Danach rannte er geduckt zu dem Seil, das aus seinem Zimmerfenster baumelte, und kletterte gewandt daran hoch. Er hatte sich gerade über das Fensterbrett geschwungen, als in Thomas Burgners Schlafzimmer das Licht anging.

Er und Sabina hatten das Klirren der Scheibe gehört. Beide sprangen aus dem Bett. Während Sabina zuerst aus dem Fenster blickte, lief Thomas nach unten. Er knipste das Licht in der Praxis an und sah mit einem Blick, was geschehen war. Rasch rannte er nach draußen und entdeckte gerade noch, wie das letzte Stück Seil in Edis Zimmer verschwand.

In fliegender Hast verstaute der Junge es zusammen mit seinen Turnschuhen im Schrank und kletterte ins Bett. Er hatte gerade die Decke über sich gezogen, als es an seiner Tür klopfte und Thomas Burgner den Raum betrat. Vom erleuchteten Flur fiel ein heller Lichtstreifen auf das Bett.

»Edi?« sagte Thomas Burgner leise, und der Junge richtete sich scheinbar verschlafen auf. »In die Praxis ist eingebrochen worden. Hast du was mitgekriegt?«

Edi markierte ein Gähnen und rieb sich die Augen. »Was? Ist ja schrecklich. Kann ich was tun?«

»Nein, nein, nicht nötig«, erwiderte Thomas und ging wieder hinaus. Er hatte kaum die Tür hinter sich geschlossen, als Edi das Dolantin aus seiner Tasche zog, nach der unter dem Bett versteckten Schnapsflasche angelte und ein paar Tabletten mit Schnaps hinunterspülte. Im selben Moment ging die Tür wieder auf, und Thomas Burgner drückte auf den Lichtschalter.

Erschrocken schlug Edi die Hände vor das Gesicht, weniger, weil die plötzliche Helligkeit ihn blendete, sondern weil er sich ertappt wußte und maßlos schämte.

Thomas ging zum Bett und blickte auf ihn hinunter. Ein paar Sekunden herrschte Schweigen. Dann sprang Edi auf die Füße und warf sich heftig an Thomas' Brust. Es geschah so unvermittelt, daß Dr. Burgner zuerst an einen Angriff glaubte. Aber im nächsten Augenblick spürte er, wie Edi zitterte und ihn umklammerte, und begriff: Der Junge sucht Hilfe, wollte sich in die Arme eines Vaters werfen wie ein unglückliches Kind – etwas, das er seit langer Zeit vermutlich nicht mehr getan hatte.

Thomas hielt ihn fest. »Das letzte Mal warst du noch voll auf Zahnspange«, sagte er leise. »Und jetzt? Auf was bist du jetzt?«

Edis Zittern verstärkte sich. Er schluchzte. »Ich will da raus!« preßte er hervor. »Onkel Thomas, ich will da raus!«

Dr. Burgner strich beruhigend über Edis Rücken. »Das Wichtigste dazu hast du schon getan: Du bist weg von deinen Augsburger Kumpels. Du bist zum guten alten Onkel Thomas in die Berge gekommen.«

Edis Worte waren vor Schluchzen kaum zu verstehen. »Und dann beklau' ich den, der mir helfen könnte! Das ist doch . . .«

». . . leider ganz normal in deinem Zustand«, vollendete Thomas ernst. »Sucht ist stärker als Vernunft. Drum willst du da ja raus, denk' ich.«

Edi nickte heftig. Er löste sich ein wenig von Thomas und blickte ihn unsicher an. »Holst du die Polizei?«

Ein kleines warmes Lächeln stand in Thomas' Augen. »Nein, den Glaser.« Er drückte Edi aufs Bett und setzte sich daneben. »Und jetzt erzählst du mir genau, wie weit du da drinhängst und wie lang' das schon geht.«

»Ich bin kein Drücker«, beteuerte Edi hastig, und Thomas sah ihm an, daß er diesmal die Wahrheit sprach. »Heroin hab' ich nicht genommen.« Es klang fast so, als wäre er stolz auf diese Leistung.

»Und sonst?« fragte Thomas weiter, und Edi senkte den Kopf.

»Sonst so ziemlich alles. Am Anfang war gar nichts dabei . . . Wir haben so 'ne nette Kneipe. Wir verstehen uns alle prima . . .«

Es war die alte Geschichte. Ein junger Mensch, der sich in seiner Clique besser verstanden und aufgehoben fühlte als zu Hause. Und dann irgendwann der Griff zur ersten Haschzigarette, zum ersten Aufputschmittel.. Weil man sich danach so toll fühlte. Nicht mehr als Versager, an dem der Vater dauernd herumnörgelte, weil man an den einzigen Sohn schließlich Anforderungen stellen mußte, damit etwas Gescheites aus ihm wurde . . .

»Und eines Tages hast du gemerkt, du kannst einfach net aufhören mit dem Zeug«, sagte Dr. Burgner. »Wann war das?«

»Vor 'nem halben Jahr oder so«, gestand Edi.

»Und mit der Schule – wie geht's da?«

»Ja, Scheiße!« brach es aus Edi heraus. »Eben überhaupt nicht.« Er begann wieder zu heulen, und Thomas streichelte ihm über den Kopf. Er wartete, bis der Junge sich ein wenig beruhigt hatte, und sagte dann sehr ernst: »Edi, das kriegen wir hin. Es wird net leicht, aber wir kriegen's hin.« Er deutete auf die gestohlenen Medikamente und die Schnapsflasche. »Und das hier nehm' ich mit.«

Sie fanden beide nicht viel Schlaf in dieser Nacht, ebenso wenig wie Sabina, die natürlich von Thomas informiert worden war. Am Morgen gingen sie und Thomas in die Praxis hinunter, und Sabina fegte erst einmal die Glasscherben der eingeworfenen Fensterscheibe zusammen. Als Traudl kam, sagte ihr Dr. Burgner zunächst nur, daß jemand in der Nacht einen Einbruch versucht habe.

Sofort kontrollierte sie den Bestand des Medikamentenschranks. »Und es fehlt doch was!« rief sie plötzlich. »Zwei Schachteln Dolantin.« Ihr hübsches Gesicht wurde besorgt. »Sie sollten die Polizei verständigen, Herr Doktor.«

Thomas und Sabina wechselten einen raschen Blick. Dann sagte er: »Ich will keine Polizei. Aber ich will dir auch nichts vorspielen, Traudl. Wir wissen, wer es war.«

»Dann weiß ich es auch«, erwiderte sie nach kurzem Nachdenken.

Thomas nickte ihr zu. »Aber mehr als wir drei brauchen das erst einmal nicht zu wissen ... Wenn erst die Polizei und die Paragraphen im Spiel sind, dann hat er fast keine Chance mehr. Ruf den Glaser an, Traudl.«

Nach der Vormittagssprechstunde, die diesmal zeitig beendet war, bat Thomas Burgner seinen Patensohn, ihm beim Mähen der hinter dem Haus gelegenen großen Wiese zu helfen. Er selbst nahm die Sense, während Edi das Gras zusammenreckte. Das ging ganz gut, trotz seines geschienten linken Unterarms. Eine Weile arbeiteten sie schweigend, genossen die Sonne auf der Haut und den Geruch des frischen Grases, bis Edi die Stille unterbrach.

Er erzählte von seinem Leben daheim und den Schwierigkeiten, die er mit seinen Eltern hatte. »Reden kann ich schon lang' nicht mehr richtig mit ihnen«, schloß er bedrückt.

Thomas blieb stehen und strich sich das Haar aus der verschwitzten Stirn. »Das kann ich mir eigentlich schwer vorstellen. Ich kenn' sie beide gut. Sie sind sehr offen und verständnisvoll.«

»Ja, ja, vor allem er!« Edi grinste schief. »Aber an seinem Blick siehst du genau, wo's überall bei dir fehlt und wie wenig er dir zutraut.«

Dr. Burgner betrachtete ihn prüfend. Edi wirkte unruhig und zerfahren. Bestimmt litt er unter Entzugserscheinungen. »Versprich mir eines«, bat er den Jungen. »Sag mir, wenn du's nicht aushältst. Ich weiß ein paar Tricks – wie man dem Druck für ein paar Stunden davonschlafen kann, zum Beispiel . . .«

Lautes Wiehern unterbrach ihn. Zwei Pferde kamen über die Wiese herangaloppiert. Thomas erkannte sie und rief erschrocken: »So was! Das sind ja die vom Pankraz!«

Rasch warf er die Sense ins Gras und rannte auf das eine Pferd zu. Er bekam es am Zügel zu fassen und brachte es zum Stehen. Dabei gewahrte er zu seiner Überraschung, daß Edi das gleiche bei dem anderen Pferd geschafft hatte. Anerkennend lächelte Dr. Burgner ihm zu. »Daß du dich so mit Pferden auskennst!«

Edis Gesicht verschattete sich. »Ich hatte eins. Das hab' ich geliebt. Wank hieß es. Ich hatte ihn vorm Schlachthof gerettet.« Seine Lippen zitterten. »Das nehm' ich meinem Vater ja so übel!« brach es aus ihm hervor. »Nach einer einzigen verhauenen Mathearbeit hat er mir Hausarrest gegeben. Wank war krank, aber Vater war ›konsequent‹. Als ich wieder zum Stall durfte, war Wank tot. Seitdem bin ich nie mehr geritten.«

»Und hast dich selber damit am meisten gestraft«, sagte Dr. Burgner leise. »Bei der Geschicht' tut ihr mir beide leid, du und dein Vater. Damit konnt' er doch nicht rechnen.« Er schwang sich auf den Rücken des einen Pferdes. »Die Gäule müssen zurück. Ich nehm' die Lisa am Zügel mit.«

Aber Edi saß schon auf dem Rücken der Stute und ritt an. »Edi, deine Hand!« rief Dr. Burgner warnend, aber der Junge reagierte nicht darauf, sondern trieb das Pferd in gestrecktem Galopp über die Wiese nach Sonnenstein hinunter.

»Edi ist ein phantastischer Reiter«, berichtete Dr. Burgner am Nachmittag Sabina, als sie aus der Klinik gekommen war. »Er wird wieder richtig damit anfangen. Und: Er hat nichts genommen den ganzen Tag über.«

Ihr Blick war etwas skeptisch. »Bist du sicher?«

»Ich glaub' ihm«, erwiderte Dr. Burgner einfach. Er schwieg eine Weile und fragte dann aus seinen Gedanken heraus: »Was meinst du? Ein Kind, das hier aufwächst, ist vielleicht nicht ganz so anfällig für Drogen . . .«

Sabina lächelte verständnisvoll. »Du meinst deinen Maxl? Ich helf' dir schon aufpassen.« Dann fügte sie beunruhigt hinzu: »Ruf noch mal bei Edis Eltern an. Irgendwann muß doch jemand daheim sein.«

Diesmal wurde der Hörer an der Gegenseite abgenommen. Aber es war nicht Professor Stark, der sich meldete, sondern ein Herr Weber. »Entschuldigen Sie, da hab' ich mich verwählt.« Thomas drückte auf die Gabel und tippte noch einmal dieselbe Nummer ein. Wieder meldete sich der unbekannte Herr Weber. »Entschuldigen Sie«, sagte Dr. Burgner abermals. »Da hab' ich mir wohl eine Nummer falsch notiert.« Er legte auf und blickte nachdenklich vor sich hin.

»Was wirst du jetzt weiter mit Edi tun?« fragte Sabina. Der Bergdoktor hob den Kopf. »Seelisch streicheln – und körperlich fordern.«

Es war genau die richtige Therapie für Edi. Am nächsten Morgen in aller Frühe stieg Thomas mit ihm zum Hexenboden hinauf, der quasi der Hausberg von Sonnenstein war. Der Junge hielt sich tapfer, obwohl die ungewohnte körperliche Anstrengung ihm natürlich zu schaffen machte. Andererseits spürte er, daß sie ihm guttat und die Entzugserscheinungen milderte.

Edi wünschte sich so sehr, von seiner Sucht loszukommen. Er wußte ganz klar: Wenn er es nicht schaffte, war er verloren. Seine soziale Demontage hatte bereits begonnen, und sie würde immer weiter fortschreiten, bis er ganz am Ende war.

Edi war froh, daß er nach Sonnenstein gekommen war. Es war deine beste Idee seit langem, fand er. Hier, bei Thomas Burgner bekam er nicht nur ärztliche Hilfe, sondern auch Verständnis. Thomas verachtete ihn nicht, hielt ihn nicht für einen Versager, und ihm konnte er alles erzählen, was er daheim bei seinen Eltern schon lange nicht mehr fertiggebracht hatte.

»In meiner Kneipe, im ›Stimmt so‹«, sagte Edi, während er und Thomas zügig die letzten Meter zum Gipfelkreuz zurücklegten, »da stimmt's halt für mich. Da kann ich echt reden mit den Typen, und der Hanno . . . also der Hanno, zum Beispiel, der war zwar schon mal im Knast, aber der ist ein echt guter Freund, ehrlich. Und da wird nicht nur gelabert, da wird über die wichtigen Sachen geredet.«

»Und da trinkt ihr und raucht und kifft – oder?« fragte Dr. Burgner, und Edi wich ein wenig verlegen seinem Blick aus.

»Ja, sicher, aber . . . Also der Hanno, der würde mich nie hängenlassen . . .«

»Auch harte Drogen?« fragte Thomas weiter, und Edi

beteuerte wiederum, daß das für ihn nicht in Frage gekommen war.

Thomas legte ihm die Hand auf die Schulter. »Weiß ich doch. Aber der Hanno.«

Edis Schweigen verriet mehr als genug. Nach einer Weile setzte er leise hinzu: »Heuer haben wir schon drei von unseren Kumpels unter die Erde gebracht. Den Fuchsi haben sie im Gebüsch gefunden wie einen Haufen Müll. Und die Alex war grad' vierzehn . . . Scheiße!« Er verstummte und sah so verzweifelt aus, daß es Dr. Burgner das Herz abschnürte.

»Und was ist mit Mädchen?« erkundigte er sich.

Edi warf ihm einen scheuen Blick zu. Dann gestand er: »Die Stella . . . ist meine Freundin. Das heißt, sie war es, bis Nico wieder aufgetaucht ist.«

»Wer ist Nico?« wollte Thomas wissen, und Edi schob finster die Brauen zusammen.

»Ihr Ex-Kerl. Ein Fixer. Von dem stammt auch die Wunde.«

»Ich weiß.« Thomas streckte die Hand aus, um Edi um eine steile Felsnase herumzuhelfen. »Du bist nicht durch eine Scheibe. Das war ein Messer.«

»Ja, und eine Riesenschlägerei«, gab Edi zu und grinste. »Aber die Bullen haben uns nicht erwischt.«

Thomas grinste zurück, um seinen nächsten Worten das Gewicht zu nehmen. »Du befindest dich net grad' in bester Gesellschaft.«

Sie hatten indessen das Gipfelplateau erreicht und schauten in die Weite. Es war ein grandioser Ausblick, die schneebedeckten Berge ringsum, die tiefer gelegenen Wälder, die sanften Matten im Tal und spielzeugklein dazwischen die Dörfer und Einödhöfe.

Edi atmete ein paarmal tief durch. Und irgend etwas in ihm dachte sehr deutlich: Mensch, ich bin ja fast glücklich. Wieso eigentlich?

Als sie zurückkamen, empfing Sabina Dr. Burgner mit

der Nachricht, daß sie mit Edis Eltern telefoniert habe. »Edi hat dir eine falsche Telefonnummer gegeben. Ich hab' die Auskunft angerufen. Die Nummer von seinen Eltern hat sich überhaupt nicht geändert.«

Er zog seinen Janker aus und hängte ihn über einen Stuhl. »Wozu dieses Versteckspiel?« meinte er kopfschüttelnd. »Seine Eltern sollten wohl Angst um ihn haben.«

»Das hatten sie auch«, bestätigte Sabina. »Die waren ganz verrückt vor Angst. Ganz schön brutal, diese ›unverstandenen‹ Kids.«

»Gut, daß du ihnen endlich Bescheid gesagt hast«, erwiderte Thomas und überlegte. Morgen war Mittwoch. Da könnte er doch . . .

»Sabina?« fragte er. »Morgen ist doch mein freier Nachmittag.«

»Dein sogenannter freier Nachmittag«, meinte sie mit liebevollem Spott.

Er schüttelte den Kopf. »Morgen nehm' ich mir wirklich frei. Aber nichts dem Edi sagen. Ich fahr' zu seinen Eltern.«

Franzi hatte sich für den Besuch des Postinspektors aus Innsbruck extra eine neue Postleruniform besorgt, die sie in aller Morgenfrühe zum ersten Mal anzog. Als sie sich im Spiegel darin betrachtete, bekreuzigte sie sich sogar, damit das neue Gewand ihr auch das erhoffte Glück brachte.

»Ich bin ja so aufgeregt«, sagte sie, als Pankraz nach einem kurzen Anklopfen ihr Zimmer betrat.

Er musterte sie von der Jacke bis zu den Schuhen und erkundigte sich unliebenswürdigerweise: »War das jetzt net etwas vorschnell?«

»Wieso?« wollte Franzi wissen, und er grinste geradezu diabolisch.

»Na ja, dein neues Postler-Outfit kannst zur Not ja

auch in der Kuchl anziehen. Grießnockerl hätt's schon länger net mehr gegeben ...«

»Aha!« sagte Franzi aufgebracht. »Soviel zu männlicher Loyalität!« Damit rauschte sie an ihm vorbei aus dem Zimmer.

Beim Frühstück brachte sie kaum einen Bissen hinunter und war viel früher als sonst in der Poststelle. Dort wartete sie fiebernd vor Nervosität auf den Posteingang aus Hall und die Ankunft des Herrn Postinspektors. Beides erfolgte fast gleichzeitig.

Als erstes stoppte schnaufend der Postbus vor der Tür, und der Fahrer reichte Franzi die vielen Pakete, die sie in Hall aufgegeben hatte, durch das Fenster in den Schalterraum. Es war wirklich ein riesiger Berg, und Dr. Zimmermann von der Oberpostdirektion, dessen Dienstwagen gleich darauf vorfuhr, blickte etwas irritiert zwischen den Paketen und der langen Warteschlange von Sonnensteinern hin und her, die, von Franzi herzitiert, an diesem Vormittag die Poststelle aufsuchten.

Sogar Pfarrer Hauberer hatte es sich nicht nehmen lassen, zu erscheinen, und als Dr. Zimmermann an den Wartenden vorbeiging, neigte auch er mit den anderen grüßend sein hochwürdiges Haupt.

Franzi öffnete dem Herrn Postinspektor die Tür und streckte ihm die Hand entgegen. »Lieber Herr Dr. Zimmermann, herzlich willkommen in der Poststelle Sonnenstein.«

»Frau Pichlinger, stimmt's?« fragte er und blickte verdutzt dem Fahrer des Postbusses nach, der sich mit einem prall gefüllten Postsack voller Briefe an ihm vorbeidrängte.

»Ganz recht, Herr Postinspektor«, erwiderte Franzi und ließ nun auch die lange Schlange der Wartenden in den Schalterraum. Dr. Zimmermann registrierte den Andrang, und sie erklärte lässig: »Keine Bange, gegen neun Uhr wird's meist a bisserl ruhiger.«

Der Postfahrer schleppte den letzten Stapel Pakete in den Raum. Von Franzi entsprechend instruiert, erklärte er: »So, das wär's. Dann bis zum Nachmittag.«

»Gibt's da auch noch mal regelmäßig Frachtgut?« erkundigte Dr. Zimmermann sich, und der Fahrer setzte eine wichtige Miene auf.

»Nachmittags is' es meist viel mehr.«

Während Dr. Zimmermann sich in der Poststelle umschaute, kniff der Fahrer Franzi ein Auge zu. »Hast's geseh'n, ich hab' noch zwei Packerl dazugetan – von meine Leut an die Tante Marie . . .«

Dr. Zimmermann war so damit beschäftigt, Eindrücke zu sammeln, daß er nicht hörte, wie der Zirngiebel, der ebenfalls in der Schlange stand, Elfriede Angerer zuflüsterte: »Zu was bist du denn eingeteilt? Zum Einzahlen oder Abheben?«

Franzi jedoch hatte seine Worte vernommen und warf ihm einen strafenden Blick zu, worauf der Zirngiebel den Kopf einzog. Dann wandte sie sich mit großer Liebenswürdigkeit dem ersten Kunden zu: »Was kann ich für Sie tun?«

Der Andrang wurde immer stärker, und Dr. Zimmermann konnte darüber nur den Kopf schütteln. Was herrschte denn bloß für ein Betrieb in der Poststelle Sonnenstein? Beeindruckt hörte er zu, wie Pfarrer Hauberer, als er an der Reihe war, die Franzi bat: »Bitt' schön, wennst mir das rasch zum Vatikan 'nunter faxt . . .«

»Derselbe Herr Kardinal wie's letzte Mal?« erkundigte sie sich, und Hochwürden nickte.

Franzi war inzwischen selbst schon ziemlich von dem Andrang und der damit verbundenen Arbeit erschöpft. Immerhin stellte sie das Faxgerät an und nahm Hochwürdens fingierten Text in Empfang. Anschließend verkaufte sie Briefmarken an ein Kind und wandte sich dann Rica Althäuser zu. Rica hielt ihr Sparbuch hin. »Tausend abheben, bitt' schön.«

»Einzahlen, Rica«, verbesserte Franzi im Flüsterton.

»Wie?« flüsterte die zurück. »Du hast g'sagt: abheben.«

»Ich hab' aber kein Geld mehr«, zischelte Franzi, und Rica gestand ebenso leise:

»Ja meinst, ich hätt' welches?«

Pfarrer Hauberer befreite sie aus ihrer Notlage, indem er ihr diskret einen Geldschein zusteckte, damit sie ihn einzahlen sollte. Rica verstand und legte ihn hastig vor Franzi hin.

»Liebe Frau Pichlinger«, wandte Dr. Zimmermann sich an Franzi, »die Dichte des hiesigen Parteienverkehrs im Verhältnis zur Einwohnerzahl übertrifft unseren Poststellendurchschnitt um ein Vielfaches.« Das Lächeln, mit dem er seine Worte begleitete, war ausgesprochen wohlwollend.

Trotzdem brauchte Franzi ein paar Sekunden, bis sie den Sinn seiner Worte begriff. Dann jedoch meinte sie, der Herr Postinspektor müsse den Stein rumpeln hören, der ihr vom Herzen fiel. Es klappte! Ihr Plan zeigte Wirkung. Und ihre Sonnensteiner waren einfach fabelhaft, wie sie alle mitspielten . . .

In diesem Augenblick schob sich Herr Konrad an der Schlange vor dem Schalter vorbei. Er wandte sich zu dem Regal, in dem Franzi sonst ihre Heilkräuter und Mixturen aufzubewahren pflegte. Aber statt der wohlbekannten Tüten und Gläser lagen heute nur Formulare, Postpakete und ähnliches darin.

»Ja, was ist denn hier los?« fragte Herr Konrad mißbilligend. »Der Postbetrieb nimmt ja überhand. Schließlich ist das hier eine Kräuterpraxis.«

Franzi stockte der Atem. Jessas, dieses Rhinozeros, dachte sie. Jetzt war doch alles umsonst.

Sie versuchte, Herrn Konrad mit ihren Blicken zu hypnotisieren, damit er den Mund hielt, aber er fragte ungeniert und laut: »Wo sind s' denn nun, meine Kräuter?«

Natürlich hatte Dr. Zimmermann das mitbekommen und erkundigte sich perplex: »Was für Kräuter?«

»Das kleinblütige Weidenröschen braucht' ich«, gab Herr Konrad bereitwillig Auskunft.

»Ja, und wozu?« wollte der Herr Postinspektor wissen, während Franzi sich an ihrem Schaltertisch festhalten mußte, weil ihr die Beine wegknickten vor lauter Entsetzen.

Herr Konrad blickte etwas verlegen nach unten. »Für meine Beschwerden...« Er senkte die Stimme. »Das kleinblütige Weidenröschen ist angesagt bei Prostatabeschwerden«, zischelte er Dr. Zimmermann zu. »Das möcht' ich hier net laut sagen.«

Der Postinspektor schüttelte den Kopf. »Nein, nein, ich mein', wozu kommen S' deswegen ausgerechnet auf die Post?«

Um Herrn Konrad endlich loszuwerden, hatte Franzi einen Beutel mit dem getrockneten Heilkraut aus einer Schublade hervorgesucht und schob es Herrn Konrad mühsam beherrscht zu. Dem Gesicht des Herrn Postinspektors sah sie an, was er dachte, und das Herz sank ihr noch tiefer.

»Daß auch grad' Sie mir alles vermasseln müssen«, flüsterte sie Herrn Konrad wütend zu. Dann wandte sie sich an Dr. Zimmermann, weil ihr klar war, daß er auf eine Erklärung wartete. »Wissen S', das ist nämlich so. Ich versteh' zufällig ein bisserl was von Kräutern, und da... Manchmal helf' ich meinen Kunden halt, verstehen S', Herr Oberpostdirektor?«

Er runzelte die Stirn. »Also, Frau Franzi, das ist sicher hier fehl am Platze...«

»Sicherlich«, murmelte sie zerknirscht.

»... aber ich hätt' da mal eine Frage«, fuhr Dr. Zimmermann fort und beugte sich näher zu ihr. »Sehen Sie, mich plagt da nämlich seit Jahren was hier im kleinen Finger. Womöglich die Gicht, obwohl ich sonst ganz gesund bin. Hätten Sie denn da auch was dagegen?«

Rrrums, fiel Franzi der nächste Stein vom Herzen. Sie

strahlte auf. »Ja, sicher. Bärlapp, Beinwurz . . .« Sie kramte wieder in ihrer Schublade und überreichte Dr. Zimmermann zwei Tüten. »Zwei Teelöffel kleingeschnittene Wurzeln in einem Viertelliter Wasser über Nacht kalt ansetzen. Leicht anwärmen, abseihen und in kleinen Schlucken trinken.«

»Fabelhaft!« sagte Dr. Zimmermann erfreut. »Ich fürcht', ich werd' noch Stammkunde bei Ihnen, Frau Pichlinger.

Franzi hielt den Atem an. »Das heißt, meine Poststelle wird nicht geschlossen?«

Er blickte sich in dem immer noch vollgestopften Schalterraum um. »Nie und nimmer – bei dem Parteienverkehr!«

Eine Äußerung, die von allen, die sie hörten, mit beifälligem Gemurmel quittiert wurde. Schließlich wollte kein Sonnensteiner, daß ›seine‹ Poststelle auf höheren Befehl hin einfach zugemacht wurde.

Edi Stark verbrachte den Mittwochnachmittag allein im Doktorhaus, nachdem Thomas Burgner fortgefahren war. Der Junge hatte in der Garage ein Mountainbike gefunden, das Thomas gehörte und an dem Edi nun herumbastelte. Es mußte dringend geputzt werden.

Als ein Motorrad den Weg zum Doktorhaus hinaufgeknattert kam, blickte er auf und erkannte seine Ex-Freundin Stella auf dem Rücksitz. Sie stieg ab, rief dem Motorradfahrer, der sie mitgenommen hatte, einen Abschiedsgruß zu und schlenderte dann zu Edi hin. Der stand wie erstarrt.

»Servus!« sagte Stella schließlich. Sie war ursprünglich ein recht hübsches Mädchen gewesen, aber jetzt sah sie ziemlich heruntergekommen aus, blaß und mager, mit sprödem Haar und unreiner Haut.

Edis Miene wurde abweisend. »Sauber . . .« quetschte er hervor.

Stella warf den Kopf zurück. »Mit Nico, das is' aus«, erklärte sie in einem Ton, als sei damit ihr Auftauchen hinlänglich erklärt.

Edi preßte die Lippen zusammen. »Und da fällt der Stella der liebe Edi wieder als Ersatzspieler ein«, sagte er bitter.

Sie trat noch näher. »Sag mal, du freust dich ja gar nicht, daß ich da bin.«

Edi blickte an ihr vorbei. »Woher weißt du überhaupt, daß ich hier bin?«

Sie kicherte. »Hanno hat's mir gesagt – für 'ne Pulle Codein.« Neugierig blickte sie sich um, betrachtete das Haus mit den Holzbalkonen und den Blumenkästen voll blühender Geranien. »Was sind denn das hier für Spießer?« erkundigte sie sich verächtlich.

Edi ging nicht darauf ein, sondern erwiderte nur unwirsch: »Is' grad' niemand da.« Es paßte ihm gar nicht, daß Stella gekommen war. Sie gehörte zu dem Leben, das er hinter sich lassen wollte. Gleichzeitig ärgerte er sich über sich selbst, daß sie immer noch so viel Anziehungskraft für ihn besaß. Verdammte Stella!

»Gut!« gurrte sie und ließ sich gegen ihn fallen, um ihn abzuküssen. Er schob abwehrend ihre Arme von seinem Hals und wandte sich um.

Einen Moment lang nagte Stella wütend an ihrer Unterlippe. Dann fragte sie im Ton eines quengelnden Kindes: »Wo is' denn hier ein Klo?«

Wohl oder übel mußte er sie nun ins Haus lassen, etwas, das er gern vermieden hätte. Stumm ging er ihr voran, und Stella zog einen Flunsch. »Und ich hab' gedacht, du freust dich . . .«

Sie bekam keine Antwort darauf.

Doch im Haus schmolz Edis Widerstand langsam dahin. Er verachtete sich selbst dafür, aber Stella hatte schon immer einen ziemlichen Einfluß auf ihn gehabt, und daß sie sich mit ihrem Ex-Lover Nico wieder eingelassen hatte, hatte ihm scheußlich weh getan. Jetzt allerdings tat Stella so, als wären sie nie auseinander gewesen, und wenn sie wollte, konnte sie tatsächlich sehr verführerisch sein. Sie tänzelte vor Edi durch das Haus, schaute in alle Räume, und als sie schließlich in Edis Zimmer angelangt waren, warf sie sich wieder an seine Brust und begann ihn wild zu küssen. Diesmal wehrte er sich nur schwach, und als Stella anfing, ihn zu streicheln und sich an ihm zu bewegen, schmolz sein Widerstand wie Schnee an der Sonne.

Er erwiderte Stellas Küsse, und irgendwann fand er sich mit ihr auf dem Teppichboden wieder, spürte, wie sie sich an ihn drängte, während ihre Finger unter sein T-Shirt glitten und kleine heiße Flämmchen auf seiner Haut zu entzünden schienen.

»Ich hab's ja gewußt«, sagte Stella zwischen zwei Küssen, »jetzt freust dich doch!«

Er erwiderte nichts darauf, sondern zog sie über sich und umklammerte sie voller Verlangen.

Später lagen sie, immer noch eng umschlungen, auf dem Fußboden und schliefen. Stella erwachte als erste und verspürte eine scheußliche Mundtrockenheit. Sie kannte das und wußte, daß sie bald etwas brauchte. Aber hier, in der Praxis von Edis Patenonkel, würde sie todsicher etwas kriegen. Schlauer Edi, daß er ausgerechnet hierher gekommen war! Stella betrachtete ihn und hob vorsichtig seinen verbundenen Arm an.

Davon wurde er wach, und sein Gesicht wurde abweisend. Plötzlich schämte er sich dafür, daß er Stella nachgegeben hatte. »Dein Scheiß-Nico mit seinem Scheiß-Messer!« sagte er voller Bitterkeit.

»Mit dem is' echt aus, endgültig«, beteuerte sie. Sie zog das Zigarettenpäckchen zu sich heran und nahm sich eine Zigarette. Dann suchte sie in Edis Hosentasche nach dem Feuerzeug. Sie rauchte und rutschte näher an ihn heran. »Du, ich braucht' was? Hast was?«

Sie lachte ungläubig, als Edi ihr erklärte, daß er mit dem Zeug aufgehört habe. »Seit zwei Tagen nichts. Kein Alk, nichts. Irgendwie geht's. Mein Onkel Thomas ist ein toller Typ. Der würd' dir auch helfen.«

Sie tippte sich an die Stirn. »Mensch, Edi, ich brauch' was! Komm, zeig mir, wo's ist.«

»Wo was ist?« fragte er, obwohl er natürlich wußte, was sie meinte.

»Na, die ... die Vorratskammer. Die Praxis.«

Edi setzte sich auf und umfaßte beschwörend ihre Schultern. »Stella, das hier ist *die* Chance ...«

Sie fing an zu zittern. »Ich brauch' was!« wiederholte sie schrill. »Sonst kommt der Horror.«

Er wußte, daß sie die Wahrheit sagte. Stella hing an der Nadel, und er hatte ein paarmal miterlebt, wenn die Entzugserscheinungen bei ihr anfingen. Es war grausam. Dann war sie nichts als ein heulendes, zitterndes Bündel Mensch, das abwechselnd schwitzte und fror, sich mit klappernden Zähnen zusammenkrümmte und keinen Augenblick stillhalten konnte. O verdammt, warum war sie bloß hergekommen! Aber er brachte es auch nicht fertig, sie fortzuschicken und einfach ihrem Schicksal zu überlassen.

Edi fühlte sich miserabel, als er mit Stella schließlich in die Ordination hinunterging, den Schlüssel zum Medikamentenschrank aus Thomas' Schreibtisch nahm und den Schrank aufschloß. Hastig inspizierte Stella die dort liegenden Ampullen, entnahm eine mit Dolantin und eine Einwegspritze und zog sie auf.

Edi wandte sich ab. Ihm war regelrecht übel; er wollte nicht mitansehen, wie Stella sich den Schuß setzte.

Eine Viertelstunde später verließen sie das Haus und schlenderten zum Wald hinüber. Stella war von hektischer Lustigkeit. Sie sprang um Edi herum, machte allerlei Faxen und hatte rote Flecken auf den Wangen. Außerdem war ihr heiß, und sie fächelte sich mit ein paar ausgerupften Farnwedeln Luft zu.

Edi reagierte nicht auf ihre überdrehte Fröhlichkeit, sondern starrte niedergeschlagen vor sich hin auf den Weg. Wie sollte er Thomas Burgner den neuerlichen Medikamentendiebstahl nur erklären? Am liebsten hätte er geheult.

Stella betrachtete ihn kichernd. »Jetzt mach doch nicht so ein Gesicht! Die drei Schuß – vom Billigsten. Dein Doktor Schweitzer wird's überleben.« Er gab ihr gar keine Antwort.

Sie hatten indessen den Wildbach erreicht, der aus steiler Höhe auf die Waldwiese herabstürzte. Unterhalb des Wasserfalls befanden sich mehrere Gumpen im Bachlauf.

Lachend zog Stella ihre Schuhe aus und warf sie in hohem Bogen ins Gras. »Komm 's is' so heiß. Wir gehen zusammen in die Badewanne.«

Edi schüttelte wortlos den Kopf, doch Stella war nicht zu halten. Sie streifte Hose und T-Shirt ab. Darunter trug sie ein Hemd, das ihre Magerkeit noch mehr hervortreten ließ. Auf der Brust und im Rücken hatte sie häßliche Eiterpusteln.

»Komm, du Feigling!« lockte sie Edi. »Komm, komm!«

Wieder winkte er ab und setzte sich mit untergeschlagenen Beinen auf die Wiese, ein gutes Stück von Stella entfernt. Er mochte sie nicht ansehen, sondern blickte zum Gipfel des Hexenbodens hinauf, während Stella allein in eine besonders große, tiefe Gumpe stieg. Sie kreischte auf, denn das Wasser war eiskalt und nahm ihr den Atem. Dann begann sie mit exaltierter Fröhlichkeit in der Gumpe herumzuhüpfen.

Edi blickte noch immer zum Hexenboden auf. »Schau nur . . .«

In diesem Augenblick sackte Stella nach einem besonders wilden Sprung ins Wasser. Als Edi keine Antwort von ihr bekam, blickte er endlich zu ihr hin, entdeckte sie nicht mehr in der Gumpe und dachte zuerst, daß sie wegen der eisigen Wassertemperatur wieder ans Ufer gestiegen sei. Erst zwei, drei Sekunden später dämmerte ihm, daß irgend etwas passiert war. Er sprang auf die Füße und rannte zum Wasser. Es war sehr klar, und er sah Stella auf dem Grund liegen.

Voller Panik schrie er ihren Namen und sprang ihr nach, vollständig bekleidet. Vergeblich versuchte er, sie zu fassen. »Stella!« schrie er. »Stella!« Wie ein Wahnsinniger pflügte er mit den Armen durch das Wasser, um die Freundin hochzuziehen. Aber das Tosen des Wasserfalls verschluckte seine Schreie.

Um dieselbe Zeit waren Pankraz und Franzi ganz in der Nähe. Sie hatte einen Korb mitgenommen, um frische Kräuter zu sammeln, und Pankraz half ihr dabei.

Franzi schwelgte noch ganz in dem Hochgefühl ihres Erfolges bei Herrn Postinspektor Dr. Zimmermann. Sie redete unentwegt, wie beeindruckt er gewesen sei. »Sonnenstein ist die Perle meines Postbezirks«, hatte er behauptet und der Franzi sogar einen Computer versprochen, damit sie die anfallende Arbeit leichter bewältigen konnte. Als sie es Pankraz erzählte, lachte er schadenfroh. »Das hast jetzt davon! Da mußt nachher so einen grauslichen Kursus mitmachen.«

Aber sie ließ sich die Stimmung nicht verderben. »Jetzt bin ich die Erfolgsfrau und du . . .«

». . . die Knochenbeilage«, ergänzte er trocken, und sie nickte.

»Genau das wollt' sagen.«

Er betrachtete sie kopfschüttelnd von der Seite. »A böse Goschen hast. Ich weiß gar nicht, warum ich trotzdem so gern mit dir umeinand' spazier'.«

»Weilst mit mir immer deine schönsten Steine find'st.« Pankraz Obermayr war nämlich ein begeisterter Steinsammler, und jetzt fischte Franzi ein besonders schönes Exemplar, das er vorhin entdeckt hatte, aus seiner

Tasche. Sie wollte es ihm noch einmal zeigen, wurde jedoch abgelenkt, weil sie meinte, einen Hilferuf vernommen zu haben. Die beiden hatten indessen den Wasserfall fast erreicht, und Franzi kniff die Augen gegen das Sonnenlicht zusammen.

»Du, schau ammal da!« sagte sie aufgeregt und deutete auf eine Gestalt, die wild mit den Armen ruderte.

Es war Edi, der immer noch in der tiefen Gumpe stand, eine Ewigkeit lang, wie es ihm vorkam. Das eiskalte Wasser ließ ihn fast erstarren. Immerhin war es ihm endlich gelungen, Stellas Kopf zu fassen und über Wasser zu halten. Aber er war inzwischen selbst zu kraftlos, um sie an Land zu ziehen.

Franzi und Pankraz rannten auf ihn zu. Sie ergriffen je einen Arm von Stella und schafften es, die Bewußtlose aus dem Wasser zu heben und ins Gras zu legen. Edi half mit, so gut er konnte, aber er war dermaßen unterkühlt, daß er am ganzen Körper zitterte. Seine Lippen waren bläulich verfärbt. Pankraz mußte auch ihn halb aus dem Wasser tragen.

»Hol den Thomas, schnell!« trug er Franzi auf. »Und laß deine Jacke da.« Er fing das Kleidungsstück auf, das sie ihm zuwarf, und drückte es Edi in die Arme. »Zieh die warme Jacke an. Lauf 'rum, mach dich warm, das Wasser war gefährlich kalt.«

Dabei entledigte Pankraz sich bereits seines eigenen Jacketts und wickelte Stella darin ein. Dann legte er ihr ein Taschentuch auf Mund und Nase und begann mit der Mund-zu-Mund-Beatmung.

Edi stand schlotternd daneben. Wasser lief in kleinen Rinnsalen aus seinem Haar und Kleidung. »Ist sie . . .« Er stockte, wagte nicht, das schreckliche Wort auszusprechen.

Pankraz schüttelte den Kopf. »Sie lebt noch«, sagte er rauh. »Bete, daß der Doktor bald kommt.« Dann entdeckte er Stellas von Spritzeneinstichen übersäte Armbeuge und blickte Edi stirnrunzelnd an. »Das erklärst du mir jetzt mal!«

Dr. Burgner befand sich auf der Heimfahrt. Er hatte sich telefonisch bei Edis Eltern angemeldet, und sie hatten ihn beide voller Unruhe erwartet. Sie hatten sich entsetzliche Sorgen um ihren verschwundenen Sohn gemacht und waren wie erlöst gewesen, als sie von Sabina erfuhren, daß er bei seinem Patenonkel war.

Inzwischen waren sie von Edis Klassenlehrer informiert worden, daß er aller Voraussicht nach sitzenbleiben würde, aber die schlimmste Neuigkeit für sie war doch die, die Thomas Burgner ihnen mitteilte. »Edi steht am Anfang einer Drogenkarriere«, sagte er nämlich ohne Umschweife, als er bei ihnen in dem behaglich eingerichteten Wohnzimmer saß. »Das heißt, mit einem Bein steht er wohl schon drin.«

Elisabeth und Wilfried Stark starrten erst sich und dann Dr. Burgner an. Edis Mutter begann zu weinen. »Aber ... aber davon habe ich ... ich mein', das hätten wir doch bemerkt.«

Ihr Mann bemühte sich, sein Entsetzen nicht zu zeigen, sondern fragte in betont sachlichem Ton: »Was nimmt er?«

»Er hat so ziemlich alles schon mal probiert«, erwiderte Thomas und Professor Stark hakte nach:

»Heroin?«

Thomas schüttelte den Kopf. »Kein Heroin. Das, Gott sei Dank, noch nicht. Daran klammert er sich auch.«

Elisabeth barg das Gesicht in den Händen. »Ja, ist er denn ... Ich kann's noch gar nicht fassen. Ist er zu dir gekommen, weil ... ich mein', zum Entzug?« Sie war nicht imstande, einen zusammenhängenden Satz hervorzubringen.

»Ich glaub', er wollt' einfach allem davonlaufen«, erwiderte Dr. Burgner ruhig.

Edis Vater blickte auf seine Hände. »Dazu hat er auch allen Grund. Drogen, Schlägereien, Sitzenbleiben ...«

»Lügen und Stehlen«, vollendete Thomas. »Das gehört alles zusammen. Aber von alledem sind nur die Drogen schlimm. Das andere sind die Folgen.«

Sie sprachen lange über Edi, Dr. Burgner erreichte, weshalb er hergekommen war, nämlich Verständnis für Edi zu wecken, egal, wie getroffen und enttäuscht seine Eltern auch waren, daß ihr einziger Sohn so gar nicht mehr ihren hochgesteckten Erwartungen entsprach. »Edi fühlt sich net stark«, sagte Thomas. »Er heißt nur so. Er hat einen Haufen Probleme. Unsicherheit, Schulschwierigkeiten, Liebeskummer ... und mit ein bißchen Stoff sind sie vorübergehend weg.«

»Probleme hat jeder«, wandte Wilfried Stark ein. »Wir haben ihm beigebracht, daß man sie anpackt.«

Thomas hob die Schultern. »Dazu hätt' er mit euch reden müssen. Offenbar hat er net den Mut gehabt, euch gegenüber Schwächen einzugestehen. Daß er zu mir gekommen ist, war schon ganz vernünftig.« Er grinste ein bißchen. »Erstens mach' ich wirklich sehr schöne Narben, und zweitens kommt alles darauf an, daß er sich von seiner Gruppe löst. Und da ist er bei mir hinter den Bergen absolut in Sicherheit.«

Wie sehr er mit dieser Annahme irrte, erfuhr er, als er in Sonnenstein eintraf. Die Starks hatten ihn begleitet. Sie hatten für Edi eine große Reisetasche gepackt, weil er vermutlich noch eine Weile bei Thomas bleiben würde. Außerdem wollten sie natürlich mit ihrem Sohn reden. Die Aussprache würde hoffentlich alle Schwierigkeiten und Mißverständnisse zwischen ihnen und dem Jungen ausräumen.

Als Thomas den Wagen vor dem Doktorhaus abbremste, kamen Sabina und Franzi gerade aus der Tür. Sabina trug Thomas' Arzttasche und rannte damit auf ihr Auto zu. Sie winkte Thomas hastig zur Seite. »Ich wollte gerade ... du mußt sofort zum Wasserfall. Der Edi ...«

Er zuckte zusammen. »Was?«

»Er und ein Mädchen«, mischte Franzi sich ein. »Der Pankraz is' bei ihnen, aber er hat nix dabei. Der Krankenwagen is' auch schon unterwegs.«

Sabina drückte Thomas die Arzttasche in die Hand, und er lief zu seinem Wagen zurück. Die Starks waren inzwischen ausgestiegen, hatten aber glücklicherweise nicht mitbekommen, um was es bei dem kurzen Gespräch gegangen war. Sabina lächelte ihnen zu.

»Entschuldigen Sie die Hektik. Thomas muß zu ... zu einem Notfall. Ich bin die Sabina.« Sie gab den beiden die Hand und machte eine einladende Geste zum Haus hin. »Kommen Sie doch herein.«

Thomas hatte inzwischen den Wagen gewendet und fuhr mit quietschenden Reifen los. Franzi saß neben ihm auf dem Beifahrersitz und klammerte sich während der rasanten Fahrt am Türgriff fest.

Als sie den Wasserfall erreichten, war Pankraz immer noch damit beschäftigt, Stella ins Bewußtsein zurückzuholen. Abwechselnd führte er die Beatmung und eine Herzdruckmassage durch. »Höchste Zeit«, stieß er hervor, als Thomas sich neben ihm ins Gras kniete. »Eine Fixerin.«

Die beiden Männer setzten die Wiederbelebungsversuche fort, während Franzi sich um Edi kümmerte und ihm half, seine nassen Sachen auszuziehen. Sie holte Decken aus Thomas' Wagen, in die der Junge sich einwickelte.

Und dann endlich schlug Stella die Augen auf. Als Edi es gewahrte, brach er vor lauter Erleichterung in Tränen aus. Pankraz warf ihm einen ruppigen Blick zu. »Ja, es ist auch zum Heulen! Da rettet man einem jungen Menschen das Leben, nur damit er sich weiter zu Tode spritzt.«

Franzi legte dem schluchzenden Edi den Arm um die Schultern. »Paß du auf dich auf, Bub. Dem Madel kannst du nicht helfen.«

Aus der Ferne war Sirenengeheul zu hören. Dann bog der Krankenwagen in den schmalen Weg ein, der zum Wasserfall führte.

Edi kauerte sich neben Stella nieder. »Ich besuch' dich im Krankenhaus«, versprach er, noch immer weinend. »Und wenn du da rauskommst – mein Onkel Thomas hilft dir.«

Ihre Augen wurden feindselig. »Dein Onkel Thomas kann mich mal. Und du auch. Spießer!«

Edi schluckte. »Es könnt' alles noch gut werden«, sagte er hilflos.

Stella verzog den Mund. »Nicht für mich. Für mich nicht.« Sie sah, wie der Krankenwagen neben ihr hielt und zwei Sanitäter mit einer Trage heraussprangen. Ihre Stimme wurde lauter. »Ihr könnt euch das alles sparen. Wenn ich erst wieder laufen kann, lauf' ich weg!«

Thomas und Edi warfen sich einen hilflos-verzweifelten Blick zu. Dann ging Thomas zu den Sanitätern, um ihnen die notwendigen Instruktionen zu geben. Stella wurde in den Krankenwagen gebracht. Edi stand da und schaute ihr mit hängenden Armen nach.

Thomas berührte ihn sanft an der Schulter. »Komm«, sagte er leise, und der Junge folgte ihm zu seinem Jeep.

Während der kurzen Fahrt redeten sie nicht viel. Sie dachten beide an Stella, und einmal schüttelte Thomas voller Bitterkeit den Kopf. »Da sind die vielen Menschen, denen du als Arzt nicht helfen kannst. Und dann dieser junge Mensch, dem man helfen könnte und der einen nicht läßt.«

Edi druckste herum. »Onkel Thomas . . . eh . . .« setzte er schließlich an, »meinst du, wir könnten zusammen die Eltern anrufen?«

Thomas hielt vor dem Doktorhaus und öffnete die Fahrertür. »Meinst, diese Rabeneltern sind endlich zurück?«

Der Junge senkte den Kopf. »Sie waren nie weg. Ich hab' dir eine falsche Nummer gegeben. Sie machen sich sicher Sorgen.« Seine Stimme wurde flehend. »Meinst du, du könntest mit mir zusammen ... in Augsburg anrufen?«

»Ich glaub', das hat wenig Zweck«, erwiderte Dr. Burgner mit einem merkwürdigen Lächeln, das Edi nicht bemerkte, weil er mit seiner Enttäuschung kämpfte.

Dann jedoch wurden seine Augen groß und rund, denn er entdeckte seine Eltern in der Haustür. Sie hatten die große Reisetasche neben sich stehen. Einen Augenblick lang stand Edi ganz starr da, unfähig, einen Schritt zu tun oder ein Wort hervorzubringen. Dann sah er, wie sein Vater beide Arme ausbreitete.

Mit einem erstickten Laut rannte Edi zu ihm hin und warf sich an seine Brust. Dann ließ er sich von seiner Mutter umarmen und küssen. Sie waren alle drei nicht imstande, etwas zu sagen. Erst nach einer Weile räusperte sich Professor Stark. »Wir dachten, du brauchst noch ein paar Klamotten, wenn du die Ferien über hierbleibst.«

Hinter Starks waren Sabina und Maxl aus dem Haus getreten. Dr. Burgner nickte ihnen zu und meinte dann: »Vielleicht will Edi ja gar nicht bleiben?«

Und Sabina fügte mit einem schiefen Lächeln hinzu: »Die Küche hier soll miserabel sein.«

Edi lächelte zurück und sah dann Thomas an. »Edi will«, erwiderte er fest. Thomas legte ihm den Arm um die Schultern und drückte ihn kameradschaftlich an sich.

»Deine Eltern haben mir versprochen: Den Kopf abreißen werden sie dir nicht. Über den Rest müßt ihr verhandeln.«

Der Floh im Ohr

Immer, wenn Alexandra von Brauneck an der Stelle vorbeifuhr, an der sie im vergangenen Jahr den Unfall gehabt hatte, dachte sie an ihr Baby, das sie dabei verloren hatte. Die Ärzte im Krankenhaus hatten ihr hinterher gesagt, daß sie nie wieder Kinder haben könnte. Es war ein harter, unendlich schmerzlicher Schlag gewesen, nicht nur für Alexandra, sondern noch mehr für ihren Mann. Denn Markus hatte durch seinen eigenen Leichtsinn den Unfall verschuldet und damit sein ungeborenes Kind getötet. Er hatte sich das lange Zeit nicht vergeben können, und aus dem vorher so lebenslustigen Mann, dessen Fröhlichkeit jeden ansteckte, war ein ernster, schweigsamer Grübler geworden.

Besser geworden war es erst, als Vroni nach Schloß Brauneck gekommen war. Jetzt war Markus fast wieder der Alte, der mit seiner kleinen Adoptivtochter herumalberte, seine Frau mit liebevollen, manchmal verrückten Beweisen seiner Zuneigung überschüttete, mit hübschen jungen Mädchen schäkerte und Dr. Thomas Burgner ein herzlicher Freund war.

Alexandra hörte Vroni auf dem Rücksitz mit Maxl tuscheln und kichern, und ihr angespannter Gesichtsausdruck glättete sich wieder. Sie trat das Gaspedal ein wenig tiefer durch, um die Unfallstelle von damals hinter sich zu lassen. Es hatte keinen Sinn, jedesmal die Vergangenheit heraufzubeschwören. Sie wollte sich lieber auf die Gegenwart konzentrieren, die wieder schön war.

Kurz darauf hatte Alexandra Sonnenstein erreicht und hielt vor dem Doktorhaus. Maxl kletterte als erster aus dem Wagen und nahm Vroni bei der Hand.

»Komm, wir schauen, was es zu essen gibt.«

Die beiden verschwanden hinter dem Haus, denn bei dem schönen Sommerwetter würde man todsicher draußen essen.

Alexandra kurbelte das Wagenfenster herunter. »Vroni, wir wollten doch gleich weiterfahren!« rief sie dem Mädchen nach, doch das hörte es schon nicht mehr. Da stieg Alexandra ebenfalls aus.

Sabina war dabei, auf der Terrasse den Tisch zu dekken, und Franzi kam gerade mit einer großen Pfanne Kaiserschmarrn aus der Küche.

»Hmhm, Kaiserschmarrn!« rief Maxl begeistert. »Dafür lassen wir immer die Chefköchin von Opa einfliegen.« Er stibitzte sich ein Stück aus der Pfanne und stopfte es sich in den Mund.

Sabina lächelte erfreut, als Alexandra um die Hausecke kam. »Hallo, Alexandra! Du kannst gleich mit uns essen. Franzis Kaiserschmarrn darf man sich wirklich nicht entgehen lassen.«

Aber Alexandra wehrte ab. »Danke, ich hab' keinen Hunger.«

Während Franzi den Schmarrn auf den Tellern verteilte, stahl Maxl noch ein Stück. »Für die Vroni!« erklärte er und steckte es ihr gleich zwischen die Lippen.

»Herrschaftsseit'n«, schimpfte Franzi. »Wo kommen wir denn hin, wenn ein jeder mit die Finger in der Pfann' herumstierlt!« Doch ihr Schelten verpuffte, weil in diesem Moment Thomas aus dem Haus kam, Alexandra mit einem freundschaftlichen Wangenkuß begrüßte und sich ebenfalls ein Stück Kaiserschmarrn aus der Pfanne fischte.

»Unwiderstehlich!« lobte er die Franzi, und sie meinte tadelnd: »Der Apfel fällt net weit vom Stamm.«

Alexandra wurde es plötzlich übel. Sie lehnte sich an die sonnenwarme Hauswand und schloß die Augen, weil sich alles um sie drehte. Franzi stützte sie. »Frau Gräfin! Fehlt Ihnen was?«

Auch Thomas erschrak. Er faßte Alexandra unter und führte sie zur Hausbank. »Was hast du denn?«

Sie ließ sich schwer auf den Sitz fallen. »Mein blöder Kreislauf. Er macht mir schon seit einiger Zeit zu schaffen.«

Franzi betrachtete ihr blasses Gesicht und nickte ein paarmal. »So, so, der Kreislauf! Das wird schon seine Gründe haben«, meinte sie gedehnt und warf Thomas einen vielsagenden Blick zu. Er bemerkte ihn, wußte ihn aber nicht zu deuten.

»Hast du schon länger Probleme damit?« erkundigte er sich bei Alexandra. Und als sie bejahte, schlug er vor: »Ich glaub', ich sollte dich mal wieder durchchecken.«

Sie winkte ab. »Ich wollt' nach Innsbruck. Vroni braucht ein paar Sachen zum Anziehen.«

»Das hat Zeit«, widersprach er und half ihr von der Bank auf, um mit ihr in seine Ordination zu gehen. »Komm mit.«

Sabina blickte den beiden stirnrunzelnd nach. »Sie gefällt mir gar nicht, die Alexandra«, meinte sie besorgt, aber Franzi lachte.

»Es wird ihr gleich besser geh'n, wenn s' die Diagnose vom Thomas erfährt.«

Damit sollte sie recht behalten.

Dr. Burgner eröffnete Alexandra nämlich, nachdem er verschiedene Untersuchungen durchgeführt hatte, daß sie mit größter Wahrscheinlichkeit wieder ein Kind erwartete.

Sie starrte ihn entgeistert an. »Das kann doch net sein. Alle Ärzte haben mir bescheinigt, daß ich nach meinem Autounfall keine Kinder bekommen kann.«

»Ich weiß.« Er deutete auf das Ergebnis einer Urinprobe auf einem Objektträger. »Aber der Test hier belegt mit fast hundertprozentiger Sicherheit das Gegenteil.« Jetzt wußte er auch Franzis Blick von vorhin zu deuten. Er hatte schon oft erlebt, daß sie einer Frau die Schwangerschaft vom Gesicht ablas, und erstaunlicherweise hatte sie sich nie dabei geirrt.

Alexandra war immer noch vollkommen durcheinander. »Und wie groß ist die Chance, daß es gesund sein wird? Ich meine, ich kann mir nicht vorstellen . . .«

Thomas lächelte beruhigend. »Ich glaub' nicht, daß du dir Sorgen machen mußt. Willst du Markus anrufen?«

»Er ist gerade auf dem Sprung nach Wien . . .« Sie stockte, überlegte einen Moment und schüttelte den Kopf. »Ich möcht' es ihm erst sagen, wenn es ganz sicher ist. Er hat sich schon einmal umsonst auf ein Kind gefreut.«

»Ich mach' dir für Montag einen Termin beim Gynäkologen. Dann wissen wir es hundertprozentig.«

Allmählich breitete sich ein großes Strahlen auf Alexandras Gesicht aus. »Das wär' zu schön, um wahr zu sein! Nach all dem, was wir versucht haben . . .« Sie sprang auf und fiel Dr. Burgner um den Hals. »Mein Gott, Thomas! Wenn das stimmt, kannst du mit mir als medizinischem Wunder in der Fachwelt hausieren geh'n!«

Sie lachte und weinte in einem.

Er streichelte ihre Schultern. »Ich hab' nicht viel dazu getan.«

Um dieselbe Zeit verließ Markus von Brauneck sein Schlafzimmer, in dem er sich für die bevorstehende Fahrt nach Wien umgezogen hatte. Im angrenzenden Salon wartete Rufus Staudinger, sein Verwalter. »Was meinst du, Rufus, ist die Krawatte zu auffällig gemustert?« fragte der Graf, und Rufus grinste in seiner üblichen etwas schmierigen Art.

»Bei der Damenwelt is' sie immer gut angekommen.«

»Ich fahr' aber nicht zu einem Rendezvous, sondern zum Firmenjubiläum eines Kunden, bei dem alles etwas steif und feierlich zugeht«, erwiderte Markus, legte dann aber die Krawatte und einen Lederbeutel mit seinen Toilettensachen in den aufgeklappten Koffer auf dem Sofa.

Rufus Staudinger warf einen unruhigen Blick auf die Uhr. »Es ist schon nach eins«, drängte er, und der Graf blickte erstaunt auf.

»Seit wann bist du so um meine Termine besorgt?«

»Ich mein' ja nur. Freitags ist vielleicht viel Verkehr.« Rufus schloß den Kofferdeckel und ließ die Schlösser einschnappen. Dann nahm er den Koffer und trug ihn nach draußen zu Markus' Wagen.

»Wenn jemand anruft«, erklärte der Graf, während er sich hinter das Steuer setzte, »meine Frau ist sicher nicht vor sieben, halb acht Uhr zurück.«

»Ich weiß.« Rufus' Kopf war hinter dem aufgeklappten Kofferraumdeckel verschwunden. So konnte Markus das zufriedene Lächeln seines Verwalters nicht sehen.

Rufus wartete, bis Markus' Wagen hinter der Schloßbrücke auf die Straße einbog, warf wiederum einen Blick auf seine Armbanduhr und zuckte zusammen. Jessasmaria, dachte er, heut' hat er aber getrödelt. Eilig kehrte er ins Schloß zurück, brachte aus der Küche eine Flasche Champagner in den Salon, stellte zwei Gläser dazu und und räumte im Schlafzimmer ein paar herumliegende Wäschestücke von Markus in den Schrank. Dann wählte er unter den Krawatten seines Chefs eine aus, die ihm besonders gefiel, dazu ein passendes Hemd und einen Sakko. Die Sachen paßten ihm, da er fast die gleiche Figur wie der Graf hatte.

Rufus Staudinger befestigte gerade ein paar Manschettenknöpfe, als es am Portal klingelte. Hastig trat er vor den Spiegel und fuhr sich glättend über das Haar. Dabei ärgerte er sich, daß Eva wieder einmal früher als verabredet kam. Es hätte nicht viel gefehlt, und sie hätte den echten Grafen Brauneck hier noch angetroffen.

Dann jedoch setzte Rufus sein charmantestes Lächeln

auf und ging die Tür öffnen. »Eva!« sagte er zärtlich zu der jungen Frau, die draußen stand.

»Ich bin heut' ein bisserl zu früh«, meinte sie entschuldigend, und er ergriff ihre Hand, um sie zu küssen. Er machte das beinahe perfekt. »Aber ich bitte dich. Eine schöne Frau kommt niemals zu früh!«

»Aber Graf Brauneck«, sagte sie lachend, und Rufus zog sie in die Halle.

»Ich hab' den Minuten Namen gegeben, bis du kommst.« Er hielt sie ein Stück von sich ab und betrachtete sie verliebt. »Schön hast du dich wieder gemacht . . .«

Eva Mühlfellner legte den Kopf in den Nacken.

»Markus, ich muß dir was sagen«, setzte sie an, doch er verschloß ihr die Lippen mit einem Kuß. Einen Moment hielt sie mit geschlossenen Augen still, dann machte sie sich von ihm los und tupfte ihn spielerisch mit dem Finger auf die Nase.

»Nicht so stürmisch!« Lachend lief sie ihm voran in den Salon.

Eva hatte Rufus Staudinger vor ein paar Wochen kennengelernt. Er hatte sich als Markus Graf Brauneck vorgestellt und sie jedesmal ins Schloß eingeladen, wenn Alexandra und Markus außer Haus waren und das übrige Personal frei hatte. Eva hatte sich stürmisch in den vermeintlichen Grafen verliebt. Natürlich wußte sie vom Hörensagen, daß Markus von Brauneck verheiratet war, aber Rufus hatte ihr weisgemacht, daß er sich scheiden lassen und sie, Eva, heiraten wolle. Auch das hatte sie ihm bedingungslos geglaubt.

Im Salon ließ Eva sich auf das Sofa fallen und kickte ihre hochhackigen Stöckelschuhe von den Füßen. Rufus nahm die Champagnerflasche aus dem Kühler. »Darf ich dir was anbieten?«

»Am hellichten Tag?« Sie betrachtete ihn mit schiefgelegtem Kopf. »Willst du mich betrunken machen?«

Er entkorkte die Flasche. »Ach was, das Schlückchen Schampus!«

Dann füllte er die beiden Gläser und reichte Eva eines davon.

Lächelnd stieß sie mit ihm an. »Auf die Freiheit!«

»Auf welche Freiheit?« fragte Rufus, nachdem er einen Schluck getrunken hatte.

Eva fuhr ihm mit der freien Hand durch das Haar. »Heut' bin ich aus meiner Wohnung geflogen!«

»Was?« fragte er, unangenehm berührt. »Wieso denn das?«

Sie trank noch einen Schluck Champagner. »Du weißt doch, daß es eine Dienstwohnung war. Und nachdem ich nicht mehr in der Klinik arbeite, hab' ich sie räumen müssen. Ich hätt' zwar noch bis zum Ende des Monats bleiben können, aber ich hab' auch meinen Stolz.« Lachend ließ sie sich gegen die Rückenlehne der Couch sinken. »Die haben vielleicht blöd geschaut, wie ich gesagt hab', daß ich in ein Schloß zieh'.«

Rufus' dichte dunkle Augenbrauen hatten sich finster zusammengeschoben. Aus Evas Worten hatte er noch eine weitere ungute Neuigkeit herausgehört. »Du hast deine Stelle in der Klinik gekündigt?« fragte er, und sie schüttelte den Kopf.

»Gefeuert haben sie mich. Wegen meiner zahlreichen Krankenstände, an denen du nicht schuldlos bist.« Sie sprang wieder auf und umarmte ihn. »Bis deine Scheidung durch ist, hab' ich mir ein Zimmer im Gasthof zur Post genommen. Dann bin ich ganz in deiner Nähe und hab' immer Zeit für dich.«

Abrupt machte Rufus sich von ihr los. »Bist du verrückt? Heutzutage eine sichere Stellung aufzugeben – als Sekretärin des Chefarztes . . .«

»Zweite Sekretärin, wenn überhaupt«, verbesserte sie ihn unbeeindruckt. »Und nachdem ich bei dir an erster Stelle stehe, hab' ich mich eben für dich entschieden.«

Ihm wurde der Kragen eng. »Eva! Du kannst mich doch nicht einfach vor vollendete Tatsachen stellen.«

Sein Ton ernüchterte sie ein wenig. »Du hast doch immer gesagt, ich soll auf meinen Chef pfeifen.«

»Das war doch nicht so wörtlich gemeint!«

»Ich nehm' immer alles wörtlich«, behauptete sie. »Wenn du sagst, du liebst mich, du kannst ohne mich nicht leben . . . Oder sollte ich mich darin getäuscht haben?«

Rufus Staudinger fuhr sich mit den gespreizten Fingern durch das Haar. »Du weißt doch, daß ich dich liebe. Aber . . . das geht nicht, daß du hier im Dorf wohnst.«

Ihr Blick wurde wachsam. »Das geht wohl nicht so fix mit deiner Scheidung, wie du mir immer weisgemacht hast?«

Er hob die Schultern. »Du mußt halt ein bisserl Geduld haben . . .«

»Geduld, Geduld!« äffte sie ihn nach. »Seit Wochen vertröstest du mich.« Als er sie an sich ziehen und küssen wollte, wich sie seinen Lippen aus. »Ich will nicht länger die heimliche Geliebte des Herrn Grafen sein. Du weißt gar nicht, wie entwürdigend das ist.«

»Besser die Geliebte als die betrogene Ehefrau«, versuchte Rufus sie zu besänftigen und wollte seine Lippen auf ihren Hals drücken.

Eva bog den Kopf noch weiter zurück und befreite sich aus seiner Umarmung. Ihre Augen blitzten ärgerlich. »Du denkst gar nicht dran, deine Frau aufzugeben, nicht wahr?«

»Eva, ich schwöre dir«, setzte er an, aber es klang reichlich lahm, wie sie fand. Wie ein wütendes Kind stampfte sie mit dem Fuß auf.

»Ich hab' genug von dir und deinen Lügen! Du hast mich ausgenutzt nach Strich und Faden!«

Er versuchte, eine gekränkte Miene aufzusetzen. »Ich hab' mich dir gegenüber immer wie ein Gentleman verhalten.«

»Auf diese Art von Gentleman kann ich verzichten!« fauchte sie, warf ihm einen letzten zornfunkelnden Blick zu und rannte zur Tür.

»Warte nur, du wirst mich noch kennenlernen!« Damit verschwand sie und knallte temperamentvoll die Tür hinter sich ins Schloß.

Neben dem Portal lehnte Evas Mofa. Mit Zornestränen in den Augen schwang sie sich in den Sattel und fuhr an. In ziemlich halsbrecherischem Tempo jagte sie die abschüssige Straße nach Sonnenstein hinunter. Immer noch verdunkelten Tränen ihren Blick.

In einer Kurve kam ihr Pankraz' Kutschwagen entgegen. Eva gewahrte ihn zu spät und verriß vor Schreck den Lenker. Das Mofa wurde aus der Bahn geschleudert und schoß eine niedrige Böschung hinunter. Eva flog durch die Luft und blieb benommen am Boden liegen.

Pankraz Obermayr hatte sein Pferd gleich hinter der Unfallstelle zum Stehen gebracht. Eilig stieg er vom Kutschbock und rannte zu Eva zurück.

»Fräulein?« fragte er, während er sich über sie beugte. Evas Augenlider flatterten. Sie stöhnte und schaffte es nicht gleich, sich aufzurichten. Pankraz schob ihr die Hände unter die Schulterblätter. »Haben S' Schmerzen?«

»Es geht schon«, murmelte sie benommen. Vorsichtig versuchte sie durchzuatmen und Arme und Beine zu bewegen. Sie blutete aus etlichen Schürfwunden, und ihr helles Sommerkleid war zerrissen.

»Haben Sie sich was gebrochen?« forschte Pankraz, und sie schüttelte den Kopf.

»Ich glaub' nicht.«

Als sie sich aufsetzte, begutachtete er ihre Verletzungen. »Schaut schlimmer aus, als es ist«, meinte er tröstend.

Eva begann zu weinen. »Es ist meine Schuld. Ich bin . . . Entschuldigen Sie!«

Pankraz holte ein Taschentuch aus seiner Rocktasche und gab es ihr. »Das is' nur der Schock.«

Eva wischte sich die Tränen ab. »Dieser gemeine, hinterhältige Schuft!« preßte sie hervor.

Pankraz wurde plötzlich hellhörig. »Hat Ihnen jemand was getan?«

»Er hat mich belogen, betrogen, mich mit Lügenmärchen hingehalten wie eine billige Mätresse! Und ich dumme Gans fall' auch noch darauf rein!« brachte sie unter lauten Schluchzern hervor.

»Ihr Freund?« erkundigte er sich mitfühlend, und Eva lachte böse auf.

»Freund! Der saubere Graf Brauneck!«

Heiliger Zorn stieg plötzlich in Pankraz auf. Dieser Markus! Da hatte er die bezauberndste und liebenswerteste Frau von ganz Tirol – und konnte seine schmutzigen Spielchen einfach nicht lassen! Dabei hatte Pankraz immer geglaubt, mit der Ehe habe Markus endlich seine diesbezüglichen Ambitionen aufgegeben.

»Kommen Sie«, sagte er und half Eva beim Aufstehen. »Jetzt müssen Sie erst mal zum Arzt. Um Ihr Mofa kümmere ich mich später.«

Er brachte sie in Thomas' Praxis, wo dieser zuerst die große Schürfwunde an Evas Arm säuberte und mit einem sterilen Verband abdeckte. »Traudl, geben S' mir noch einen Tupfer mit Alkohol«, bat er dann seine Sprechstundenhilfe. »Wenn das Blutgeschmier' weg is', schaut's halb so wild aus.«

»Ich mach' das schon, Herr Doktor«, bot das junge Mädchen an, und Pankraz, der bei der Prozedur zugeschaut hatte, gab Thomas einen Wink. »Ich wollt' noch ein paar Worte mit dir reden.«

Die beiden Männer gingen in die Anmeldung, und Pankraz schloß die Tür hinter sich. »Sag einmal, ich hab' gedacht, dein Freund Markus hätt' sich ein bisserl eingebremst mit seinen Liebschaften«, polterte er los, ohne besonders die Stimme zu dämpfen. »Schlimm genug, daß er seine Frau nach Strich und Faden betrügt. Aber daß er dann auch noch so ein armes Madel wegwirft wie einen Fetzen, das geht zu weit.«

Dr. Burgner reagierte ungläubig. Schließlich wußte er am besten, wie sehr Markus seine Alexandra liebte. »Gut, er hatte seine Sturm-und-Drang-Phase, aber inzwischen ist er brav wie ein Ministrant«, verteidigte er deshalb den Freund.

Wieder antwortete Pankraz ziemlich laut. »Das glaubst doch wohl selbst nicht! Dieser ausgefuchste Casanova ist nur vorsichtiger geworden. Aber so wenig dieses arme Mädel da drin die erste ist, so wenig wird sie die letzte sein. Das geb' ich dir schriftlich.«

Thomas wollte widersprechen, doch in diesem Moment kamen Eva und Traudl aus dem Behandlungszimmer. Sie hatten mitgehört, was die beiden Männer geredet hatten, und an Traudls plötzlich verändertem Benehmen hatte Eva sehr wohl gemerkt, daß die Sprechstundenhilfe empört war. Anscheinend hielten hier alle die Gräfin Brauneck für eine Heilige.

»Danke, Herr Doktor«, sagte Eva jetzt kühl und reichte Thomas die Hand. Pankraz bot sich an, sie mit der Kutsche nach Hause zu bringen, doch sie wehrte ab. »Nicht nötig, ich hab' noch einen Weg. Vielen Dank.«

»Armes Kind«, sagte Pankraz mitleidig, nachdem sie die Praxis verlassen hatte.

Traudl blieb in der offenen Tür des Sprechzimmers stehen. »Armes Kind?« wiederholte sie zornig. »Ein Luder, ein hundsgemeines is' das, wenn das wahr is', was Sie g'sagt haben. Der Gräfin den Mann auszuspannen!«

»Hast wieder gelauscht, Traudl?« fragte Dr. Burgner neckend, und sie ging nun gleich auch noch auf ihn los.

»Und Sie flicken die auch noch zusammen, anstatt daß Sie s' eingipsen bis zum Hals und aus dem Verkehr ziehen.«

Er lachte. »Die Idee wär' gar net so blöd, nur schwer vereinbar mit meinem hippokratischen Eid.« Dann wandte er sich Pankraz zu. »Ich werd' versuchen, ob ich Markus in Wien erreich'. Seine Sekretärin muß ja wissen, wo er zu finden ist.«

Traudl sah ihm nach, wie er zum Telefon ging. Da sieht man's wieder, dachte sie zornig, wie die Männer zusammenhalten. Es hackt eben keine Krähe einer anderen die Augen aus.

Nachdem Alexandra von Brauneck das Doktorhaus verlassen hatte, war sie mit Vroni noch rasch zum Einkaufen in den Sonnensteiner Kramerladen gefahren. Dann jedoch schlug sie den Weg nach Hause ein.

»Ich hab' gedacht, wir wollen noch Kleider kaufen«, meinte das Mädchen etwas enttäuscht, als der Wagen in den Schloßhof einbog. Alexandra stieg aus und half auch Vroni nach draußen. Sie war so glücklich, daß sie die ganze Welt hätte umarmen mögen. Ein Kind! Sie erwartete wieder ein Kind!

»Was sollen wir an so einem Tag von Geschäft zu Geschäft laufen, wenn draußen ein Wetter ist zum Bäumeausreißen vor Freud'!« Vroni quietschte auf, als Alexandra sie um die Taille faßte und ein paarmal ausgelassen herumwirbelte.

»Was hast du denn?« fragte das Kind lachend.

»Darf ich nicht übermütig sein, wenn es mir gutgeht?«

Vroni warf ihr einen erstaunten Blick zu. »Ich hab' gedacht, du bist krank.«

»Ich?« Alexandra lachte. »Ganz im Gegenteil. Ich hab' eine Riesenüberraschung.«

Überraschungen liebte Vroni. »Sag schon«, drängelte sie deshalb, doch Alexandra stupste sie nur vergnügt in die Seite.

»Morgen vielleicht. Oder übermorgen – oder überübermorgen. Bis dahin ist es mein Geheimnis.« Sie ließ Vroni los und öffnete den Kofferraum. Aber der war leer.

»Wo sind denn die Sachen, die wir gekauft haben?« fragte Vroni entgeistert, und Alexandra lachte wieder.

»Ich hab' sie bei der Kramerin stehen lassen.«

»Und was machen wir jetzt?« erkundigte sich die Kleine.

Alexandra nahm sie bei der Hand. »Komm mit, ich muß dir was zeigen.« Sie führte Vroni auf den Dachboden des Schlosses. Er war vollgestopft mit alten Möbeln, großen mit Leintüchern verhängten Bildern, Truhen und Schränken. Durch die kleinen Dachluken fiel nur mattes Licht, und Vroni blickte sich halb ehrfürchtig, halb ängstlich um.

»Spukt's hier?« fragte sie, und Alexandra lachte.

»Klar. Wie es sich für ein richtiges Schloß gehört.«

Das Kind schrak zusammen, als es mit seinem Kleid an einem langen hervorstehenden Nagel hängenblieb. Für einen Moment hatte es gedacht, eine Geisterhand hätte nach ihm gegriffen. Alexandra befreite Vroni und zog sie weiter. Endlich fand sie, wonach sie suchte.

In einem Winkel, sorgsam von einer Plane zugedeckt, stand eine wunderschöne, geschnitzte Wiege. Staunend betrachtete Vroni sie.

»Markus hat sie machen lassen«, sagte Alexandra. »Vor einem Jahr. Bevor du zu uns gekommen bist.«

»Und warum steht sie jetzt hier?« Behutsam strich Vroni mit den Fingerspitzen über die Schnitzarbeiten.

Alexandras schönes Gesicht verschattete sich ein wenig. »Sie war für ein Kind bestimmt, das nie auf die Welt gekommen ist. Ich hatte einen Autounfall. Dabei hab' ich es verloren.«

Vroni blickte zu ihr hoch. »Und jetzt is' es dort, wo meine Mutter ist«, sagte sie leise.

Alexandra nickte und drückte sie für einen Moment an sich. »Sollen wir die Wiege wieder hinunterstellen?«

»Wenn's dich net traurig macht . . .«

»Heut nicht mehr«, erwiderte Alexandra und lächelte.

Gemeinsam schleppten sie die Wiege die vielen Treppen hinunter in den Salon. Dort stellten sie sie erst einmal ab, um Atem zu schöpfen. Andächtig betrachtete Vroni die Wiege. »Kann ich sie in mein Zimmer mitnehmen?«

»Wenn du willst.« Zärtlich strich Alexandra ihr über das Haar. Und da erst bemerkte sie die Frau, die auf dem Sofa saß und sie anstarrte. Es war Eva.

»Wie sind Sie hier hereingekommen?« fragte Alexandra, und Eva musterte sie mit einem feindseligen Blick.

»Ich kenn' mich hier in den Räumlichkeiten ein bisserl aus.«

Ihr Tonfall bewirkte, daß Alexandra von einer häßlichen Ahnung gestreift wurde, die sie aber gleich wieder verdrängte. Das konnte einfach nicht sein. Oder doch? »Was wollen Sie?« fragte sie beklommen.

Eva legte den Kopf in den Nacken. »Sie sehen! Hat Sie nie interessiert, wie ich aussehe?«

Alexandra schob Vroni sanft in Richtung der Tür. »Sei so lieb, laß uns mal allein.«

Als die Kleine folgsam hinausgegangen war, trat Alexandra ein paar Schritte auf Eva zu. »Wer sind Sie?«

»Er hat Ihnen also nichts von mir erzählt«, stellte Eva bitter fest. »Von seiner ›großen Liebe‹, von den ›leidenschaftlichen Stunden‹, die hier zwischen Tür und Angel stattfinden, während Sie Ihre Einkäufe machen.« Sie wartete auf eine Antwort von Alexandra, aber die Gräfin schwieg wie versteinert, und Eva fuhr nach einer kleinen Pause fort:

»Es hätt' mich auch gewundert. Die Liebe war eben doch nicht so groß, und die Stunden waren nicht so leidenschaftlich, wie er es mir weisgemacht hat. Er hat mich genauso belogen wie Sie. Und wer weiß, wie viele andere auch noch.«

Alexandra war aschfahl geworden. Aber ihre Stimme klang kühl und beherrscht, als sie sagte: »Ich verbiete Ihnen, so zu reden. Was wollen Sie? Geld?«

Eva sprang auf. »Behalten Sie Ihr verdammtes Geld! Ich bin nicht käuflich. Ich hab' ihn geliebt. Vielleicht nicht so lang' wie Sie, aber sicher nicht weniger.«

»Was wollen Sie dann?« fragte Alexandra, nun doch am Rand ihrer Beherrschung. Enttäuschung und Verzweiflung schnürten ihr fast die Kehle zu.

»Ich lass' mich nicht wie einen Hund davonjagen!« erwiderte Eva voller Haß. wenigstens hatte sie Markus einen Teil seiner Gemeinheit zurückgezahlt, indem sie seiner Frau reinen Wein eingeschenkt hatte. Und daß die Wahrheit die Gräfin getroffen hatte, das sah man ihr an.

Auf dem Flur hatte Vroni an der Tür gelauscht. Sie war sonst nicht übermäßig neugierig, aber sie hatte Angst um Alexandra. Die fremde Frau hatte so böse ausgesehen.

Aus dem Salon waren hastige Schritte zu hören. Da wandte Vroni sich ab und rannte, so schnell sie konnte, nach draußen. Verstört schlug sie den Weg ins Dorf ein. Sie wollte zu Dr. Burgner und ihm sagen, was passiert war. Vielleicht konnte er helfen.

Thomas hatte inzwischen vergeblich versucht, Markus in Wien zu erreichen. Er war dort noch gar nicht eingetroffen. Resigniert legte Thomas wieder auf.

Sabina kam vom Einkaufen zurück. Sie hatte in Hall Mitbringsel für ihre weitverzweigte Verwandtschaft in Verona besorgt, denn Thomas und sie planten, das Wochenende dort zu verbringen. Atemlos lud sie die vielen Tüten und Päckchen auf dem Küchentisch ab.

»Tut mir leid, es ging nicht schneller. Ich habe halb Hall nach den Gartenzwergen für meinen Onkel abgesucht.« Ihr Lächeln verschwand, als sie Thomas anschaute. »Was machst du für ein sorgenvolles Gesicht?«

»Ich hab' grad' die Bekanntschaft von Markus' Freundin gemacht«, erwiderte er seufzend.

Sabina mußte sich setzen. »Wie bitte?« fragte sie entgeistert, und er nickte deprimiert.

»Ich hoff', ich kann noch eine mittlere Katastrophe verhindern.«

»Dieser unverbesserliche Casanova!« schimpfte Sabina ehrlich empört los. »Ich hab' Alexandra schon einmal gesagt, das einzige Mittel, ihn zu bekehren, ist, den Spieß umzudrehen. Aug' um Auge, Zahn um Zahn!«

»Ich glaub', in ihrem Zustand hat sie andere Sorgen«, sagte Dr. Burgner und fuhr sich wütend durch die welligen Haare. »Dieser Idiot hat gar keine Ahnung, was er mit seiner Leichtfertigkeit kaputtmacht!«

In diesem Augenblick stürzte Vroni in die Küche. Sie war den ganzen Weg vom Schloß gerannt und völlig aufgelöst. »Thomas, schnell!« stieß sie hervor. »Eine fremde Frau ist bei Alexandra. Sie streiten. Ich hab' so Angst, daß sie ihr etwas tut!«

Thomas und Sabina wechselten einen erschrockenen Blick. Dann sagte er: »Ich fahr' schnell hin.«

Sabina zog Vroni in die Arme und strich ihr das zerzauste Haar aus dem Gesicht. »Komm, Vroni, du bleibst einstweilen bei mir.«

Furchtsam blickte das Kind zu ihr hoch.

»Was will diese Frau von Alexandra? Was hat Markus ihr getan?«

Sabina bemühte sich um einen beruhigenden Ton, auch wenn sie selbst alles andere als ruhig war. Dazu machte sie sich viel zu große Sorgen um Alexandra. »Auch Erwachsene streiten manchmal. Sie werden sich schon wieder zusammenraufen. Fährst du mit zu Pankraz, den Maxl abholen?«

Als die beiden vor das Haus traten, startete Thomas gerade den Jeep. Sabina beugte sich durch das offene Wagenfenster. »Ich glaub', unser Weekend in Verona lassen wir sausen.«

Thomas nickte ihr dankbar zu. In der augenblicklichen

Situation war es wirklich notwendig, daß Alexandra nicht allein war, sondern ihre Freunde um sich hatte.

Inzwischen hatte Alexandra Vronis Verschwinden entdeckt. Eva war längst gegangen. Sie hatte erreicht, was sie wollte, und Markus mochten ein paar sehr unangenehme Stunden bevorstehen. Diese Vorstellung milderte Evas eigenen Kummer ein wenig.

Zuerst hatte Alexandra ihre Adoptivtochter überall vergeblich im Schloß gesucht. Jetzt lief sie in heller Aufregung nach draußen. »Vroni!« rief sie immer wieder. »Vroni!« Ob das Kind zu seinem großen Bruder Vinenz gelaufen war?

Er arbeitete im Gasthof zur Post als Hausknecht. Nach dem Tod der Mutter hatte er ursprünglich mit Vroni zusammenleben wollen, aber schließlich schweren Herzens eingesehen, daß sie es bei Markus und Alexandra von Brauneck viel besser hatte als bei ihm. Dennoch spielte der große Bruder in Vronis Leben noch immer eine wichtige Rolle; er war das einzige Bindeglied für sie zu ihrer früheren heilen Welt, die durch den Tod so grausam zerstört worden war.

Rufus Staudinger hatte Alexandras verzweifeltes Rufen gehört und kam aus dem Stall. »Was ist denn, Frau Gräfin?« erkundigte er sich scheinbar teilnahmsvoll. In Wahrheit haßte er Alexandra, die im Gegensatz zu ihrem Mann den üblen Charakter des Verwalters längst erkannt hatte und keinen Hehl daraus machte, daß sie ihn ablehnte.

»Jetzt ist auch noch die Vroni weg!« stammelte Alexandra, ohne sich klarzumachen, daß dieses ›auch noch‹ eine Menge mehr an Kummer und Problemen enthüllte.

»Die wird net weit sein«, tröstete Rufus scheinheilig, aber Alexandra rannte über die Brücke und rief wieder Vronis Namen. Als sie sich umwandte, gewahrte sie, wie Rufus ihr untätig nachsah, und fuhr ihn an: »Verdammt noch mal, stehen Sie doch nicht herum. Helfen Sie mir!«

»Vielleicht ist s' in den Wald«, erklärte er gleichgültig, und in diesem Augenblick fuhr Thomas' Jeep über die Brücke in den Schloßhof. »Vroni ist bei mir, Alexandra«, rief Thomas der Gräfin beim Aussteigen zu.

Sie brach in Tränen aus, halb vor Erleichterung, halb vor Kummer. Dann warf sie sich an die Brust des Freundes. »Etwas Schreckliches ist geschehen. Markus hat mich betrogen! Ausgerechnet jetzt, wo ich ein Kind bekomme. Oh, ich hasse ihn!«

Weder sie noch Dr. Burgner beachteten, daß Rufus, der ihre Worte mitbekommen hatte, erschrocken stehenblieb. »Sie war hier und hat mir alles gesagt«, hörte er Alexandra weitersprechen. Hastig verschwand Rufus im Stall, während Thomas Alexandras Arm ergriff und sie ins Haus führte. Sie tat ihm unendlich leid, und er wünschte sehnlichst, ihr helfen zu können. Aber wie?

Am nächsten Morgen, Alexandra von Brauneck hatte eine fast schlaflose Nacht verbracht, setzte sie sich in ihren Wagen und fuhr ziellos durch die Gegend. Sie fühlte sich miserabel, litt unter Übelkeit und Kreislaufbeschwerden, dennoch fuhr sie immer weiter. Sie wußte, daß Markus bald nach Hause kommen würde, und wollte ihm nicht begegnen. Für die unvermeidliche Auseinandersetzung mit ihm fühlte sie sich einfach noch nicht stark genug.

So kam es, daß Markus bei seiner Rückkehr nur einen Zettel von seiner Frau vorfand, auf dem sie ihm mitteilte, daß Vroni im Doktorhaus und sie selbst fortgefahren sei, um über ihre Ehe nachzudenken.

Kopfschüttelnd las Markus die wenigen Zeilen, ohne zu begreifen, was in Alexandra gefahren war. Schließlich ließ er sich von Resi, dem Hausmädchen, die Zutaten für ein ausgiebiges Frühstück in zwei Taschen packen und fuhr nach Sonnenstein hinunter.

Er erreichte das Doktorhaus gerade, als Thomas auf der Terrasse den Tisch deckte. Sabina, noch im Nachthemd, Vroni und Maxl in ihren Pyjamas, alberten fröhlich herum. Aber die Stimmung schlug um, als Markus von Brauneck auftauchte und Milch und Semmeln, Bauernschinken und Käse aus seinen Taschen packte. »Wenn ihr den Kaffee beisteuert, steht einem Frühstück nichts im Wege«, meinte er gutgelaunt. »Ist Alexandra hier?«

»Wie kommst du denn darauf?« fragte Thomas beunruhigt, und Markus zeigte ihm den Zettel, den seine Frau ihm hinterlassen hatte. »Das kann doch nur ein Scherz sein«, meinte er und wandte sich Maxl und Vroni zu. »Hallo, ihr beiden! Na, habt ihr wieder bis Mitternacht getobt?« Er zog beide an sich und beugte sich zu Vroni hinunter. »Ich bin in aller Herrgottsfrühe von Wien aufgebrochen, um einen Morgenkuß von dir zu bekommen.«

Vroni entwand sich seiner Umarmung und wich zurück. Verblüfft betrachtete Markus ihr abweisendes Gesicht. »Was ist dir denn über die Leber gelaufen?«

Statt einer Antwort drehte das Kind sich um und lief ins Haus.

Thomas ergriff Markus' Arm. »Kann ich mit dir mal unter vier Augen reden?«

Irritiert folgte der Freund ihm um die Hausecke. »Was ist denn los?«

Thomas beschloß, gar nicht erst um den heißen Brei herumzureden. »Gestern war eine Frau bei Alexandra, die behauptet, mit dir ein Verhältnis zu haben.«

»Was?« Markus lachte. »Davon müßt' ich aber wissen.« Sein Lachen erstarb, als er Thomas' ernsten Blick auffing.

»Gut, daß wenigstens du deinen Humor bewahrt hast«, sagte Dr. Burgner trocken. »Alexandra jedenfalls war fix und fertig.«

Er bemerkte, daß Markus etwas unsicher geworden war. Offenbar hatte er also doch keine ganz reine weiße Weste.

»Aber wem kann so was einfallen! Das ist doch

absurd! Warum sollt' ich Alexandra betrügen?« beteuerte er eine Spur zu aufgeregt. »Gut, ich flirte vielleicht mal ein bisserl. Wer tut das net? Aber alles völlig harmlos. Ich möcht' wissen, welche Verrückte daraus das Recht ableitet, Alexandra eine Szene zu machen.«

»Du mußt doch wissen, wem du irgendwelche Hoffnungen gemacht hast«, erwiderte Thomas. »Oder sind es so viele?«

»Natürlich nicht!« erklärte Markus entrüstet. »Was denkst du eigentlich von mir?« Er überlegte kurz und kam dann zu dem Schluß, daß es vielleicht eine gewisse Dorothea gewesen sein könnte, die ihm diese Sache eingebrockt hatte. »Sie kommt ab und zu zum Reiten. Mehr war aber nicht, Ehrenwort. Ich weiß doch, was ich meiner Familie schuldig bin.«

»Ich würd' die Sache klarstellen«, riet Dr. Burgner ihm ernst, und Markus mimte den Verärgerten.

»Bist du verrückt? Ich hab' dir doch gesagt, das ist alles an den Haaren herbeigezogen. Ich versteh' gar nicht, wie Alexandra deswegen davonlaufen und eine Ehekrise heraufbeschwören kann!«

»Sie? Eine Ehekrise?« wiederholte Thomas empört. »Das ist wohl der Gipfel. Willst du Alexandra das vielleicht noch vorwerfen?« Er zwang sich zur Ruhe. »Beweis ihr, daß das Ganze nicht stimmt und daß du sie liebst.«

Markus nickte widerstrebend. Die Lust auf ein gutes Frühstück war ihm vergangen. Er trank nur eine Tasse Kaffee im Stehen und fuhr nach Brauneck zurück. Vielleicht war Alexandra ja inzwischen heimgekommen.

Doch das war nicht der Fall. Lediglich Rufus Staudinger begegnete Markus, den er sogleich nach Alexandra fragte.

Der Verwalter schüttelte mit einem bedauernden Grinsen den Kopf. »Ich weiß net, wo sie ist.«

»Was ist eigentlich gestern hier vorgefallen?« wollte Markus wissen. »Der Doktor hat gesagt, jemand war hier und hat Alexandra eine Szene gemacht. Hast du geseh'n, wer das war?«

»Sie hat sich mir net vorgestellt«, erklärte Rufus und setzte wohlüberlegt hinzu: »Aber es gibt ja so skrupellose Weiber, die sich nach einer kleinen Aufmerksamkeit von ei'm Grafen gleich fürs Leben sanieren wollen. Denken S' nur an die Karin . . .«

»Das ist doch schon fast net mehr wahr!« warf Markus von Brauneck ein.

»Oder die Waltraud . . .«

»Die is' doch inzwischen glücklich verheiratet!«

Rufus grinste hinterhältig. »Ich hab' Ihnen erst unlängst wieder einen Brief von ihr zug'steckt.«

Das war Markus von Brauneck tatsächlich total entfallen. »Du scheinst besser Bescheid zu wissen als ich«, sagte er halb lachend, halb mißmutig.

Der Verwalter machte eine spöttische Verbeugung. »Wenn ich Ihnen net so manches abnehmen würd', wär' Ihr Intimleben schon viel früher kollabiert.«

Markus verzog den Mund. »Und was soll ich jetzt machen? Ich kann doch net jede, mit der ich mal geflirtet hab', fragen, ob sie meiner Frau diesen Floh ins Ohr g'setzt hat.«

»Das überlassen S' nur mir«, bot Rufus großzügig an. »Investieren S' ein paar Blumen und Aufmerksamkeiten, schreiben S' ein paar Briefe, wie es Ihnen das Herz bricht wegen der Verantwortung, Ihrem Ruf und Ihrer Familie und so weiter bla-bla, und ich werd' Ihre Altlasten beseitigen.«

Genervt fuhr Markus sich über die Stirn. »Wunderbar! Wenn du alle abklapperst, die mir schöne Augen g'macht haben, bin ich ein armer Mann!«

Der Verwalter lachte. »Jetzt geben S' aber net an. Ich glaub', mit einem guten Dutzend kommen wir zurecht.«

»Meinetwegen.« Markus seufzte und zückte seine Brieftasche, der er einige Geldscheine entnahm. »Hier, kauf ein kleines Schmuckstück für die Dorothea und erklär ihr, warum wir uns nicht mehr sehen können. Für die anderen reicht ein Blumenstrauß. Ich werd' mich inzwischen um meine Frau kümmern.«

Rufus verbeugte sich wieder spöttisch, steckte das Geld ein und ging pfeifend davon. Er wußte schon, was er mit dem unerwarteten Schillingsegen anfangen würde. Eine gewisse Dorothea und die anderen Flirts des Grafen würden davon keinen Groschen bekommen.

Zehn Minuten später befand sich der Verwalter auf der Fahrt nach Sonnenstein, wo er zunächst den Gasthof zur Post aufsuchte. Anschließend fuhr er weiter nach Hall, um einen hübschen Schmuck, eine Flasche Wein und ein paar Delikatessen zu besorgen. Damit, so fand er, hatte er das Geld von Graf Brauneck gut angelegt.

Als Eva Mühlfellner nach einer Spazierfahrt mit ihrem inzwischen von Pankraz Obermayr reparierten Mofa ins Hotel zurückkam, erlebte sie eine große Überraschung. Elfriede Angerer, die Wirtin, eröffnete ihr nämlich, daß ihr Zimmer bereits geräumt und die Hotelrechnung bezahlt sei. »Wie der Herr Graf es gewünscht hat«, fügte sie hinzu.

»Was?« fragte Eva entgeistert.

»Auch Ihr Gepäck is' abg'holt worden«, berichtete Frau Angerer weiter. »Vom Verwalter des Herrn Grafen. Ich dacht', Sie wüßten davon.«

Zwar war Eva über die bezahlte Hotelrechnung sehr erleichtert, weil sie ziemlich knapp bei Kasse war, aber die Art und Weise, wie Markus von Brauneck ihre Abreise verfügte, weckte aufs neue ihren Zorn. »Ich hab' keine Ahnung davon!« fauchte sie, aber Frau Angerer zuckte nur mit den Schultern.

»Eine Nachricht hat er auch für Sie hinterlassen.« Sie holte aus dem Schlüsselfach ein Kuvert und gab es Eva.

Ungeduldig riß die junge Frau den Umschlag auf und las, was Rufus ihr geschrieben hatte, natürlich mit ›Markus von Brauneck‹ unterzeichnet. Danach steckte sie den Brief in ihre Kleidertasche und stürmte grußlos hinaus.

Rufus erwartete sie bei den Brauneckschen Forellenteichen. Er hatte einen Gartentisch und zwei Stühle, Tischtuch, Geschirr und Bestecke mitgebracht, den Wein kaltgestellt und die eingekauften Delikatessen auf einer Platte angerichtet. Er selbst war wieder ›gräflich‹ gekleidet, hatte sich bereits ein Glas Wein eingeschenkt und lächelte zufrieden in sich hinein, als er Evas Mofa heranknattern hörte. Gleich darauf kam es zwischen den Bäumen in Sicht. Eva hielt und stieg ab.

Rufus stellte sein Glas auf den Tisch und ging auf sie zu. Sie bedachte ihn mit einem finsteren Blick. »Was soll das Theater?«

»Hast du keinen Sinn für Romantik?« fragte er einschmeichelnd, und Evas Miene wurde etwas weicher, weil eine Erinnerung in ihr aufstieg, während sie sich umblickte.

Rufus legte ihr die Hände auf die Schultern. »Hier haben wir uns das erste Mal getroffen. Ich weiß es noch, als wär's gestern gewesen. Du hast gebadet, und ich hab' dir hinterher meine Ländereien gezeigt.«

Eva wich seiner Berührung aus. »Was willst du noch von mir?«

Er seufzte wehmütig. »Ich will mit dir noch einmal in Freundschaft anstoßen. Laß uns nicht so auseinandergeh'n.«

»Ich war bei deiner Frau«, erklärte sie trotzig, und er nickte.

»Ich weiß. Vielleicht war es ganz gut so. Ich geb' zu, ich hab' den Mut zu diesem Schritt nicht aufgebracht, denn ich hab' gewußt, daß es das Ende unserer Liebe bedeuten würde.«

Sie schluckte. »Aber ... du hast doch selbst gesagt,

deine Ehe bestände nur mehr auf dem Papier. Und daß du mit mir leben willst.«

Sein Blick wurde tieftraurig. »Glaub mir, ich würd' alles dafür geben, nur – ich bin nicht frei. Ich bin gebunden an Pflichten und Verantwortung, die man nicht so einfach abwerfen kann.«

»Du hast ein Kind. Das hast du mir verschwiegen«, sagte Eva vorwurfsvoll. »Ein Mädchen.«

»Ja. Und wie ich seit kurzem weiß, trägt Alexandra noch ein Kind unter dem Herzen.«

Eva schossen die Tränen in die Augen. Sie wandte sich um und preßte die Hand vor den Mund. Rufus legte von hinten die Arme um sie, streichelte ihre Schultern, den schmalen, gebräunten Nacken. Diesmal hielt sie still und gab sich für ein paar Sekunden seiner Zärtlichkeit hin.

»Wir hatten einen schönen Traum, den uns keiner nehmen kann«, sagte Rufus und war selbst stolz auf sein schauspielerisches Talent. »Aber wir müssen uns mit dem Leben abfinden.« Er zog eine kleine Schachtel aus seinem Sakko und drückte sie Eva in die Hand.

Sie blickte auf. »Was ist das?«

»Nichts Besonderes«, wehrte er bescheiden ab. »Ich hab' ihn gekauft, weil er so gut zu deinen Augen paßt.«

Eva öffnete die Schachtel und entdeckte einen Goldring mit einem schön gefaßten Saphir. Der Stein funkelte in der Sonne. Sie betrachtete ihn und fiel dann Rufus gerührt um den Hals. Für einen kurzen Moment berührten sich ihre Lippen, dann ging Eva wieder auf Distanz und schob den Ring über ihren Finger. »Er paßt!«

»Natürlich«, sagte Rufus lächelnd und wandte sich zum Tisch, um ihr ein Glas Wein einzuschenken. Sie stießen miteinander an.

»Auf die schöne Zeit, die du mir geschenkt hast«, sagte sie, immer noch den Tränen nahe, und Rufus Staudinger senkte voll gekonnter Trauer den Blick. Er fand, er hatte Eva wirklich ›gräflich‹ verabschiedet. Wahrscheinlich würde sie ihr ganzes Leben lang von dieser Romanze träumen.

Herr Konrad radelte langsam über die Landstraße. Plötzlich entdeckte er in einem Waldstück auf einem abzweigenden Forstweg einen geparkten Wagen. Undeutlich sah er eine über dem Lenkrad zusammengesunkene Gestalt, in der er beim Näherkommen Alexandra von Brauneck erkannte.

»Jessasmaria, Frau Gräfin!« stieß er erschrocken hervor und riß die Tür auf. »Was haben S' denn?«

Alexandra schrak hoch und starrte ihn benommen an. »Herr Konrad, bin ich etwa eing'schlafen?«

Sie hatte vor einer Weile hier angehalten, weil ihr wieder schlecht geworden war. Und als sie sich ein wenig besser fühlte, war sie trotzdem noch nicht weitergefahren, weil die Waldluft und die nur von Vogelgezwitscher und einem leichten Wind unterbrochene Stille ihr wohltaten. Mit geschlossenen Augen hatte Alexandra vor sich hin gegrübelt, und dabei hatte sich dann die halbwegs durchwachte Nacht bemerkbar gemacht, so daß sie unversehens in einen leichten Schlummer geglitten war.

Jetzt stieg sie aus dem Wagen, mußte sich aber an der Tür festhalten, weil sich wieder alles um sie herum drehte.

»San S' vielleicht krank?« fragte Herr Konrad besorgt, und sie preßte die Hände gegen den Magen.

»Lassen S' mich, es geht schon.«

»Kommt überhaupt net in Frage«, widersprach Herr Konrad entschieden. »Sie müssen zum Doktor.«

»Ich war doch schon beim Doktor«, erklärte sie halb benommen.

»Und? Was hat er g'sagt?«

»Ich bekomm' ein Kind.« Danach begann sie unvermittelt zu weinen, was Herrn Konrads Entsetzen noch steigerte.

»Soll ... soll ich den Herrn Grafen verständigen?« fragte er hilflos.

Alexandras Tränen flossen heftiger. »Nein, nur das nicht.«

Ratlos kratzte er sich den Kopf. »Ja, was mach' ich denn mit Ihnen? Zum Doktor wollen S' net, zum Grafen auch net. Ich kann sie doch net da liegen lassen.«

Alexandra wischte sich über die nassen Wangen. »Die Jagdhütte«, sagte sie in einem plötzlichen Entschluß. »Können Sie mich hinfahren?«

»Hinfahren?« wiederholte er verlegen. »Ja, natürlich ... Wenn Sie das wollen.« Er legte sein Rad ins Gras und öffnete die Tür zum Beifahrersitz. »Momenterl, Frau Gräfin, das mach' ma anders. Kommen S', setzen S' Ihnen daher.« Er half Alexandra beim Einsteigen und ging dann zögernd wieder um das Auto herum, um sich ans Steuer zu setzen. Alexandra bemerkte, wie ratlos er die Hebel und Pedale des Wagens betrachtete, und fragte:

»Können Sie überhaupt fahren?«

Er wollte schon verneinen, machte sich dann aber klar, daß die Frau Gräfin in ihren Zustand keinesfalls selbst chauffieren konnte. Deshalb erwiderte er mit großer Geste: »Der Niki Lauda is' ein Fahrschüler gegen mich!«

Aber wenn überhaupt, dann hatte Herr Konrad allerhöchstens vor dreißig Jahren einmal am Steuer eines Autos gesessen. Und was er damals vielleicht noch gekonnt hatte, hatte er längst verlernt. Er fuhr katastrophal, würgte mehrmals den Motor ab, ließ ihn dann schauerlich aufheulen und kurvte in halsbrecherischen Schlangenlinien über den Waldboden. Am liebsten wäre Alexandra selbst wieder gefahren, aber sie fühlte sich noch immer zu elend dazu.

Und immerhin erreichte Herr Konrad das mitten im Wald gelegene gräfliche Jagdhaus, ohne daß es zu gravierenden Zwischenfällen gekommen wäre. Er stellte den Motor ab, wischte sich den Schweiß von der Stirn und stieg eilig aus, um Alexandra ins Freie zu helfen. Im Jagdhaus bestand er darauf, daß sie sich sofort ins Bett legte, und kochte ihr aus den Vorräten, die er in der Küche fand, einen Kräutertee. Den brachte er ihr ans Bett.

»Da, Frau Gräfin, trinken S', das beruhigt den Magen und die Nerven.« Er beobachtete sie besorgt, wie sie ein paar Schlucke nahm. »Soll ich net lieber den Doktor holen?«

Sie stellte die Tasse zurück und sank erschöpft in das Kissen. »Es geht schon wieder.«

»Ich mein' ja nur . . . Net, daß was mit Ihrem Kinderl is'. Man liest ja so schreckliche Sachen – von Nabelschnurumschlingungen, wenn man sich zu stark krümmt . . .«

»Ach, das ist doch alles Humbug«, wehrte Alexandra ab, und er setzte eine unheilverkündende Miene auf.

»Sagen S' das net. Schauen S' mich an. Ich bin a typisches Opfer einer todtraurigen Schwangerschaft. Aber das is' a Leidensgeschicht' für sich. Seien S' froh, daß Sie so einen treuen und fürsorglichen Ehemann haben wie den Herrn Grafen.«

Ihre Mundwinkel bogen sich nach unten. »Meinen Sie?«

»Jeder macht mal einen Fehler«, meinte Herr Konrad begütigend. »Schlimm is' nur, wenn man ihn net zugeben kann.«

»Wieso?« fragte sie verständnislos, und er beugte sich zu ihr hinunter. »Frau Gräfin, ich will ja net indiskret sein. Aber man reimt sich schon was zusamm', wenn eine junge Frau, die schwanger ist, vor ihrem Mann davonläuft.«

Alexandra war es ein wenig peinlich, daß sie vorhin so viel von ihrer inneren Verfassung preisgegeben hatte. »Ich wollt' Sie nicht mit meinen Problemen belästigen . . .«

Herrn Konrads Gesicht strahlte förmlich vor Milde und Verständnis. »Aber ich bitt' Sie! Ich würd' mir nie erlauben, Sie zu verurteilen. Was gescheh'n ist, ist gescheh'n.

Doch ich bin sicher, der Herr Graf wird Ihnen Ihren Fehltritt verzeihen, wenn S' ihm alles beichten. Und das Kind wird er grad' so liebhaben wie sein eigenes.«

Fast hätte Alexandra über dieses grandiose Mißverständnis gelacht. Aber weil Herr Konrad sie so lieb anschaute und sich so rührend um sie gesorgt hatte, griff sie nach seiner Hand und drückte sie herzlich. »Ich dank' Ihnen für alles, was Sie für mich getan haben. Aber jetzt muß ich ein bisserl allein sein.«

»Selbstverständlich, Frau Gräfin«, sagte Herr Konrad und ging auf Zehenspitzen zur Tür. »Ruhen S' sich nur gut aus.«

Er holte sein Rad aus dem Wald und fuhr damit stracks zum Doktorhaus. Da es Sonntag war, fand keine Sprechstunde statt, aber Herr Konrad hörte die Stimmen von Dr. Burgner und Markus von Brauneck, die auf der Terrasse saßen.

Daß der Graf auch hier war, ließ Herrn Konrad zunächst zögern. Aber dann trat er doch näher und lüftete höflich seinen Hut. »Habe die Ehre, Herr Graf. Ich wollt' eigentlich zum Doktor.« Bittend blickte er Thomas an. »Hätten S' einen Augenblick Zeit für mich?«

»Also gut.« Thomas unterdrückte einen Seufzer und ging mit ihm um das Haus herum zum Eingang.

»Herr Doktor, ich hätt' nur ein paar unverbindliche Fragen«, kam Herr Konrad sogleich zum Thema. »Es geht . . . ich weiß nicht, ob ich Ihnen das überhaupt sagen kann, Sie wissen eh, wie schnell es ein Gerede gibt. Das Ganze hängt nämlich mit einer . . . einer Schwangerschaft zusammen. Aber sagen Sie's nur net weiter, Herr Doktor.«

»Und im wievielten Monat sind Sie?« zog Thomas ihn auf.

Herr Konrad blieb bierernst. »Aber Herr Doktor, doch net ich. Eine Dame, deren Namen ich nicht nennen will. Ich mach' mir nur Sorgen. Net, daß sie's bereut, wenn s' net rechtzeitig zum Doktor geht.«

Plötzlich ging Thomas ein Licht auf. »Reden Sie von der Gräfin?«

Herr Konrad wich zurück. »Herr Doktor, ich hab' nix g'sagt!«

»Wo ist sie?« drängte Thomas, denn er machte sich inzwischen genau wie Markus große Sorgen um Alexandras Verschwinden.

Herr Konrad streckte abwehrend die Hände aus. »Ich will nix unternehmen, was der Dame vielleicht net recht sein könnt'. Geben S' mir ein paar Medikamente mit und sagen S' mir, was ich zu tun hab'. Und verlassen Sie sich auf das Gespür von Patient zu Patient.«

»Herr Konrad, ich will ihr doch helfen«, unterbrach Thomas seinen Redeschwall. »Also reden Sie schon!«

Der zierte sich noch eine Weile, aber da er es sich mit seinem Doktor nicht verderben wollte, flüsterte er schließlich gepeinigt: »Oben in der Jagdhütt'n liegt sie. Aber sagen S' nix dem Herrn Grafen. Das Kind ist nämlich net von ihm.«

Thomas Burgner starrte ihn ein paar Sekunden entgeistert an, dann mußte auch er sich ein Lachen verkneifen über die Absurdität dieser Behauptung. »Herr Konrad, ich bin net nur der Arzt von der Frau Gräfin, ich bin auch ihr Freund. Und bevor sich die Mißverständnisse noch länger hochschaukeln, bin ich dafür, endlich die Karten auf den Tisch zu legen.«

Markus von Brauneck kam um die Hausecke. »Ich geh' dann wieder«, sagte er unruhig. »Nicht, daß sie vielleicht vergeblich im Schloß anruft.«

Thomas hielt ihn zurück. »Ich hab grad' erfahren, daß sie in der Jagdhütte ist. Aber laß mich allein hinfahren. Komm du dann nach ins Schloß.« Damit lief er eilig zu seinem Jeep, und Herr Konrad blieb mit Markus zurück.

»Was wissen Sie von meiner Frau?« fragte der Graf gespannt.

Herr Konrad seufzte schwer. Was für eine heikle Mission war ihm da nur aufgebürdet worden! »Setzen S' sich, Herr Graf, Sie werden's brauchen. Der Herr Doktor war dafür, die Karten auf den Tisch zu legen.«

Dr. Burgner erreichte im Rekordtempo die Jagdhütte. Es gelang ihm, Alexandra zu überreden, ins Schloß zurückzukehren. Als sie dort endlich in ihrem Bett lag und Thomas ihr ein harmloses Beruhigungsmittel verabreichte, klopfte es an die Tür.

Es war Eva, die zögernd den Raum betrat. »Entschuldigen Sie, daß ich hier so hereinplatze«, bat sie. »Aber ... es tut mir leid wegen gestern. Ich wollte Ihnen nicht weh tun.«

Thomas warf ihr einen unwilligen Blick zu. »Ich würd' Sie bitten, Frau von Brauneck nicht aufzuregen. Sie hat genug mitgemacht in den letzten Tagen.«

»Ich weiß. Markus hat mir alles erzählt. Sie bekommen ein Kind.«

Überrascht richtete Alexandra sich auf. »Das wissen Sie?«

Eva blickte auf ihre Schuhspitzen. »Ich glaub', Sie können Markus keine größere Freude machen. Vielleicht wollt' ich es nicht wahrhaben, aber ich denke, er braucht Sie. Zwischen uns ist alles ausgesprochen. Ich werd' mich nicht länger in Ihre Ehe drängen.« Ihre Stimme schwankte, und sie wandte sich rasch ab. »Leben Sie wohl.«

Bei der Tür blieb sie noch einmal stehen. »Ach, übrigens ... mein Mofa hat unterwegs den Geist aufgegeben. Kann ich mir ein Taxi rufen?«

»Wo müssen Sie denn hin?« fragte Thomas, und sie erklärte, daß sie nach Hall wolle.

»Unser Verwalter kann Sie hinfahren«, bot Alexandra an. »Thomas, bist du so nett? Rufus müßt' im Stall sein.«

Dr. Burgner trat an das geöffnete Fenster und rief nach dem Verwalter. Er erschien wenig später.

»Was gibt's denn, Frau Gräfin?« fragte er beim Eintreten. Dann erst gewahrte er Eva und fuhr zurück. »Du?«

Sie starrte entgeistert zwischen ihm und Alexandra hin und her. »Wer ist das?«

»Unser Verwalter«, antwortete die Gräfin. »Es scheint fast, ihr kennt euch.«

»Allerdings«, sagte Eva sarkastisch. »Sehr erfreut, Euch zu sehen, Euer Gnaden!«

Rufus wußte nicht, was er erwidern sollte. Am liebsten wäre er wortlos aus dem Zimmer gestürzt. Doch da kam Markus gerade herein. Er hatte einen Riesenblumenstrauß bei sich und strahlte über das ganze Gesicht. Aus Herrn Konrads verworrenen Reden hatte er nur eines wirklich begriffen: Alexandra erwartete wieder ein Kind. Und natürlich zweifelte er keinen Augenblick daran, daß der Vater Markus von Brauneck hieß.

Er warf den Blumenstrauß auf die Bettdecke und umarmte seine Frau. »Alexandra! Ich hab' es gerade erfahren. Ich bin so glücklich! Es ist wie ein Wunder.« Er küßte sie und lachte übermütig. »Ich kenn' mich jetzt zwar überhaupt nicht mehr aus, wer sich bei wem zu entschuldigen hat. Aber das werden wir schon klären. Eins steht jedenfalls fest: So verwöhnt, wie du die nächsten Monate wirst, da kann kein Königshaus mithalten.«

Er küßte sie noch einmal herzhaft ab und bemerkte erst danach Evas Anwesenheit. »Und wer ist die hübsche Dame hier?« erkundigte er sich so charmant, wie er es attraktiven weiblichen Wesen gegenüber immer war.

Alexandra lächelte. Jetzt verstand sie die Zusammenhänge, und sie war so erleichtert, daß sie am liebsten aus dem Bett gesprungen und herumgetanzt wäre wie ein Kind. »Du wirst noch von ihr hören«, sagte sie beziehungsvoll, und Markus zwinkerte Eva vergnügt zu. »Das freut mich aber.« Dann gab er ihr einen formvollendeten Handkuß.

»Mein Mann, der Graf Brauneck«, stellte Alexandra vor, und Eva nickte.

»Das Original ist gewinnender als die billige Kopie«, stellte sie fest. Dann wandte sie sich sehr von oben herab an Rufus. »Sind Sie so freundlich? Wir haben noch einen etwas längeren, unangenehmen Weg vor uns.«

Der Verwalter zog es vor, wieder nichts zu antworten. Schweigend öffnete er die Tür und ließ Eva den Vortritt, als sie aus dem Zimmer rauschte. Dr. Burgner lachte. Er gönnte Rufus Staudinger die Szene, die Eva ihm jetzt todsicher hinlegen würde.

Markus nahm Alexandra wieder in die Arme. »Wie kannst du dem Mann, der dich auf Händen trägt wie der heilige Christophorus persönlich, so mißtrauen?« fragte er zärtlich, und sie schmiegte sich an ihn.

»Hätt' ja sein können, daß ich nicht die einzige bin, die du auf Händen trägst.«

»Wie kannst du so was von mir denken!« beteuerte er im Brustton der Überzeugung. Als die beiden sich küßten, ging Dr. Burgner leise hinaus.

Sie merkten es nicht einmal, so beschäftigt waren sie mit sich.

Der Postraub

Der Breinfalk-Hof lag weit oberhalb von Sonnenstein. Die Fahrstraße endete ein gutes Stück tiefer, und man konnten den alten Einödhof nur zu Fuß erreichen.

Durch die kleinen tief in den Mauern liegenden Fenster hatte man einen überwältigenden Blick auf Täler und Berge, aber der Boden, der zum Hof gehörte, war karg und von Felsbrocken durchsetzt, und die Wiesen, auf denen ein paar Kühe und Schafe weideten, stiegen steil zur Geröllregion an.

Reich konnten die Besitzer eines solchen Hofes nicht werden. Vielmehr mußten sie hart um ihren Lebensunterhalt kämpfen, und die Sorge um das tägliche Brot riß eigentlich nie ab.

Als. Dr. Thomas Burgner an einem Julitag nach der Vormittagssprechstunde zum Breinfalk-Hof hinaufstieg – seinen Jeep hatte er unten am Ende der Fahrstraße abgestellt – empfand er tiefes Mitgefühl für die kranke Frau, die ihn erwartete. Else Breinfalk war noch nicht alt, gerade erst Mitte Dreißig, und hatte sich vor wenigen Wochen einer Operation im Haller Krankenhaus unterzogen. Man hatte ihr ein künstliches Hüftgelenk eingesetzt, und seitdem litt sie unter Schmerzen, die noch viel ärger waren als vordem.

Als Dr. Burgner die Küche betrat, stand Else am Tisch, auf dem ein Korb mit Kartoffeln auf das Schälen wartete. Sie stützte sich auf eine Krücke und bewegte sich nur unter unsäglichen Schwierigkeiten.

»Grüß Gott, Else«, sagte der Bergdoktor und drückte ihr die Hand.

Sie zwang sich zu einem matten Lächeln. »Danke, Herr

Doktor, daß Sie den weiten Weg hier herauf'kommen sind.«

»Wie geht's Ihnen denn?« fragte er teilnahmsvoll, und sie senkte den Kopf.

»Vor lauter Schmerzen kann ich mich bald überhaupt nimmer rühren. Sie müssen mir neue Medikamente verschreiben. Stärkere.«

»Ich fürcht', das wird net viel bringen«, erwiderte er, weil er einen ganz bestimmten Verdacht über die Ursache ihrer Beschwerden hegte. »Schau'n wir mal nach. Legen S' sich bitte hin.« Er beobachtete, wie sie zum Sofa humpelte, das an der Wand stand, half ihr beim Hinlegen und bat: »Drehen Sie sich zur Seite.«

Wieder mußte er ihr dabei helfen, und er sah ihr an, wie weh ihr jede Bewegung tat. Vorsichtig hob er ihr Bein an und drehte es langsam im Hüftgelenk. Elso Breinfalk stöhnte auf.

»So ein blödes G'stell! Wozu hab' ich mir bloß so ein elendiges Teil einsetzen lassen, wenn's jetzt schlimmer is', als es war.«

»Wie ich Sie kenn', haben S' wieder gearbeitet wie ein Pferd«, erwiderte Thomas mit leisem Vorwurf. »Statt sich zu schonen.«

»Ich muß ja! Wer melkt die Küh'? Schleppt die Milchkannen? Vom Füttern und Ausmisten gar net z'reden. Wir san ja nur zu zweit da heroben.«

Thomas kannte ihre schwierige Situation und wußte, daß sie nicht anders als durch unablässige Arbeit zu bewältigen war. Zwar war Elses Mann sehr fleißig, aber allein konnte er den Hof auch nicht bewirtschaften. Er war auf die Hilfe seiner Frau angewiesen.

»Ein künstlichen Hüftgelenk ist und bleibt ein Fremdkörper«, erklärte Thomas der kranken Bäuerin. »Kann sein, daß sich die Prothese gelockert hat. Vielleicht ist es auch eine bakterielle Infektion. Das kann ich so nicht feststellen. Sie sollten sofort in die Klinik.«

Else schüttelte den Kopf. »Da geh' ich nimmer hin. Der Ludwig sagt, die sind schuld an allem, weil's bei der Operation was verpfuscht haben.«

»Else, das liegt doch net an der Operation«, versuchte Dr. Burgner sie zu besänftigen. »Ihr Körper is' doch kein Gebrauchtwagen, wo man Ersatzteile auswechseln kann, und die Maschin' läuft wieder. Es passiert net selten, daß man ein Gelenk nachoperieren muß.«

Aber sie blieb bei ihrer störrischen Haltung. »Ich geh' nimmer nach Hall. Geben S' mir a Spritzen, daß die Schmerzen nachlassen. Und dann hoff' ma auf ein Wunder«, fügte sie mit einem bitteren Lächeln hinzu.

Dr. Burgner tat, worum sie ihn bat, obwohl er wußte, daß schmerzstillende Medikamente in diesem Fall nur zeitweise Linderung, aber keine Heilung brachten. Die Ursache für Elses Beschwerden mußte herausgefunden und beseitigt werden. Ein Jammer, daß sie das nicht einsah. Andererseits, wenn sie sich weiterhin so herumquälte, würde sie vielleicht eines Tages doch zur Einsicht kommen und sich im Krankenhaus behandeln lassen. Darauf hoffte Thomas Burgner zumindest.

Ludwig Breitfalk, Elses Mann, war, während der Bergdoktor zu seiner Frau fuhr, zu Fuß nach Sonnenstein hinuntergewandert. Jetzt hielt er sich in einer verlassenen Scheune auf, die der Poststelle gegenüber lag. Von dort spähte er mit gespannter Aufmerksamkeit auf die andere Straßenseite.

Er gewahrte, wie Pankraz Obermayrs Pferdefuhrwerk die Straße entlangkam und vor der Poststelle hielt. Pankraz rief nach Franzi, und sie erschien am Fenster. »Wie schaut's aus? Soll ich dich gleich mitnehmen?« fragte er.

Franzi schüttelte den Kopf. »Ich wart' noch auf den Geldtransport von der Postsparkasse.«

Darauf wart' ich auch, dachte Ludwig Breitfalk mit bitterem Galgenhumor und hörte den Pankraz mißmutig sagen: »Und was is' mit mein'm Essen?«

»Die Renten von die Bauern san wichtiger als deine Schnitzel!« konterte sie. »Oder willst, daß es einen Aufstand gibt?«

»Und wenn ich dir einen Aufstand mach', das is' dir wurscht?« erkundigte er sich bissig.

Franzi lachte nur. »Mit dir werd' ich alleweil noch fertig.«

Ludwig beobachtete, wie Pankraz die Zügel des Pferdes ergriff. »Wie du meinst. Geh' ich halt ins Wirtshaus oder zum Thomas. Vielleicht hat die Sabina was Gut's gekocht. Hüa . . .« trieb er seinen Gaul an, und das Tier setzte sich wieder in Bewegung.

Im selben Moment kam der gepanzerte Geldwagen auf die Poststelle zu und hielt vor dem Eingang. Die beiden Fahrer stiegen aus und trugen einen Postbeutel in den Schalterraum. »Grüß Gott, Frau Pichlinger«, sagte einer der beiden Männer. »Wir kommen spät, aber doch!«

»Schon recht«, erwiderte Franzi freundlich. »Ich hab eh noch zu tun g'habt.« Sie nahm den versiegelten Beutel in Empfang, öffnete ihn und leerte seinen Inhalt, gebündelte Scheine und die entsprechenden Belege, auf den Schaltertisch. Routiniert zählte sie das Geld nach. »Stimmt«, sagte sie dann zufrieden.

Der eine Fahrer schob ihr ein Formular hin. »Hier, wenn S' bitte den Empfang bestätigen.«

Franzi unterschrieb und deponierte das Geld in einem kleinen Safe. Sie wünschte den beiden Fahrern noch einen schönen Feierabend und schloß die Tür hinter ihnen ab.

Nachdem der Postwagen abgefahren war, trat Ludwig Breinfalk aus seinem Versteck. Mit einem raschen Blick nach rechts und links überzeugte er sich davon, daß die Straße leer war, dann rannte er auf die andere Seite und betrat den Flur der Poststelle.

Er hatte sich hundertmal überlegt, was er zu tun hatte und wie alles ablaufen würde. Und noch mehr hatte er darüber nachgegrübelt, ob er so etwas wirklich tun durfte. Er hatte keine andere Möglichkeit gesehen. Und darum würde er jetzt ausführen, was er sich vorgenommen hatte. Er tat es ja nicht für sich, sondern für die Else.

Franzi, die gerade den Schalterraum verlassen wollte, stutzte, als jemand an die verschlossene Tür klopfte. »Wer ist denn draußen?« fragte sie und hörte eine Stimme, die ihr merkwürdig verzerrt und dumpf vorkam, antworten:

»Ich wollt' nur noch schnell einen Einschreibebrief aufgeben.«

Na ja, dachte Franzi, lassen wir ihn halt noch herein. Sie ging, um die Tür aufzuschließen. »Eigentlich is' schon zu ...«

Mitten im Satz brach sie ab. »Mariandjosef!« stammelte sie und starrte die Gestalt an, die eine schwarze Wollmütze über das Gesicht gezogen hatte, in die nur zwei Löcher für die Augen geschnitten waren. Im nächsten Moment wurde sie zur Seite gedrängt. Ludwig schob sich an ihr vorbei in den Schalterraum und schloß die Tür hinter sich und Franzi wieder ab. Dann preßte er ihr die Hand auf den Mund.

»Keinen Mucks!« stieß er hervor. »Sonst ...«

Franzi wehrte sich heftig, aber er hielt sie mit einem eisernen Griff fest. »Wo ist das Geld? Schnell!«

Eine Weile kämpften sie verbissen miteinander, und Franzi versuchte zu schreien, was ihr aber nicht gelang, weil Ludwig immer noch die Hand so fest auf ihren Mund gedrückt hatte, daß sie kaum Luft bekam.

»Ich will dir doch nix tun!« stieß er hervor und schrie im nächsten Moment auf, weil Franzi ihn in die Hand gebissen hatte. Für ein, zwei Sekunden lockerte er seinen Griff, und Franzi schrie laut um Hilfe, während sie weiter versuchte, sich aus seiner Umklammerung zu befreien.

»Sei doch ruhig, bitte!« Ludwigs Stimme klang mehr verzweifelt als wütend. Als Franzi sich losriß, stürzte er ihr zum Telefon nach und entwand ihr den Hörer, den sie bereits abgehoben hatte. Franzi traktierte ihn mit Schlägen und Tritten und versuchte sogar, ihm die Mütze vom Kopf zu reißen.

»Net einen Groschen kriegst von mir!« verkündete sie wutschnaubend. »Die Augen kratz' ich dir aus!«

Ludwig verlor die Nerven. »Na gut, wenn's net anders geht . . .« Damit packt er die Franzi von hinten und drückte sie auf ihren Sessel hinter dem Schalter. Während er mit der Rechten nach dem dort liegenden Paketklebeband griff, hielt er ihr mit der Linken wieder den Mund zu. Er riß einen Streifen Klebeband ab, und sofort schrie Franzi wieder um Hilfe, als er ihren Mund für eine Sekunde freigab, um das Band darauf zu pressen. Ihr Schrei erstarb in einem wütenden Gurgeln.

»Tut mir leid«, sagte Ludwig und griff nach einer anderen Rolle mit noch breiterem Band. Damit fesselte er Franzi an den Handgelenken, am Bauch und am Brustkorb an ihren Sessel. Das Klebeband war haltbar, zumal Ludwig es mit zahlreichen Windungen um ihren Körper wickelte. »Ich woll' das net«, brummte er, nachdem er sein Werk vollendet hatte, und klebte Franzi noch mehrere Male zu. »Aber daß du so a Furie bist, hätt' ich net erwartet.«

Dann durchsuchte er ihre Postuniform und fand den Safeschlüssel wie erwartet in der Jackentasche.

Das nächste war ein Werk von Sekunden. Ludwig schloß den Safe auf, holte das Geld heraus und betrachtete es einen Moment. Dann steckte er es in seinen Hosenbund, zog Hemd und Jacke darüber. »Nix für ungut«, murmelte er, lief geduckt zur Tür und spähte in den Flur. Als er die Luft rein fand, schlüpfte er nach draußen und schloß Franzi im Schalterraum ein. Den Schlüssel steckte er in die Tasche und riß sich die Mütze vom Kopf. Als er vorsichtig durch die offene Haustür blickte, wich er erschrocken zurück. Pfarrer Hauberer kam die Straße entlang geschlendert, seinen Hund an der Leine. Ausgerechnet vor der Poststelle blieb der Hund stehen, während aus dem Schalterraum Franzis Stöhnen zu hören war. Angstvoll drückte Breinfalk sich in eine Ecke des Flurs.

Und dann war es Franzi drinnen endlich gelungen, das Klebeband über ihrem Mund ein wenig zu lockern, so daß sie wieder um Hilfe rufen konnte. Pfarrer Hauberer hörte es und wollte gerade in den Flur treten, als Ludwig Breinfalk, nun völlig kopflos vor Angst, an ihm vorbei ins Freie stürmte. »Ja, Ludwig«, sagte der Pfarrer konsterniert und blickte ihm nach.

Franzi rief wiederum um Hilfe, und Hauberer rüttelte an der verschlossenen Tür zum Schalterraum. »Franzi? Was ist passiert?«

Sie erkannte die Stimme des Pfarrers und empfand grenzenlose Erleichterung. »Ich bin überfallen worden«, brachte sie mühsam hervor.

»Heilige Mutter Gottes!« Wieder rüttelte er an der Türklinke und erklärte überflüssigerweise: »Es ist abgesperrt!«

»Herrschaftsseit'n, dann geben S' ihr halt einen Stoß!« schimpfte Franzi von drinnen. »Is' eh so ein altes Ding.«

Eigentlich entsprachen Stoßgebete viel eher Pfarrer Hauberers Metier als rohe Gewalt. Immerhin probierte er, was Franzi von ihm verlangte, allerdings nicht, ohne sich zuvor bekreuzigt zu haben. Dann nahm er einen Anlauf und warf sich gegen die Tür. Aber alles, was er erreichte, war, daß er sich Schulter und Ellenbogen recht schmerzhaft anschlug. Die Tür blieb zu.

»Halt aus, Franzi«, sagte Hochwürden, während er sich die lädierten Stellen rieb. »Ich bin gleich zurück.« Er rannte zum Doktorhaus, weil er dort Pankraz' Wagen hatte stehen sehen.

Pankraz befand sich in der Küche, wo er sehr skeptisch Sabinas Essensvorbereitungen beäugte. Sein knurrender Magen hatte ihn hergetrieben, in der Hoffnung, etwas Anständiges zu essen zu bekommen. Aber wie meist kochte Sabina etwas Italienisches, weil sie von der österreichischen Küche, wie Pankraz sie liebte, kaum eine Ahnung hatte.

»Du könntest inzwischen vielleicht den Tisch decken«, forderte Sabine ihn freundlich auf.

»Ich?« fragte Pankraz so verdattert, als hätte sie von ihm verlangt, er solle ihr auf der Stelle ein Edelweiß vom Hexenboden holen.

»Ja, warum nicht?« erwiderte sie mit schöner Selbstverständlichkeit, und er schlenderte, höchste Mißbilligung im Blick, zum Geschirrschrank.

In diesem Augenblick stürmte Pfarrer Hauberer in die Küche. »Thomas, Pankraz, schnell . . .« brachte er atemlos hervor. »Die Franzi . . .«

Thomas Burgner fuhr herum. »Was ist mit der Franzi?«

Der Pfarrer schnappte noch immer nach Luft, so rasch war er die Anhöhe zum Doktorhaus hinaufgerannt. »Sie . . . sie . . . o Gott!«

Pankraz war blaß geworden. »Pfarrer, red schon! Is' war passiert?«

»Sie ist überfallen worden!« stieß Hochwürden hervor und sank auf einen Stuhl.

Pankraz ergriff Thomas' Arm. »Komm!« Im Hinauslaufen rief Thomas noch, man solle die Polizei benachrichtigen. Dann rannten sie im Sturmschritt zur Poststelle hinunter.

Franzi, die immer noch gefesselt auf ihrem Stuhl hockte, hörte, wie die beiden sich gegen die geschlossene Tür warfen, einmal, zweimal, ohne daß sie nachgegeben hätte. »Ihr werdet doch eine Tür aufsperren können!« rief sie ungeduldig, während Thomas und Pankraz einen dritten Anlauf nahmen. Da endlich flog die Tür auf.

Franzi seufzte erleichtert. »Gott sei Dank. Mir san schon die Füß' eingeschlafen.«

Pankraz umarmte sie vor lauter Erleichterung, daß ihr offenbar nichts Ernstliches geschehen war. Sie ließ es sich ganz gern gefallen, meinte dann aber doch: »Könnt' mich vielleicht einer mal losmachen?«

»Sofort«, stammelte Pankraz, während Thomas eine Schere von Franzis Schreibtisch nahm und das Klebeband von ihren Händen und Füßen schnitt.

»Bist du verletzt?« erkundigte er sich besorgt, aber sie gab gar keine Antwort darauf, sondern begann lauthals über den Lumpen und Verbrecher zu schimpfen, der das ganze Geld gestohlen hatte.

»Na, der soll mir unter die Finger kommen. Eine alte wehrlose Frau so zu behandeln«, knirschte Pankraz, und sie fuhr ihn postwendend an:

»Die Alte nimmst sofort zurück.«

»Platz da! Keiner rührt irgend etwas an!« ertönte da die befehlsgewohnte Stimme von Gendarm Gilch. »Die Spurensicherung wird jeden Augenblick eintreffen.« Der Sonnensteiner Gesetzeshüter kam in den Schalterraum gestampft, gefolgt von dem noch immer schnaufenden, abgehetzten Pfarrer Hauberer. Und Pankraz' Entsetzen über die Unbill, die seiner Franzi widerfahren war, entlud sich nun über den Gendarmen.

»Da sieht man, was man an der Polizei hat, wenn eine Postlerin ihres Lebens nicht mehr sicher ist, während der Herr Gendarm Feierabend macht!«

Der gute Gilch ließ sich davon nicht beeindrucken. »Das is' so Brauch bei den Räubern, daß 's erst kommen, wenn die Polizei weg is'. Aber wir kriegen ihn schon.« Er setzte seine imponierendste Amtsmiene auf und wandte sich an Franzi. »Wie ist denn die ganze Sache passiert?«

»Jetzt is' ka Zeit für Wichtigtuerei!« fuhr Pankraz sofort dazwischen. »Du siehst doch, daß die Franzi völlig fertig mit den Nerven ist.« Er tätschelte beruhigend ihre

Schulter. »Ich werd' für die nächsten Tag' Verstärkung für dich anfordern.«

»So weit kommt's noch!« sagte sie empört.

Etwas hilflos wandte Gilch sich an den Pfarrer. »Aber ich muß doch ein Protokoll aufnehmen.«

Der erwiderte nichts darauf, sondern lehnte am Schaltertresen, immer noch völlig erschöpft und außerdem in heftigster Gewissensnot, weil er den Posträuber ja vielleicht noch gesehen hatte. Ludwig Breinfalk, ein kreuzbraver, fleißiger und auch frommer Mensch – für Hochwürden war das einfach unbegreiflich. Oder hatte der Ludwig doch nichts mit dem Überfall zu tun?

»Gar nix nimmst auf!« ging Pankraz schon wieder auf den armen Gilch los. »Morgen kommt a Sonderkommission aus Innsbruck. Dafür werd' ich sorgen. Ich hab' einen hervorragenden Draht zum Staatsanwalt. Der Gauner soll keine ruhige Minute haben.«

Thomas stieß ihn unauffällig in die Rippen. »Meinst net, daß du ein bisserl übertreibst?« fragte er leise, doch Pankraz warf ihm nur einen vernichtenden Blick zu und ergriff Franzis Arm.

»Komm, ich bring' dich nach Haus«, sagte er in einem Ton, den er sonst nur für seine kranken Viecher reserviert hatte. Franzi ließ sich von ihm zur Tür führen. Sie fühlte sich jetzt doch ein bisserl schwach und mitgenommen von all der Aufregung.

Vor Pfarrer Hauberer blieb sie stehen. »Und vielen Dank, Herr Pfarrer. Sie waren mein Retter in der Not. Wenn ich nur wüßt', wer das gewesen ist . . .«

»Das werd' ich Ihnen bald sagen können«, erklärte Gilch siegesgewiß, während Pfarrer Hauberer plötzlich zu schwanken anfing und sich am Tresen festhalten mußte.

»Was haben S' denn, Herr Pfarrer?« fragte Franzi erschrocken, und er mußte sich schon wieder den Schweiß von der Stirn wischen.

»Der Schreck. Er sitzt mir immer noch in allen Gliedern.«

Sie lächelte ihn tröstend zu. »Es is' ja vorbei, Herr Pfarrer. Beruhigen S' sich doch.« Aber Hochwürden schüttelte nur gequält das Haupt. Für ihn war überhaupt nichts vorbei. Leider!

Zuerst war Ludwig Breinfalk wie gejagt den Berg hinaufgestürmt, immer mit der Angst im Nacken, jemand könne ihn verfolgen. Erst als die Fahrstraße endete und der schmale, gewundene Fußweg zu seinem Hof begann, ging er langsamer. Er durfte nicht so atemlos und abgehetzt bei Else ankommen, sondern mußte erst ein wenig ruhiger werden.

Er hatte es getan. Mein Gott, er hatte es wirklich getan! Das Geld steckte in seiner Jackentasche, und nun würden bald andere und bessere Zeiten für seine Else anbrechen. Zu den besten Ärzten würde er mit ihr fahren, und die würden sie gesund machen.

Als sein Hof in Sicht kam, entdeckte Ludwig seine Frau auf der Hausbank. Ihre Krücken lehnten daneben. Es war ein Anblick, der ihm ins Herz schnitt.

Hinter einem hohen Felsstück verborgen, beobachtete Ludwig seine Frau eine kleine Weile. Dann schlich er vorsichtig und geduckt weiter, damit sie ihn nicht gewahrte. Er mußte erst das geraubte Geld verstecken.

Ein Stück abseits vom Weg stand der Strunk eines vor Jahren vom Blitz gefällten Baumes. Zwischen seinen Wurzeln grub Ludwig ein Loch ins Erdreich, packte das Geldbündel in eine Plastiktüte und legte es hinein. Die schwarze Wollmütze mit den Augenschlitzen und die Handschuhe, die er getragen hatte, stopfte er dazu. Dann kehrte er auf den Weg zurück und ging auf den Hof zu.

Diesmal bemerkte ihn Else, und ihr Gesicht erhellte sich. Sie stand sogar auf und humpelte ihrem Mann, auf die Krücken gestützt, entgegen. »Ludwig«, sagte sie erleichtert. »Lang' warst aus. Ich hab' mir schon Sorgen gemacht.«

»Servus, Else.« Mit einer weichen, liebevollen Geste strich er ihr über das Haar. »Du weißt doch, wie weit der Weg is'.« Er faßte sie unter und führte sie zur Bank zurück. Dann setzte er sich neben sie.

Es war ein schöner, milder Abend, der Himmel war von der untergehenden Sonne im Westen rosig angehaucht, und ihre schrägen Strahlen ließen die Berge ringsum mit ihrem ewigen Eis silbern aufleuchten. Das Tal lag schon im Schatten.

»Ich bin den Weg schon so lang' nimmer gegangen«, sagte Else Breinfalk wehmütig, und ihr Mann drückte ihre Finger.

»Wirst ihn schon wieder gehen. Vielleicht nicht diesen Sommer, aber im nächsten.«

Sie blickte über das Tal. »Helf Gott, daß 's wahr is'!«

»Er wird schon helfen«, erwiderte Ludwig, und der Unterton in seiner Stimme ließ sie erstaunt den Kopf wenden. Er wich ihrem Blick aus. »War der Doktor da?« erkundigte er sich, um abzulenken, und Else nickte.

»Er hat gemeint, ich sollt' so schnell wie möglich in die Klinik. Ich weiß selbst nimmer, was ich tun soll.«

»Der Doktor hat völlig recht. Freilich gehst in a Klinik«, sagte Ludwig da zu ihrer Überraschung. »Aber net nach Hall. Ich weiß was Besseres.« Aus seiner Brieftasche holte er einen zerknitterten Zeitungsausschnitt, den er schon vor Wochen entdeckt und seitdem mit sich herumgetragen hatte. »Das ist der beste Chirurg für solche Sachen von ganz Europa. Er lebt in der Schweiz, und da fahren wir hin.«

»In die Schweiz?« wiederholte sie verwundert, und Ludwig nickte.

»Der hat dort eine Privatklinik, in der operiert er Sportler und Filmstars. Wenn dir einer helfen kann, dann er.«

Sie machte ein furchtsames Gesicht. »Was mach' ich denn dort ganz allein?«

Er lachte, so wie er früher manchmal gelacht hatte. Früher, als sie noch gesund gewesen war und die Bauernarbeit ohne Mühe geschafft hatte. Else hatte ihn lange nicht mehr so sorglos lachen hören. »Ich geh' doch mit dir. Aufpassen, daß 's dir ja recht gut geht. Wirst sehen, dort wirst gepflegt wie eine Prinzessin.«

»Was du red'st. Wer soll denn das alles zahlen?«

»Irgendwie werd'n ma schon einen Weg finden«, erwiderte er ausweichend.

»Aber bis jetzt hat's kaum gereicht zum Leben«, warf sie unglücklich. »Und für so einen Luxus . . .«

Er legte ihr einen Finger auf die Lippen. In seinen Augen stand ein merkwürdiges Leuchten. »Das is' kein Luxus. Du mußt g'sund werden. Wir haben doch auch ein Recht, glücklich zu sein, oder net?«

Da schwieg Else, nahm seine Hand und lächelte ihn an. Wie lieb er doch war, ihr Ludwig! Der beste Mann, den eine Frau sich wünschen konnte. Mit einer zärtlichen Geste lehnte sie ihren Kopf an seine Schulter. So saßen sie lange und schauten zu, wie die Sonne unterging und die Schatten der Bergnacht aufzogen. Der Mond stand als klare Sichel am Himmel, und die Sterne funkelten. Es würde morgen wieder einen schönen Tag geben.

Am kommenden Morgen stand Ludwig Breinfalk noch früher auf als sonst, um das Vieh zu versorgen. Dann machte er sich abermals auf den Weg nach Sonnenstein. Er nahm einen Strauß Blumen mit, den er heimlich im Hausgarten geschnitten hatte, als Else noch im Bett lag. Die Karte, die er dazulegte, hatte er noch am Vortag mit aus einer Zeitung ausgeschnittenen Buchstaben beklebt. Auch davon wußte Else natürlich nichts.

Beides, Strauß und Karte, deponierte Ludwig vor der

Tür der Sonnensteiner Poststelle. Dann ging er eilig davon.

Franzi erschien eine Viertelstunde später trotz Pankraz' Protestes, um ihren Dienst anzutreten. Traudl, Dr. Burgners Sprechstundenhilfe, war mit einem kleinen Packen Briefe gekommen, die sie noch frankieren mußte.

»Hallo, Franzi!« rief sie überrascht. »Ich hab' gedacht, du bist im Krankenstand.«

Franzis Augenbrauen hoben sich. »Ich wüßt' net, wieso! Es muß sich doch wer um die Post kümmern.«

»Ja, aber nach solch einem Überfall ... Hast da wirklich Glück gehabt. Und daß du glei' wieder hier bist«, meinte Traudl bewundernd. »Ich mein', ich hätt' was gehört von einer Vertretung, die hergeschickt werden soll.«

»Vertretung!« Franzi wirkte entrüstet. »Da hab' ich auch noch a Wörtl mitzureden! Das war wieder so eine Idee vom Pankraz. Wenn's nach dem geht, dürft' ich mich nur an Heim und Herd verwirklichen.« In diesem Moment entdeckte die den Blumenstrauß vor der Tür, und ihre Augen wurden groß und rund vor Staunen. Franzi hob ihn auf und sah die Karte, die zwischen den Blüten steckte. ›*Nichts für ungut*‹, stand in Zeitungsbuchstaben darauf.

Der Posträuber, dachte Franzi gerührt. Sie zeigte Traudl die Karte und sagte: »Wenn sich schon mal ein schwarzes Schaf nach Sonnenstein verirrt, dann ist es wenigstens der zuvorkommendste Posträuber der Tiroler Kriminalgeschichte.«

Der von Franzi so Gelobte hatte indessen den Weg zum Doktorhaus eingeschlagen. Vor der Tür kam ihm ein Patient entgegen. »Grüß Gott, Ludwig«, sagte er freundlich. »Hast Glück, heut is' nix los in der Praxis vom Bergdoktor.«

»Das trifft sich ja gut«, meinte Breinfalk erfreut und betrat das Haus. Zu seinem Erstaunen saß nicht Traudl an ihrem Schreibtisch hinter der Anmeldung, sondern Herr Konrad. Zögernd blieb Ludwig in der Tür stehen.

»Treten S' nur ein« sagte Herr Konrad. »Ich fress' Sie net.«

Ludwig gehorchte. »Ich muß zum Doktor.«

»Das hab' ich mir fast gedacht«, erwiderte Herr Konrad düster. »Wann ich Ihnen so anschau' . . .« Er stand auf und kam auf Ludwig zu. Zuerst warf er einen Blick in dessen Augen, zog das Unterlid des einen herunter und seufzte. Dann fühlte er ihm den Puls.

Ludwig blickte ihn irritiert an. »Wieso? Was ist mit mir?«

»Da fragen S' noch?« erwiderte Herr Konrad bedeutungsschwer. »Ich weiß, wie Sie sich fühlen. Die trockenen Lippen, den bitteren Geschmack im Mund . . .« Ohne den Blick von ihm zu nehmen, ging er um Ludwig herum und drückte plötzlich seine Faust ganz fest ins dessen Magen. »Und das Gefühl, einen Stein im Bauch zu haben, net wahr?«

Ludwig hatte bei der unsanften Berührung einen Protestschrei ausgestoßen, und Herr Konrad diagnostizierte:

»Aha, druckempfindlich in der Lebergegend.« Er fuhr fort, Ludwigs Bauch zu attackieren. Der wich in seinem Stuhl zurück.

»Jetzt lassen S' mich doch los!« verlangte er verärgert, erreichte aber nur, daß Herr Konrad nun auch sein Seelenleben als völlig desolat einstufte. »Reizbar und schlecht gelaunt! Kein Wunder! Ich möcht' net wissen, wie's bei Ihnen im Bauch ausschaut.«

»Verdammt, jetzt lassen S' mich endlich in Frieden!« wetterte Ludwig nun ernstlich verärgert.

Traudl, die inzwischen von der Post zurückgekommen war, hörte seine laute Stimme und kam, gefolgt von Thomas, in die Anmeldung. Dabei wäre sie fast mit Ludwig Breinfalk zusammengeprallt, der vor Herrn Konrad flüchtete.

Letzterer wandte sich an Thomas. »Trockener Schleimhautkatarrh im Respirations- und Intestinaltractus«, erklärte er. »Verwachsungen im Bereich der Därme. Die Indikation is' völlig klar, Herr Doktor. Der arme Mensch leidet...«

Thomas unterbrach ihn amüsiert. »Jetzt hören S' aber mal auf mit Ihren...«

»Interessiert Sie gar die Diagnose net?« fragte Herr Konrad indigniert, und Thomas deutete lachend auf die Tür zur Anmeldung.

»Raus!« Dann bat er Ludwig Breinfalk in sein Sprechzimmer. Er begrüßte ihn freundlich und fragte sogleich: »Hat Ihre Frau mit Ihnen über die Operation geredet?«

Statt einer Antwort zog Ludwig den Zeitungsartikel aus der Tasche und legte ihn vor Thomas auf den Schreibtisch. »Können Sie mir mit dieser Klinik eine Termin ausmachen?« erkundigte er sich, ohne Dr. Burgner anzusehen.

Der überflog den Text, während er in seinem Schreibtischsessel Platz nahm. »Das ist ja eine Privatklinik im Ausland«, sagte er. »Da zahlt Ihnen die Kasse keinen Groschen.«

Ludwigs starrer Gesichtsausdruck belebte sich ein wenig. »Ich weiß, aber es geht doch um die Else.«

Thomas legte den Ausschnitt auf die Schreibtischunterlage. »Das kostet eine Stange Geld«, warnte er. »Und Wunder vollbringen können die Ärzte da auch nicht.«

»Das ist mei' Sach!« entgegnete Ludwig entschieden.

Thomas dachte ein paar Augenblicke nach. Dann meinte er »Ich mach' Ihnen einen Vorschlag. Lassen Sie die Untersuchungen in Hall durchführen. Dann läuft wenigstens das über die Krankenversicherung. Die Operation können Sie dann immer noch in der Schweiz machen lassen.«

Breinfalk schwieg, und Thomas griff zum Telefon. »Ich ruf' mal an, ob ein Bett frei ist.«

»Von mir aus«, stimmte Ludwig widerwillig zu. Nervosität erfaßte ihn. Er mußte an Pfarrer Hauberer denken.

Der hatte ihn erkannt. Was war, wenn der Pfarrer erzählte, was er gesehen hatte? Freilich, beweisen konnte sie ihm dadurch noch nichts. Er konnte ja behaupten, daß er noch einen Brief hatte aufgeben wollen, die Poststelle aber schon geschlossen gewesen sein. Und Hilferufe hätte er nicht gehört . . .

Während Thomas darauf wartete, daß die Verbindung mit der Klinik zustande kam, warf er einen Blick auf Ludwig. Ihm fiel auf, wie schlecht der Mann aussah. Die Augen lagen tief in den Höhlen, und er schwitzte. »Geht's Ihnen net gut?« fragte Dr. Burgner freundlich, aber Ludwig winkte eilig ab.

»Doch, doch.«

In der Haller Klinik war tatsächlich ein Bett für Else Breinfalk frei. Sie sollte am nächsten Morgen dort hinkommen.

Ludwig verabschiedete sich von Thomas, rang sich ein »Ich dank' auch schön« ab und verließ das Haus. Draußen atmete er tief durch. Die Sache kam also ins Rollen. In Hall wurde Else untersucht, das konnte zwei oder drei Tage dauern, und vielleicht, nein, bestimmt würden sie anschließend in die Schweiz zu dem berühmten Professor fahren können. Wenn er dann mit der Else heimkam, war sie endlich gesund. Und nur das war wichtig.

Freilich, zuvor mußte er noch mit dem Pfarrer reden . . .

Ludwig schlug den Weg zur Kirche ein und fand Pfarrer Hauberer, wie er heruntergebrannte Kerzen vor dem Marienaltar auswechselte. Er war nicht sonderlich erstaunt, Ludwig Breinfalk zu sehen, denn er hatte damit gerechnet. »Willst beichten?« fragte er kurz, und Ludwig nickte.

Er kniete sich in den Beichtstuhl, und Pfarrer Hauberer nahm auf der gegenüberliegenden Seite Platz.

Als Ludwig schwieg und nur mit einem verzweifelten Ausdruck auf seine Hände starrte, beugte der Pfarrer sich nach vorn. »Kommst nur, weil ich dich geseh'n hab' oder weil deine Tat dich reut?«

Ludwig verkrampfte die Finger ineinander. »Sie reut mich aufrichtig, und ich bitt' unseren Herrgott um Vergebung, aber ich hab keinen Ausweg mehr geseh'n.«

»Ja, um Himmels willen, wer zwingt dich denn zu solch einer Tat?« wollte Hochwürden stirnrunzelnd wissen.

Ludwig blickte auf. »Die Not, Herr Pfarrer. Ich bin kein schlechter Mensch. Ich hab's ja nur getan für meine Else. Ich kann net ansehen, wie sie leidet. Und das Geld für eine richtige Operation, das haben wir eben net, weil ich immer für ein' Hungerlohn gearbeitet hab'.«

»Da gibt es doch sicher andere Wege, Ludwig! Vielleicht ... die Gemeinde, die euch geholfen hätt' ...« Der Pfarrer brach ab, weil ihm das selber unglaubhaft erschien, und faltete die Hände über dem Bauch. »Jeder von uns hat sein Bündel zu tragen«, setzte er ein wenig lahm hinzu.

Ein bitteres Lächeln erschien auf Ludwigs Gesicht. »Das mag schon sein, aber die Arbeit nimmt uns keiner ab. Ich muß den Hof aufgeben, Herr Pfarrer, wenn die Else net gesund wird. Allein schaff' ich das net. Und wo soll's Geld herkommen für die Operation?«

»Aber doch nicht auf diese Weise, Ludwig«, mahnte der Pfarrer, doch Breinfalk widersprach. Das Geld würde der Franzi ja ersetzt, und weh getan hätte er ihr auch nicht. Seine Stimme klang ganz heiser vor Verzweiflung. »Ich bin kein Verbrecher. Ich hab's doch nur gemacht, weil ich meine Else so liebhab!«

Der Pfarrer hatte Mitleid mit ihm, dennoch beharrte er darauf, daß Ludwig sich der Polizei stellen müsse.

Der schüttelte den Kopf. »Sie san doch ans Beichtgeheimnis gebunden, Herr Pfarrer«, erkundigte er sich unsicher, und Hochwürden senkte bekümmert den Kopf.

»Ja, freilich ...«

»Gott sei mit Ihnen, Herr Pfarrer«, stieß Ludwig erleichtert hervor, stand auf und verließ den Beichtstuhl. Der Pfarrer hörte seine schnellen Schritte auf dem Steinboden der Kirche. Dann fiel das Portal zu. Pfarrer Hauberer stützte den Kopf in die Hände. Heilige Maria Mutter Gottes, dachte er, was soll ich tun? Schließlich stand er auf und ging in das Pfarrhaus hinüber. Er holte eine Gartenschere und schnitt für Franzi einen großen Strauß bunter Sommerblumen. Damit ging er noch vor dem Mittagessen zum Haus von Pankraz Obermayr.

Pankraz war gerade damit beschäftigt, den Rasen zu mähen. Als er Hochwürden über den Gartenweg kommen sah, unterbrach er seine Arbeit und winkte ihm zu. »Gott zum Gruß, Herr Pfarrer!«

»Servus, Pankraz!« Pfarrer Hauberer wirkte plötzlich etwas verlegen, nicht nur wegen des Blumenstraußes, sondern mehr noch wegen der Mitwisserrolle, in die er da geraten war. »Ich wollt' der Franzi meine Aufwartung machen. Wie geht's ihr denn?«

»Gut, viel zu gut!« schimpfte Pankraz sofort los. »Kaum, daß man sich umdreht, flitschts' schon wieder davon. Wie wenn's alles tät', um meiner Obhut zu entkommen.«

»Sie ist halt ein pflichtbewußter Mensch«, versuchte Hochwürden ihn zu besänftigen, aber Pankraz war, was den Überfall auf Franzi betraf, noch cholerischer als sonst.

»Alles hat seine Grenzen!« empörte er sich. »Mit ihrem Leichtsinn fordert sie das Unglück ja geradezu heraus.«

»Ich glaub' nicht, daß sie noch einmal etwas zu befürchten hat«, meinte der Pfarrer in weiser Erkenntnis, doch Pankraz schüttelte skeptisch den Kopf.

»Dei' Wort in Gottes Ohr, Herr Pfarrer. Aber weiß man, was im Hirn von so einem Menschen vorgeht?«

Hochwürden stieß einen tiefen Seufzer aus. Freilich wußte man das nicht. Er jedenfalls hätte dem Ludwig

Breinfalk eine solche Tat niemals zugetraut. »Auch ein Sünder ist nur ein Mensch, und oft sind es die, die der Hilfe am meisten bedürfen«, sagte er versöhnlich. »Vielleicht hat er Probleme, Schulden . . . ist selbst ein Verzweifelter, dessen Hilferufe ungehört verhallen.«

»Mir kommen gleich die Tränen!« warf Pankraz bissig ein, und Pfarrer Hauberer zog es vor, keine weitere Lanze für den Posträuber zu brechen. Womöglich verriet er sich sonst noch.

»Nun ja, ich werd' dann wieder . . .« murmelte er und drückte Pankraz die Blumen in die Hand. »Grüß die Franzi von mir.«

Seine offensichtliche Verlegenheit und die entschuldigenden Worte, die er für den dreisten Dieb gefunden hatte, ließen in Pankraz plötzlich einen vagen Verdacht aufsteigen. Darum hielt er seinen Besucher zurück. »Woll'n wir net noch ein bisserl reden, Herr Pfarrer?« fragte er gedehnt.

Hauberer blickte ihn erstaunt an. »Ja, worüber denn?«

Freundschaftlich hakte Pankraz sich bei ihm unter und ging mit ihm über den Plattenweg auf das Haus zu. »Du bist ja auch ganz mitgenommen von dem Vorfall. Schließlich hast du doch die Franzi g'funden, net wahr?«

Das unbehagliche Ja, das er zur Antwort bekam, erhärtete Pankraz' Ahnung. »Ich hab' so das Gefühl, du weißt was!« sagte er ihm auf den Kopf zu.

Hochwürden wurde der Kragen eng. »Ein Pfarrer weiß so manches von den Nöten seiner Schäflein, das nicht für die Allgemeinheit bestimmt is' . . .«

»Auch nicht für die Polizei?« schoß Pankraz sogleich ab, und Hauberer wischte sich mit einem Taschentuch den Schweiß von der Stirn.

Sie hatten indessen die Bank vor dem Haus erreicht, und Pankraz drückte Hochwürden darauf nieder. »Herr Pfarrer, du deckst den Räuber!« sagte er ihm auf den Kopf zu.

Hochwürden schluckte. »Er war bei mir zur Beichte.«

»Wer?« wollte der Pankraz nun natürlich wissen und setzte sich neben ihn. Aber Pfarrer Hauberer schüttelte entschieden den Kopf.

»Das Beichtgeheimnis ist ein unverletzliches Gut der Kirche.«

Sofort war Pankraz wieder auf Hundert. »So, aber daß ein Verbrecher frei herumlauft und wehrlose Frauen überfällt, das bereitet dir keine Probleme!« Er beugte sich zu ihm. »Wer garantiert dir, daß er net morgen wieder wen überfällt? Willst du die Verantwortung übernehmen? Willst du leben mit der Schuld, wenn das nächste Mal vielleicht wirklich ein Unglück passiert?«

»Glaubst du denn, das lastet mir nicht auf der Seele«, gab Hochwürden unglücklich zu. Aber egal, was Pankraz auch sagen und wie arg er sein Gewissen damit quälen mochte – er konnte auf keinen Fall Ludwigs Namen preisgeben. Höchstens immer wieder auf ihn einwirken, daß er sich freiwillig stellte.

Pfarrer Hauberer fand, daß der Herrgott ihm diesmal eine besonders harte Prüfung geschickt hatte. Ihn, Seinen Diener, zum Mitwisser eines Verbrechens zu machen!

Am nächsten Nachmittag, Pankraz hatte gerade bei Franzi in der Poststelle vorbeigeschaut, wie er es seit dem Überfall mehrmals täglich tat, um sich zu vergewissern, daß dort alles in Ordnung war, sah er beim Verlassen etwas, das seine Aufmerksamkeit fesselte und seine Kombinationsgabe sofort auf Hochtouren laufen ließ. Ein Traktor kam die Straße entlanggetuckert. Am Steuer saß der Zimmerer-Bauer und auf dem Behelfssitz kein anderer als Pfarrer Hauberer.

Aha, dachte Pankraz, der ist todsicher unterwegs, um seinem Beichtkind ins Gewissen zu reden. Auf diese Weise kann ich womöglich erfahren, wer das ist.

»Ja, Zimmerer«, sprach er darum den Bauern an, »wo bringst du denn den Herrn Pfarrer hin?«

»Auf 'n Berg«, gab der Zimmerer bereitwillig Auskunft. »Ich fahr' den Herrn Pfarrer auf 'n Berg.«

Hochwürdens unsicheres Lächeln, mit dem er Pankraz zuwinkte, bestätigte dessen Verdacht. Er trat zur Seite, um den Traktor vorbeizulassen, und wartete, bis er um eine Wegbiegung verschwunden war. Dann schwang er sich eilig auf den Bock seines Pferdewagens und nahm die Verfolgung von Pfarrer Hauberer auf, freilich immer in gebührendem Abstand, um nicht vorzeitig gesehen zu werden.

Der Zimmerer fuhr in Richtung des Breinfalk-Hofes. Am Ende der Fahrstraße hielt er an und sagte: »So, Pfarrer, von hier aus mußt zu Fuß weiter.«

Hochwürden seufzte und stieg ächzend von dem hohen Gefährt. »Vergelt's Gott, Zimmerer«, gab er zurück und machte sich an den Aufstieg.

Wenig später hatte Pankraz die Stelle erreicht. Er stieg ab und ließ sein Pferd grasen. Dann marschierte er ebenfalls zum Breinfalk-Hof hinauf, freilich immer darauf achtend, daß Pfarrer Hauberer, der ein paarmal stehen blieb, um nach Luft zu schnappen und sich den Schweiß von Stirn und Nacken zu wischen, ihn nicht entdeckte.

Ludwig Breinfalk hatte schon am Morgen zusammen mit Dr. Burgner seine Frau in die Klinik nach Hall begleitet. Ursprünglich hatte er bei ihr bleiben wollen, war aber dann doch auf Thomas Burgners Anraten mit ihm nach Hause zurückgekehrt. Else würde den ganzen Tag mit allen möglichen Untersuchungen beschäftigt sein, da hatte es wenig Sinn, im Krankenhaus zu warten. Morgen, so hatte Dr. Burgner gemeint, stünden vielleicht schon erste Ergebnisse fest, dann solle Ludwig wiederkommen.

Jetzt saß er in der Küche und dachte unablässig an seine Frau, als Pfarrer Hauberer an die Haustür klopfte. Ludwig ahnte Böses, als er öffnete und den Besucher erkannte.

Pfarrer Hauberer, der ein schwaches Herz hatte, japste schwer nach Luft. »Ludwig, ich muß mit dir reden!« stieß er hervor.

»Haben S' jemand was gesagt?« fragte Breinfalk furchtsam, doch der Pfarrer schüttelte den Kopf.

»Du weißt doch, daß mir die Beichte heilig ist.«

Ludwig atmete auf und gab die Tür frei. »Kommen S' herein.« Er führte den Pfarrer in die Wohnstube und nahm aus der Kredenz eine Flasche Schnaps und zwei Stamperl. Damit ging er zum Tisch.

Pfarrer Hauberer war allmählich wieder zu Atem gekommen. »Ich weiß net, was du vorhast, Ludwig, aber so leicht kommst mir nicht davon. Daß du dich net schämst! Alleweil hab' ich dich als Vorbild hingestellt vor der ganzen Gemeinde.«

Breinfalk setzte die Flasche und die Gläser ab. »Glauben S', ich fühl' mich wohl in meiner Haut?«

Pfarrer Hauberer hob die Hände. »Wenn jeder, der glaubt, er hätt' in seinem Leben den Schwarzen Peter gezogen, zu Gewalt und Unrecht greift, da schaut' es schön aus in der Welt.«

Ludwig starrte auf die Tischplatte. »Ich hab lang' genug den Herrgott angefleht, daß er uns hilft. Aber irgendwie ist's net recht ankommen da droben.« Dann schenkte er die Gläser voll und schob eines dem Pfarrer hin, der es sogleich leerte.

»Du fühlst dich im Stich gelassen«, sagte er in milderem Tonfall, »und merkst gar nicht, wie unser Herrgott dir das Schönste gegeben hat, was Menschen zuteil werden kann: die Liebe und das Vertrauen zwischen der Else und dir.« Er wartete vergeblich auf eine Antwort und fuhr deshalb fort: »Und ich alter Mann muß hier heraufschnaufen und dich mit der Nase draufstoßen.« Damit schob er Ludwig das leere Stamperl hin. »Gib mir noch einen Schnaps.«

Der schenkte ein und setzte sich an den Tisch. Hochwürden trank ihm zu. »Ich seh' doch, wie's arbeitet in dir, Ludwig . . .«

»Lassen S' mich«, fuhr Breinfalk auf, und Hauberer ergriff seinen Arm.

»Jetzt gehst mit mir runter zum Gendarmen und erzählst ihm alles.«

Ludwigs Augen flackerten. »Und was soll dann werden mit uns? Die Else krank – und ich im Gefängnis . . .«

»Es wird sich schon ein Weg finden«, meinte Hauberer tröstend, aber Ludwig schüttelte seine Hand ab.

»Ich kann net!« Dann sprang er auf und rannte aus dem Haus. Im letzten Moment konnte Pankraz, der am Stubenfenster hatte lauschen wollen, sich hinter einen aufgeschichteten Stapel Feuerholz ducken. Aber Ludwig Breinfalk sah ohnehin nicht nach rechts oder links, sondern lief die Handwiese hinauf. Kurz darauf war er hinter ein paar Felsblöcken verschwunden.

Pankraz fuhr wieder ins Dorf hinunter. Die Nachmittagssprechstunde war vorbei und Thomas Burgner vor dem Haus damit beschäftigt, eine Abdeckplane über den offenen Jeep zu ziehen. Dabei hörte Thomas seinem Sprößling englische Vokabeln ab.

Maxl war heilfroh, daß sein Großvater auftauchte, hoffte er doch, dadurch der ungeliebten Abfragerei zu entkommen. »Gut, daß du keine Englisch-Arbeiten mehr schreiben mußt, Opa!« rief er und schnitt eine Grimasse.

Thomas lächelte seinem Großvater zu. »Ist aber nett, daß d' vorbeischaust.«

Pankraz half den beiden bei der Befestigung der Plane und erkundigte sich dabei scheinbar beiläufig: »Ich hab gehört, die Else Breinfalk ist in der Klinik. Was hat's denn?«

Thomas warf ihm einen entschuldigenden Blick zu. »Die Krankengeschichten von meinen Patienten fallen eigentlich unter ärztliche Schweigepflicht . . .«

Das Wort ›Schweigepflicht‹ war seit seiner Unterhaltung mit Pfarrer Hauberer ein Reizwort für Pankraz geworden. »Jetzt fangst du auch noch an mit dem Blödsinn!« polterte er sofort los. »Es geht darum, einen Raub aufzuklären.«

»Sag bloß, du bist jetzt unter die Privatdetektive gegangen?« neckte Thomas ihn, und Pankraz nickte verbissen.

»Einer muß sich ja drum kümmern, daß man den Lumpen entdeckt, der die Franzi überfallen hat.«

»Und was hat das mit den Breinfalks zu tun?« fragte Thomas, hellhörig geworden.

»Wenn der Pfarrer sich die Mühe macht, sich mit sei'm schwachen Herzen einen Berg hinaufzuquälen, dann geht's entweder um a Letzte Ölung – oder um einen ganz besonderen seelischen Beistand.«

»Du meinst, der Pfarrer weiß, wer die Franzi überfallen hat?« vergewisserte Thomas sich, und Pankraz berichtete, daß er das von Hauberer selbst erfahren hatte.

»Aber glaubst du, er rückt damit raus? Net ums Verrecken. Beichtgeheimnis! Aber ich bin sicher, er wird den Täter aufsuchen, um ihm ins G'wissen zu reden.«

Thomas dachte an Ludwig Breinfalks Besuch in seiner Praxis und sein Anliegen mit der teuren Privatklinik. »Und du glaubst, der Ludwig . . .«

Pankraz fuhr sich durch das volle weiße Haar. Er hatte am Breinfalk-Hof nicht verstehen können, was Ludwig und der Pfarrer miteinander geredet hatten. Und Ludwig war ja auch gleich darauf aus dem Haus gestürmt. »Je länger ich darüber nachdenk', desto weniger kann ich mir das eigentlich vorstellen. Ausgerechnet der Ludwig . . . Noch dazu, wo sei' Frau in der Klinik is'. Der hat bestimmt andere Sorgen, als die Franzi zu überfallen.« Pankraz gewahrte Thomas' nachdenklichen Gesichtsausdruck und erkundigte sich: »Was hast denn?«

Dr. Burgner winkte ab. »Ach, nix. Ich mach' mit halt auch so meine Gedanken.«

Zu dritt werkelten sie noch eine Weile an der

Abdeckung des Jeeps herum, dann saß die Plane vorschriftsmäßig fest. Maxl war in den Wagen geklettert und nahm den Hörer des Autotelefons ab, als es zu klingeln begann. Durch die offene Tür reichte er ihn seinem Vater nach draußen.

Es war Sabina, die aus der Klinik anrief, weil sie eine alarmierende Neuigkeit zu berichten hatte. Ludwig Breinfalk war vor einer Viertelstunde zu seiner Frau gekommen – und hatte ihre Sachen gepackt. Er wolle sie mitnehmen, hatte er erklärt, um mit ihr noch heute in diese Schweizer Privatklinik zu fahren.

Else Breinfalks Untersuchungen waren weitgehend abgeschlossen, und Dr. Renner hatte ihr erklärt, daß sie sich zwar noch einmal einem Eingriff unterziehen müsse, daß er aber gar nicht so aufwendig und schwierig sei. Trotzdem bestand Ludwig darauf, seine Frau zu diesem berühmten Spezialisten zu bringen.

Else hatte seine Eile zwar befremdet, aber da sie eine sanfte, fügsame Frau war und ihrem Mann außerdem in allen Dingen vertraute, war sie schließlich mit dem abrupten Aufbruch einverstanden gewesen.

»Ich bin gleich bei euch!« rief Thomas in den Hörer, bugsierte Maxl aus dem Jeep und setzte sich hinter das Steuer. »Kümmerst du dich um die Englisch-Vokabeln vom Maxl?« bat er seinen Schwiegervater, sah noch die entsetzten Gesichter der beiden, ehe er den Wagen wendete und davonfuhr.

Thomas erreichte die Klinik, als Ludwig gerade mit Else und einer gepackten Reisetasche aus dem Portal kam. Else stützte sich auf eine Krücke. Den anderen Arm hatte sie auf Ludwigs Schulter gelegt.

»Was ist das für ein Wagen?« fragte sie verblüfft, als er sie zu einem Auto führte.

»Den hab' ich mir ausgeborgt«, erklärte Ludwig. »Ist bequemer als mit der Bahn. Komm, steig ein.«

Er hatte das Fahrzeug vorhin in Hall bei einer Verleihfirma gemietet. Die Zeit brannte Ludwig Breinfalk unter den Nägeln. Er mußte weg – so schnell wie möglich. Pfarrer Hauberer würde wiederkommen, immer wieder, bis er ihn so weit hatte, daß er sich der Polizei stellte. Aber erst mußte er Else in die Schweiz bringen. Wenn sie operiert und gesund war und er alle Rechnungen bezahlt hatte, sollten sie ihn seinetwegen verhaften. Aber nicht eher!

»Jetzt steig schon ein!« wiederholte Ludwig ungeduldig, als Else keine Anstalten dazu machte. Er half ihr auf den Beifahrersitz und ging zum Kofferraum, um die Tasche zu verstauen.

Thomas Burgner sprang aus seinem Jeep. »Ludwig! Jetzt machen S' keinen Blödsinn!«

Breinfalk warf den Kofferraumdeckel zu. »Ich wüßt' net, was Sie das angeht! Ich kann mir den Arzt für mei' Frau aussuchen, wie ich will!«

Dr. Burgner senkte die Stimme, damit Else nichts hörte. »Ich würd' gern mal mit Ihnen reden.«

»Ein andernmal!« sagte Breinfalk und ließ ihn stehen. Er setzte sich ans Steuer und ließ den Motor an. Thomas wollte ihn aufhalten, indem er vor den Wagen lief und die Hände hob. Aber Ludwig gab Gas und jagte an Thomas vorbei, der gerade noch im letzten Moment zur Seite springen konnte.

Jetzt dreht er völlig durch, dachte er, sprang in seinen Jeep und nahm die Verfolgung auf.

Einige Kilometer hinter Hall gerieten sie in eine Verkehrskontrolle der Polizei. Zwei Fahrzeuge standen schon am Straßenrand, und ein Hilfspolizist winkte mit einer Kelle, daß Ludwig ebenfalls anhalten solle. Im Rückspiegel sah er, daß Thomas Burgners Jeep dicht hinter ihm war, und geriet in Panik.

Sie haben mich, dachte Ludwig, als er das geparkte Polizeiauto und daneben Gendarm Gilch gewahrte. Der Pfarrer hat geredet!

»Ludwig, halt an!« rief Else erschrocken, als er das Tempo wieder beschleunigte. »Bist du verrückt geworden! Was soll das?«

»Laß mich!« stieß er mit zusammengebissenen Zähnen hervor und trat das Gaspedal bis zum Anschlag durch. So preschte er an dem Hilfspolizisten vorbei, dem im nächsten Augenblick Thomas' Jeep folgte.

Gilch und sein Helfer sprangen in ihr Dienstfahrzeug und fuhren mit eingeschalteter Sirene hinterher.

Else Breinfalk war völlig verstört. Sie weinte, und das war etwas, das Ludwig einfach nicht ertragen konnte. »Beruhig dich doch, Else«, bat er verzweifelt. »Das hat doch mit uns nichts zu tun.«

»Du bist ja völlig durchgedreht!« schluchzte sie, während sie die näherkommende Polizeisirene hörte. »Halt an, verdammt noch mal!« Sie versuchte, ihm ins Steuer zu fallen, klammerte sich an ihn, und der Wagen geriet in gefährliche Schlingerbewegungen. Ludwig konnte das Tempo nicht mehr halten und bremste endlich ab. Dann lenkt er das Fahrzeug an den Straßenrand und vergrub das Gesicht in den Händen.

»Ich hab' einen Riesenblödsinn g'macht, Else«, preßte er hervor und begann ebenfalls zu weinen wie ein Kind.

Hinter ihm stoppten Thomas' Jeep und gleich darauf das Polizeiauto. Das Sirenengeheul verstummte. Gendarm Gilch riß die Tür von Ludwigs Wagen auf und starrte ihn wie eine Erscheinung an. »Du, Ludwig? Und die Else? Bist du wahnsinnig g'worden? Aussteigen!«

Ludwig gehorchte, während Dr. Burgner sich um Else kümmerte. »Kann ich bei dir ein Geständnis ablegen?« Breinfalks Stimme klang tonlos.

Gilch schüttelte ärgerlich den Kopf. »Deine Verkehrsgefährdung mußt mir net gestehen. Die hab' ich miterlebt.«

Ludwig schluckte. »Ich mein', ein richtiges Geständnis – wegen dem Postraub.«

Gilch glaubte, sich verhört zu haben. Er brachte kein Wort heraus. Aber Else, die inzwischen mit Dr. Burgners Hilfe ausgestiegen war, schlug entsetzt die Hände vor den Mund. »Ludwig, du hast . . .«

Ihr Mann sah sie mit einem unbeschreiblichen Blick an. »Ich hab's für dich g'macht, Else . . .«

Da schrie sie voller Verzweiflung auf. »Nein!« schrie sie. Und immer wieder »Nein, nein, nein!« ehe sie schluchzend zusammenbrach.

Am nächsten Tag wußte natürlich ganz Sonnenstein, was geschehen war. Dennoch ließ Pankraz Obermayer es sich nicht nehmen, in Franzis Poststelle eine Alarmklingel zu installieren. Franzi moserte zwar darüber, weil er das ausgerechnet während der Schalterstunden machen mußte, aber er erklärte:

»Sicherheit geht vor. Beim nächsten Posträuber drückst unauffällig auf den Knopf, und bei mir in der Praxis klingelt's.«

In diesem Moment trat Gendarm Gilch ein und schmetterte ein fröhliches »Grüß Gott!« Inzwischen war er nämlich davon überzeugt, daß nur er dank seiner kriminalistischen Fähigkeiten den gesuchten Posträuber gefangen hatte, und lief mit stolzgeschwellter Brust herum. »Gibt's irgendwelche besonderen Vorkommnisse?« wollte er wissen, während er einen scharfen Blick durch die Poststolle wandern ließ.

»Bis jetzt net«, gab Franzi Auskunft.

»Das Geld in sicherer Verwahrung?« schnarrte Gilch und warf sich noch ein bisserl mehr in die Brust. »Der Herr Polizeipräsident war sehr stolz auf mich. Ab nächsten Monat krieg' ich a Gehaltserhöhung.«

»Die hast du dir ja auch wirklich verdient!« Franzis Stimme klang spöttisch, doch das überhörte der Gendarm.

»Am meisten aber freut mich, daß ich den wichtigtuerischen Kollegen in Innsbruck bewiesen hab, daß ein einfacher Dorfpolizist mit Riecher, messerscharfer Kombinationsgabe und furchtlosem Einsatz den dreistesten Postraub in der Geschichte von Sonnenstein aufklären konnte!«

»Auch ein blindes Huhn findet mal ein Korn«, meinte Pankraz trocken. »Wenn man's mit dem Schnabel draufstoßt.«

Gilch verzichtete auf eine Erwiderung, weil in diesem Moment Pfarrer Hauberer erschien. Beinahe beschwingt ging er auf Franzi zu. »Na, fühlte man sich wieder ein bisserl sicherer, nachdem der reuige Sünder sich besonnen hat?«

»Sie wollen Ihr Geld, Herr Pfarrer?« erkundigte Franzi sich freundlich, und er nickte.

»Wenn's recht ist.« Während sie die Auszahlungsbestätigung ausfüllte, fuhr er fort: »Auch ich bin beruhigt, daß ich ein wenig zur Aufklärung einer so unüberlegten Tat beitragen konnte.«

»Sie?« fragte Gilch mit hochgezogenen Augenbrauen, und Hochwürden faltete die Hände über dem Bauch.

»Ja. Wer kann besser in die Abgründe der Seele eines Verzweifelten schauen als ein Mann der Kirche, bei dem die Mühseligen und Beladenen stets ein offenes Ohr finden. Ein rechtes Wort zur rechten Zeit dringt ins Gewissen des verstocktesten Sünders.«

Franzi dachte an Ludwig Breinfalk und sagte leise: »Der arme Teufel . . .«

Der Gendarm räusperte sich. »Wie's ausschaut, kommt er noch relativ glimpflich davon. Fürs Geständnis und die Verzweiflungslage, in der er sich befunden hat, bekommt er mildernde Umstände. Und den Fluchtversuch lass' ma unter den Tisch fallen. Mit ein, zwei Jahr' kommt er weg.«

Die Blumen, die Ludwig der Franzi nach dem Überfall

vor die Tür gelegt hatte, standen in einer Vase hinter dem Tresen. Sie betrachtete sie gerührt. »Also, mir tut er leid. Ich hab' ihn immer gern mögen, den Ludwig mit seiner Else. Ein so feiner Kerl. Immer freundlich, immer liebenswürdig – sogar als Räuber!«

Dieses Mal widersprach ihr keiner, nicht einmal Pankraz, obwohl der doch die allermeiste Wut auf den Posträuber gehabt hatte.

Else Breinfalk war von Dr. Burgner nach der Verhaftung ihres Mannes in sein Haus mitgenommen worden. So war das Gästezimmer, das schon so oft als Zufluchtsort für Menschen in Not gedient hatte, wieder einmal belegt.

An diesem Mittag lag Else in einem Liegestuhl auf der Terrasse. Sie sah blaß und mitgenommen aus, und ihre Augen waren verweint. Sabina, die an diesem Tag Spätdienst hatte, brachte ihr einen Orangensaft. »Gleich gibt's Essen, Else«, sagte sie herzlich.

Die Kranke blickte zu ihr hoch. »Hunger hab' ich keinen. Aber vielleicht wär's vernünftiger.«

Sabina nickte. »Ich glaub' auch. Es wird Ihnen schon schmecken.« Sie wollte in die Küche zurückkehren, da hielt Thomas' Wagen vor dem Haus. Er hatte Maxl vom Schulbus abgeholt.

Der Bub rannt strahlend auf Sabina zu. »Ich hab' ein ›Gut‹ für meine Englisch-Arbeit gekriegt!«

Sabina strich ihm über das widerspenstige Haar. »Hat das Lernen mit dem Pankraz doch was genützt.«

Der grinste über sein ganzes sommersprossiges Gesicht. »Ja, bis ich dem Opa alles erklärt hab', hab' ich's selbst könne wie aus dem Eff-eff!«

»Du kannst mir gleich helfen, Maxl«, sagte Sabina, und sein Grinsen verrutschte. Aber er verzichtete auf einen Protest und folgte ihr ins Haus, während Dr. Burgner sich neben Else setzte.

»Ich hab' einen Operationstermin für Sie ausgemacht,

wenn's Ihnen recht ist.« Er betrachtete ihr trauriges Gesicht und lächelte aufmunternd. »Lassen S' den Kopf net hängen. Sie müssen jetzt daran denken, gesund zu werden. Für ihren Ludwig.«

Else bekam feuchte Augen. »Er sitzt in Hall, und ich fall' Ihnen hier zur Last. Und unsere Viecher muß der Zimmerer nehmen.«

Thomas drückte ihr die Hand. »Es ist ja alles nur für eine begrenzte Zeit. Ich hab' mit Dr. Renner gesprochen. Die ganze Sache wird halb so wild, Sie werden sehen. Aber ein bisserl Vertrauen müssen S' schon haben. Wir sind zwar keine Schweizer Privatklinik, aber wir schaffen das schon!«

Ein wenig getröstet lächelte sie zu ihm auf. »Danke, Herr Doktor.«

»Wenn alles gutgeht, können S' schon bald wieder die ersten Schritte tun«, setzte Thomas noch hinzu. »Und der Ludwig wird Augen machen.«

Ihr Lächeln vertiefte sich. Der Ludwig . . . Natürlich war es schlimm, was er getan hatte, der dumme Kerl. Aber er hatte es aus Liebe zu ihr getan. Und deshalb konnte sie ihm auch nichts nachtragen.

Hoffentlich war sie wirklich bald imstande, wieder herumzulaufen, damit sie ihn im Gefängnis besuchen konnte. Sie vermißte ihn ja jetzt schon.

Reich mir die Hand, mein Leben

Maxl Burgner erwachte von einem Schrei. Der Bub setzte sich im Bett auf. War das nicht der Papa gewesen? Da, und jetzt lachte er sogar, und die Sabina quietschte, als ob sie gekitzelt würde.

Maxl warf die Bettdecke von sich und lief auf bloßen Füßen zur Tür. Kein Zweifel, der Papa und die Sabina alberten herum. Es hörte sich an, als wäre etwas ganz Tolles passiert, worüber sie beide rein aus dem Häuschen waren vor lauter Freude. Aber was nur?

Maxl faßte sich ein Herz und klopfte an die Schlafzimmertür. Drinnen verstummten die beiden, und dann rief Thomas Burgner: »Komm rein, Maxl.«

Der Bub steckte den Kopf durch die Tür. »Warum schreit ihr denn so herum? Is' was passiert?«

»Eigentlich nicht«, meinte Sabina kichernd, und Thomas fügte strahlend hinzu:

»Bloß, daß ich die Frau Doktor endlich herumgekriegt hab', die Frau Bergdoktor zu werden.«

Da kam Maxl vollends ins Zimmer, und sein strahlender Gesichtsausdruck stand in krassem Gegensatz zu seinem lässigen Ton. »Deswegen regt ihr euch so auf. Das war doch eh längst fällig!«

»Ach!« machte Sabina gespielt pikiert, und er grinste erst sie und dann seinen Vater an.

»War doch klar, daß du irgendwann unserem Charme nicht widerstehen kannst. Auf uns Herzbuben muß man doch einfach tierisch abfahren.«

Thomas lachte, während Sabina ein Kissen nach Maxl warf. »Ich glaub', du Herzbub bist eher ein Saubub.«

Maxl fing das Kissen und warf es wieder zurück. »Ist

ja egal. Hauptsache, wir sind wieder eine Familie. Mei, da wird die Traudl aber staunen morgen früh. Und die Franzi heult bestimmt Rotz und Wasser.«

Er ging zur Tür, weil er wieder ins Bett wollte, aber Sabina hielt ihn auf. »Wart mal, Maxl. Wir wollen nicht, daß es das ganze Dorf erfährt, weil . . .« Sie blickte Thomas an. »Ich will nur eine kleine Hochzeit. Nur mit uns dreien und den Trauzeugen. Schnell und schmerzlos, ohne großes Aufsehen.«

Sie betrachtete ihre beiden Männer, von denen der kleinere ein ausgesprochen enttäuschtes Gesicht zog, während der große eher verblüfft reagierte, und lachte ein bißchen verlegen. »Jetzt schaut mich nicht so an, als sei ich ein herzloses Monster. Schließlich kommt es doch darauf an, *daß* geheiratet wird – und nicht *wie* – oder?«

Dennoch, Maxl war höchst unzufrieden. Da kannte er nun ein so tolles Geheimnis und durfte es niemandem verraten. Das drückte ihm schier das Herz ab. Darum fragte er Sabina auch, als sie ihn am nächsten Morgen an der Haltestelle des Schulbusses absetzte, bevor sie nach Hall weiterfuhr, ob er nicht wenigstens der Vroni etwas sagen dürfe.

»Meinetwegen«, gestand Sabina ihm zu. »Aber sonst keiner Menschenseele, klar?«

»Sowieso«, beteuerte Maxl. »Ich bin ja kein Tratschweib.« Er winkte ihr noch einmal zu, bevor er zum Bus rannte, während sie Gas gab und davonbrauste.

Sie hatten beide nicht bemerkt, daß die Kramerin, die grade vorbeikam, ihre Unterhaltung mitbekommen hatte. Sehr nachdenklich blickte sie Sabinas Wagen hinterher, bevor sie zu ihrem Laden ging und die Tür aufschloß. Da war doch irgend etwas im Busch?

Nun, sie, die Anna Pölz, hatte noch immer alles herausbekommen, was sie wissen wollte. Warum diesmal nicht?

Im übrigen verrieten die Beteiligten sich teilweise

selbst. Dr. Burgner beispielsweise hatte an diesem Tag eine so strahlende Laune, daß er vor sich hinpfiff, oftmals sogar den Hochzeitsmarsch von Mendelssohn-Bartholdy, den er allerdings jedesmal erschrocken wieder abbrach, wenn er es bemerkte. Vor allem aber schien ihn überhaupt nichts zu ärgern, nicht einmal Traudls neuer Rekord im Zuspätkommen: sechsunddreißig Minuten.

Das Wartezimmer saß voller Patienten, und Dr. Burgner hatte ohne seine Helferin mit der Sprechstunde begonnen. Er schrieb gerade ein Rezept für eine Patientin aus, als Traudl ins Sprechzimmer platzte.

»Guten Morgen«, ratterte sie wie ein Maschinengewehr hinunter, »es tut mir leid, daß ich zu spät bin. Aber es ging beim besten Willen nicht früher. Ich hab' der alten Marei helfen müssen, ihren Schlüssel suchen, den hat's beim Einkaufen verloren, und da kann man so eine Frau, die noch dazu halb blind is' . . .«

Thomas' Grinsen ließ sie innehalten. »Kein Anschiß?« fragte sie mißtrauisch.

Er verabschiedete seine Patientin und kehrte danach schwungvoll hinter seinen Schreibtisch zurück. Dabei pfiff er ›Reich mir die Hand, mein Leben . . .‹

»Ich bin eine halbe Stunde zu spät!« sagte Traudl betont, und er blickte strahlend auf.

»Herrlicher Tag heute!«

Sie stemmte die Hände in die Taille. »Was is' los? Sind Sie irgendwo Chefarzt geworden?« Keine Antwort. »Oder haben S' den Herrn Konrad endgültig therapiert?«

Wieder keine Antwort. Statt dessen ging Thomas an ihr vorbei zur Tür und rief: »Der Nächste bitte!«

Traudl warf ihm einen drohenden Blick zu. »Ich krieg' schon noch raus, was Ihnen fehlt!« Damit kehrte sie in die Anmeldung zurück, während Dr. Burgner von neuem zu pfeifen anfing, diesmal wiederum den Hochzeitsmarsch. Freilich brach er nach ein paar Takten ab und wechselte auf eine weniger verräterische Melodie über.

Nach der Sprechstunde – Traudl hätte eigentlich noch eine Menge im Labor zu tun gehabt – rannte sie zur Poststelle hinunter.,

»Grüß dich, Franzi!« rief sie. »Ich hab' net viel Zeit. Eigentlich müßt' ich jetzt die Blutsenkungen machen, aber ... irgendwas stimmt net im Doktorhaus. Weißt du was?«

Franzi schüttelte den Kopf. »Wieso?«

»Der Doktor is' so komisch«, berichtete Traudl. »Der grinst dem ganzen Tag wie ein Honigkuchenpferd, dann pfeift er ständig vor sich hin, und außerdem hat er überhaupt nichts g'sagt, obwohl ich eine halbe Stund' ...« Sie brach ab, weil die Kramerin plötzlich auftauchte.

Anna Pölz' Augen waren noch neugieriger als sonst. »Traudl, ich hab' geseh'n, wie du kommen bist. Was ist denn da los im Doktorhaus?«

Wieder wurde die Tür aufgerissen, und diesmal kam der Maxl hereingeschossen. »Grüß ...« Der Rest des Satzes blieb ihm im Hals stecken, weil die drei Frauen ihn erwartungsvoll anstarrten.

»Der Maxl!« rief Franzi und schlug die Hände zusammen. »So eine Überraschung!«

»Wieso?« fragte der Bub. »Ich komm' doch jedem Tag nach der Schul'.«

»Aber heut freu' ich mich besonders«, redete Franzi sich flink heraus, und die Kramerin setzte hinzu:

»Magst uns net erzählen, was bei euch los ist?«

Maxl riskierte einen ausgesprochen frechen Lausbubenblick. »Bei uns? Keine Ahnung.«

Traudl zog ihn am Ohr. »Wer lügt, kriegt große Ohrwascheln. Merkst es, wie sie wachsen?«

Etwas unwirsch machte er sich los. »Ihr spinnt ja alle!« Damit wollte er wieder hinausstürmen, doch Franzi hielt ihn auf.

»Meinst, das ist gut für unsere Beziehung, wenn du Geheimnisse vor mir hast, Maximilian?« erklärte sie scheinbar betrübt. »Ich hab' immer gedacht, daß du mir vertraust.«

Er lachte hell auf. »Geh, Franzi, red kein' Schmarr'n!«

»Gut«, sagt sie gekränkt. »Dann red' ich heut abend halt mit dem Thomas selbst. Kannst ihm ausrichten, daß ich beim Essen vorbeikomm'.«

»Keine Chance«, rutschte es Maxl da heraus. »Da is' er nämlich beim Pfarr ...« Er brach ab und hätte sich am liebsten die Zunge abgebissen wegen seines Ausrutschers.

Die drei Frauen wechselten einen höchst zufriedenen Blick des Einverständnisses. Dann erwiderte Franzi so harmlos, als ob sie gar nicht bemerkt hätte: »Dann eben morgen. So, und jetzt gehst heim, Maxl, ich hab' heut leider nichts für dich zum Helfen.«

Das glaubt er ihr zwar nicht, sondern vermutete ganz richtig, daß sie ihn nur loswerden wollte, um mit der Kramerin und der Traudl weiterzutratschen. Aber das sprach er nicht aus, sondern rannte nur mit einem Schulterzucken davon.

»Beim Pfarrer!« sagte die Kramerin bedeutungsvoll, als die Tür hinter ihm zugefallen war, und Franzis kurze Ringellöckchen an Stirn und Schläfen wippten, als sie halb entrüstet, halb lachend den Kopf schüttelte.

»Ja, so ein Haderlump! Will der heiraten, ohne uns was zu sagen. Da hat er sich aber sauber g'schnitten!«

Am Mittag informierte sie den Pankraz über Thomas' Heimlichtuerei, und für den Abend lud sie Rica Althäuser, Traudl und die Kramerin ein, um die Angelegenheit zu bereden. Thomas und Sabina sollten sich wundern, was aus ihrer ›heimlichen‹ Hochzeit wurde!

Die drei Frauen waren ganz Franzis Meinung und reagierten darum auch ziemlich empört, als Pankraz einwarf, man solle doch die Entscheidung des Brautpaares respektieren.

»Kommt gar net in Frage!« rief Franzi temperamentvoll. »Wenn der Bergdoktor heiratet, dann richtig!«

»Genau!« stimmte Traudl ihr zu. »Ob er will oder net!«

Rica beugte sich zu ihr. »Wir müssen nur genau überlegen, wer welche Aufgaben übernimmt.«

»Also ich will damit nix zu tun haben«, sagte der Pankraz betont ruppig, schob seinen Stuhl zurück und verließ die Stube. Poldi, der Bernhardiner, trottete ihm nach, als er in seine Ordination hinüberging, um dort ungestört zu telefonieren.

Pankraz hatte nämlich eine Superidee.

»Ja, Frau Lederer«, sagte er, als die Angerufene sich gemeldet hatte. »Obermayr hier. Sagen's einmal, kann ich morgen zu Ihnen kommen? Ich tät' zu gern Ihren Kinderchor einmal hören.« Dabei zwinkerte er Poldi zu. Ein Kinderchor verlieh einer Hochzeit erst das richtige Flair, weil so etwas immer so rührend wirkte.

Um dieselbe Zeit saßen Sabine und Thomas im Pfarrhaus auf ziemlich unbequemen, hochlehningen Stühlen Pfarrer Hauberer gegenüber. Hochwürden schenkte Marillenschnapps aus und trank den beiden zu. »Also dann, auf euer Wohl. Daß ich über euren Entschluß mehr als zufrieden bin, brauch' ich ja nicht zu sagen. Aber seid ihr sicher, daß ihr wirklich niemand dabeihaben wollt? Eine Hochzeit ist doch ein Fest der Freude.«

»Wir freuen uns ja auch«, erwiderte Sabina liebenswürdig. »Und das ist genug.«

Hauberer sah zu Thomas hinüber, die stumme Aufforderung im Blick, er möge doch auch etwas zu dem Thema sagen. Doch der zuckte nur mit den Schultern. »Ich hätt' ja nix dagegen, aber . . .«

»Die Leut' haben ein Recht, dabei zu sein, wenn ihr Doktor endlich heiratet!« unterbrach der Pfarrer ihn mit der Betonung auf ›endlich‹. Schließlich hatte die ›wilde Ehe‹ der beiden ihm als ihrem Seelenhirten, der schon von Berufs wegen dazu verpflichtet war, Anstand und Sitte hochzuhalten, manchen tiefen Seufzer entlockt.

Sabina preßte entschlossen die Lippen zusammen. »Ich

bin doch kein Zirkuspferd. Und wenn es hier nicht in aller Stille geht, dann heiraten wir eben in Hall. Oder in Innsbruck.«

»Um Gottes willen, bloß nicht!« Pfarrer Hauberer war von dieser Aussicht geradezu entsetzt. »Es ist mir schon lieber, wenn ich das selber mach'.«

»Und was ist mit dem Aufgebot?« fragte Sabina.

Hochwürden lächelte verschmitzt. »Aushängen muß es, da kommt ihr nicht drum herum. Aber wenn im Kasten zufällig ein anderer Aushang ein bisserl verrutscht und sich vor euer Aufgebot schiebt . . .« Mit einer Geste der Ergebenheit hob er die Hände.

»Also dann«, sagte Thomas lachend, »am sechzehnten um elf Uhr in der Früh'.«

Und Sabina fügte hinzu: »Und daß Sie sich ja nicht einfallen lassen, den Termin auszuplaudern!«

Pfarrer Hauberer schwieg darauf und schaute lediglich zum Himmel in der stummen Frage, was denn wohl sein oberster Dienstherr von einer dermaßen merkwürdigen, eigensinnigen Frau hielt. Wirklich, sie war völlig aus der Art geschlagen, diese Frau Dr. Spreti, denn normalerweise waren so hübsche Bräute wie sie doch ganz wild darauf, in Kranz und Schleier zu heiraten, mit kleinen Kindern, die Blumen streuen, und gerührt schluchzenden Verwandten. Wirklich, höchst seltsam!

Am nächsten Morgen fuhr Thomas Burgner schon in aller Herrgottsfrühe nach Schloß Brauneck. Er war mit Markus zu einem Ausritt verabredet und wollte ihn bei dieser Gelegenheit bitten, sein Trauzeuge zu sein.

Markus war ehrlich erfreut. »Daß ihr es noch packt, Thomas, das find' ich ja super. Herzlichen Glückwunsch, mein Alter.«

»Vielen Dank«, sagte Thomas strahlend. »War auch ein schweres Stück Arbeit, die emanzipierte Doktor Spreti dazu zu bringen, ihre Unabhängigkeit aufzugeben. Wo sie doch nie heiraten wollte!«

Und noch jemand war an diesem Morgen zu sündhaft früher Stunde aufgestanden: Traudl. Was tat sie nicht alles für ihren Doktor!

Und so saß sie nun in der noch menschenleeren Praxis und telefonierte. Schließlich waren Franzi, Rica, die Kramerin und Traudl gestern überein gekommen, daß Sabinas Mutter unbedingt nach Sonnenstein zur Hochzeit kommen mußte.

»Scusi . . .« radebrechte Traudl, als die Verbindung mit Verona zustandegekommen war. »Ich wollte . . . ja, parlare mit Signoria Spreti. La Mamma von der Sabina Spreti. Was? Nicht da? – Was macht sie? Eine Viaggio? Hmmm, was ist . . .«

Sie verstummte und legte hastig auf, weil Dr. Burgner die Anmeldung betrat. »Wer war das?«

Traudl wurde rot. »Niemand. Ich mein', falsch verbunden.«

Thomas betrachtete sie mit hochgezogenen Brauen. »Sag einmal, fehlt dir was? Es ist halb acht. Du bist viel zu früh.«

»Besser zu früh als zu spät, oder?« erwiderte sie schlagfertig, und er betrachtete sie nachdenklich, ehe er sich zur Tür seines Sprechzimmers wandte. Dort blieb er noch einmal stehen.

»Ach, Traudl, sieh zu, daß du für den sechzehnten keine Patienten bestellst. Ich muß da nach Innsbruck, einen Vortrag halten.«

»Worüber denn?« fragte sie hellhörig, und er erwiderte:

»Etwas über erhöhte Leberwerte. Ziemlich speziell.«

Traudl trug die Information auf ihrem Terminkalender ein. Erhöhte Leberwerte, dachte sie und grinste. Ich würd' eher sagen: Herzgeschichten. Dann fiel ihr etwas anderes ein, und sie rief: »Chef, einen Moment noch. Wissen Sie, was ›Viaggio‹ auf deutsch heißt?«

Erste Folge:

Der Patensohn

Der Bergdoktor und sein Patensohn (Fabian Harloff)

Andrang im Postamt von Sonnenstein

Franzi (Enzi Fuchs) und der eingebildete Kranke (Herbert Fux).

Begegnung beim Bergdoktor: Rica (Winnie Markus) und Edi.

Oben: Edi hat sich mit seinen Eltern (Monika Peitsch, Hartmut Reck) versöhnt. Links: Edi mit Freundin Stella (Theresa Hübchen).

Unten: Ein Bild aus der Folge »Blutsverwandschaft« - Maxl bei Mathe-Hausaufgaben.

Ein bißchen suspekt: Christoph Meinusch als neuer Hausgast.

Seltsame Flecken bei Maxls Freund Michi (Florian Henz).

Kann der Bergdoktor dem jungen Michi helfen? Nichts wünscht sich Maxl sehnlicher.

Beten für Michi (links Manuel Guggenberger, dahinter Enzi Fuchs).

Nicht mehr suspekt: Dr. Engel mit »seiner« Traudl (Carin C. Tietze).

Liebe und Idylle - Der Bergdoktor und seine »Familie«.

»Reise«, gab Thomas Auskunft. »Wieso? Willst Urlaub machen?«

»Ich nicht«, sagte sie vieldeutig, wartete, bis Dr. Burgner in seiner Ordination verschwunden war, und griff wieder zum Telefon, um Franzi anzurufen. »'s geht schon los mit den Katastrophen«, berichtete sie im Flüsterton. »Ich krieg' Sabinas Mutter net her. Sie is' verreist.«

Das war freilich sehr bedauerlich, fand Franzi, aber immerhin erfuhr sie nun von Traudl das genaue Hochzeitsdatum, und das war erst einmal das Wichtigste für alle Planungen und Vorhaben. Wie sollte man sonst beim Angerer in der ›Post‹ das Hochzeitsessen bestellen?

Traudl beendete das Telefonat, weil Dr. Burgner in die Anmeldung zurückkam, und Franzi wandte sich Herrn Konrad zu, der in der Poststelle damit beschäftigt war, ein ellenlanges Hochzeitsgedicht zu fabrizieren.

». . . und zum Schluß will ich noch sagen«, murmelte er vor sich hin, während er eifrig den Text aufschrieb, »in guten und in schlechten Tagen . . .« Er wußte nicht weiter, überlegte eine Weile und fuhr dann fort: »Soll euch die Lieb' erhalten bleiben und bald die ersten Früchte zeigen.«

Franzi warf ihm einen befremdeten Blick zu. »Früchte zeigen? Was meinen S' denn damit?«

Er begriff die Doppeldeutigkeit seiner dichterischen Bemühungen und wurde verlegen.

»Eben!« erklärte Franzi mit Nachdruck. »Das können Sie so doch net sagen.«

»Und wie dann?« fragte er ratlos, und Franzi zuckte mit den Schultern.

»Wer is' denn hier der Dichter?«

Herr Konrad stützte den Kopf in die Hand und überlegte krampfhaft, während Franzi mit dem Sortieren der Post fortfuhr, wobei Traudls Anruf sie unterbrochen hatte. »Da schau her!« rief sie plötzlich. »Ein Einschreiben aus Italien. Für die Sabina.« Entschlossen nahm sie den Brief an sich. »Können Sie ein bisserl auf die Post achtgeben, Herr Konrad? Ich muß schnell was erledigen.«

Sie verschwand, während Herr Konrad, ganz in seine dichterischen Qualen verstrickt, nach einem neuen Reim suchte. ». . . in guten und in schlechten Tagen«, murmelte er vor sich hin, »sollt ihr euch lieben, herzen, küssen – und niemals nicht . . . euch streiten müssen.«

Erleichtert seufzte er auf und brachte das Gereimte zu Papier. Ein sagenhaftes Hochzeitsgedicht wurde das!

Zu ihrem Leidwesen traf Franzi im Doktorhaus nur Thomas und Maxl an. Sabina war nämlich in Hall, wo sie ein Kleid für die Trauung erstand, ein hellblauer Traum, wie sie fand, in dem sie geradezu hinreißend aussah.

Nach dem Einkaufsbummel traf sie zufällig ihre Tante Rica, die sich in Hall Noten besorgt hatte, die sie für die Trauung in der Sonnensteiner Kirche unbedingt brauchte. Der Hochzeitsmarsch war natürlich auch dabei. Immerhin, Rica hatte den verräterischen Notenkauf vor Sabina verheimlichen können, aber andererseits einen Blick auf Sabinas hellblaues Hochzeitskleid erhascht – ein sehr wichtiger Hinweis, wie sie fand.

Als Franzi die Küche vom Doktorhaus betrat, hatte Thomas gerade seinen dunklen Anzug hervorgesucht, den er für die Hochzeit noch aufbügeln lassen wollte. Hastig warf er ihn über eine Stuhllehne und legte seinen weißen Kittel darüber.

»Ein Einschreiben aus Italien«, sagte Franzi und legte den an Sabina adressierten Brief auf den Tisch. »Ich hab' mir gedacht, das ist bestimmt wichtig.« Dann ging sie zum Herd, wo ein großer Suppentopf stand, und hob neugierig den Deckel an. »Frittatensuppe. Riecht gut. Kann ich was mitessen? Ich komm' schon gar net mehr zum Kochen.«

»Was ist denn los?« erkundigte Thomas sich. »Hast du etwa Streß?«

»Das grad' net«, versicherte Franzi. »Aber in der Urlaubszeit gibt's halt doppelt so viel Post. Weißt schon, die Touristen.«

Maxl hatte währenddessen einen dritten Teller auf den Tisch gestellt. Er schöpfte Franzi Suppe auf und berichtete dabei, daß Sabina sie gekocht habe.

Thomas wollte seinen Kittel mitsamt Anzug wegräumen, damit Franzi sich auf den Stuhl setzen konnte, aber sie winkte ab. »Laß nur, das geht schon so.« Damit schob sie den Kittel etwas zur Seite und entdeckte prompt den Anzug darunter. »Was ist denn das?« fragte sie mit hochgezogenen Augenbrauen. »Was tut denn dein Anzug hier?«

Thomas nahm ihn über den Arm. »Nichts. Er . . . er muß in die Reinigung.« Damit brachte er das Corpus delicti schnell in den Flur. »Ich muß demnächst einen Vortrag halten. In Innsbruck. Dafür brauch' ich ihn.«

»Ach so, einen Vortrag!« wiederholte die Franzi und sah, wie Maxl seinen Kopf tief über den Suppenteller senkte, um sein Grinsen zu verbergen. Sie aß ein paar Löffel Suppe und strahlte Thomas in aller Harmlosigkeit an, als er an den Tisch zurückkehrte. »Ganz famos, die Suppe. Die Sabina ist ja inzwischen eine Meisterköchin geworden. Mußt aufpassen, Thomas, solche werden einem schnell weggeheiratet!«

Und die heimlichen Hochzeitsvorbereitungen gingen weiter. Pankraz studierte mit dem Sonnensteiner Kinderchor ›Wir winden dir den Jungfernkranz‹ ein, Herr Konrad memorierte täglich sein langes Gedicht, Maxl und Vroni beschlossen, gemeinsam bei der Hochzeit zu ministrieren, und suchten deshalb Pfarrer Hauberer auf.

Aber zu ihrer Empörung lehnte Hochwürden es rundheraus ab, ein Mädchen zum Ministranten zu machen. Maxls Einwand, daß es in München jede Menge Mädchen am Altar gäbe, wischte er mit der Bemerkung vom Tisch, daß man hier nicht in München, sondern in Sonnenstein sei, woraufhin Vroni aufgebracht die Kirche verließ.

Maxl allerdings gab seine Idee noch nicht verloren, sondern ließ sich von Pfarrer Hauberer Ministrantenunterricht erteilen, nicht nur, um bei der Trauung auch nur ja alles richtig zu machen, sondern auch, um sein Wissen anschließend der Vroni weiterzugeben.

Rica Althäuser aber übernahm es, für das Hochzeitsessen zu sorgen, das in der ›Post‹ stattfinden sollte. Ein Essen für hundert Personen, wie Franzi, Traudl und sie beschlossen hatten.

Rica war deshalb schon mehrmals bei Frau Angerer gewesen, um die Einzelheiten zu besprechen. Die Menüfolge stand auch schon weitgehend fest.

Als Rica zwei Tage vor der Hochzeit noch einmal bei der Postwirtin erschien, saß Elfriede Angerer in der Gaststube und erstellte eine Liste, was noch alles für das Essen besorgt werden mußte. Sie winkte Rica erfeut zu. »Gut, daß Sie kommen. Ich weiß immer noch net, was es zum Nachtisch geben soll. Sie wollten mir doch Bescheid sagen.«

Rica setzte sich seufzend zu ihr. »Daß die beiden aber auch so heimlich heiraten wollen! Das macht alles so kompliziert.«

»Obstsalat, Bayerische Creme, Apfelstrudel, Germknödel, Tiramisu«, zählte Frau Angerer auf. »Sie müssen sich jetzt entscheiden. Schließlich hab' ich die Zutaten für hundert Gäst' net im Haus.«

In diesem Augenblick kam eine junge Frau in die Gaststube hinunter und legte ihren Zimmerschlüssel auf den Tresen. Sie wirkte schmal und verhärmt. »Machen S' eine Spaziergang, Frau Krause?« erkundigte Elfriede sich freundlich, und die junge Frau nickte schweigend. Dann trat sie auf die Straße hinaus.

»Wer war denn das?« erkundigte Rica sich neugierig.

»Frau Elvira Krause aus Berlin«, gab die Wirtin Auskunft und zog ihre Liste wieder zu sich heran.

»Und warum ist sie so unfreundlich?«

Frau Angerer schüttelte den Kopf. »Die ist nicht unfreundlich, eher unglücklich. Ihr Mann ist vor fünf Jahren hier in eine Gletscherspalte gestürzt. Man hat ihn nie gefunden. Sie sind grad' drei Wochen verheiratet gewesen. Seitdem kommt sie jedes Jahr um diese Zeit für ein paar Tage her.« Sie stützte die Arme auf den Tisch. »Wissen S', manchmal denk' ich, daß sie hofft, er würd' noch leben und eines Tages hier auftauchen.«

»Aber das is' ja schrecklich«, sagte Rica ehrlich betroffen, und Elfriede nickte.

»Als wenn er sie net loslassen wollt', ist das!«

Rica fiel plötzlich ein, daß sie mit Franzi verabredet war, und sprang erschrocken auf. »Um Gottes willen, ich sitz' hier, und dabei läuft uns die Zeit davon.«

»Und der Nachtisch?« rief Frau Angerer ihr nach, als sie zur Tür rannte. »Natürlich Apfelstrudel, was sonst!« rief Rica zurück und warf die Tür hinter sich zu.

Franzi war gerade damit beschäftigt, ein langes, weißes Hochzeitskleid aus Spitze vor sich auf dem Tisch auszubreiten. Als es klopfte, packte sie es hastig in eine Tüte, ehe sie »Herein« rief. Ziemlich abgehetzt betrat Rica die Stube. »So, Blumen hab' ich bestellt und hundert Essen beim Angerer. Noten hab' ich gekauft und zwei Kuchen gebacken und eingefroren. Und stell dir vor: Ein hellblaues Kleid zieht sie an. Hellblau! Das geht doch net.«

»Hab' ich mir schon gedacht«, meinte Franzi und holte das Brautkleid wieder heraus. »Das Hochzeitskleid meiner Mutter. Meinst, das paßt der Sabina?«

Rica betrachtete es verzückt. »Brüsseler Spitze«, stellte sie bewundernd fest. »Wär' schad', wenn es ihr nicht paßte. Fragt sich nur, wie wir das herauskriegen.«

Franzi hatte eine Idee. Sie packte das Kleid wieder in die Tüte und verließ mit Rica das Haus.

In Dr. Burgners Praxis saß Traudl an ihrem Computer und fütterte ihn mit den Angaben, wer welche Kuchen und Torten für die Hochzeit backen wollte. »Schwarzwälder Kirsch von der Lina«, murmelte sie vor sich hin. »Erdbeersahne von der Annamirl. Von der Franzi Prinzregententorte und Mohnstreusel. Die Zirngiebel macht Windbeutel und Apfeltaschen, die Barbara Himbeer-Rouladen . . .«

Ein Klopfen an der Tür unterbrach sie, und sie rief ziemlich ungnädig: »Die Praxis is' heut nachmittag geschlossen!«

Leise und verstohlen wurde die Klinke heruntergedrückt, und Rica und Franzi schoben sich in die Anmeldung. »Ist er da?« fragte Franzi flüsternd, und Traudl schüttelte den Kopf.

»Auf Krankenbesuch. Frau Althäuser, ich hab' vergessen, was Sie für einen Kuchen backen.«

»Zwei Sachertorten«, gab Rica Auskunft. »Nach dem echten Rezept. Schließlich war ich Stammgast im ›Demel‹.«

Traudl tippte die Information in den Computer. »Und ich bring' Vollkorn-Kirschtaschen mit«, ergänzte sie.

»Jetzt hört mal auf mit dem Kuchen«, sagte Franzi ungeduldig und holte das Hochzeitskleid aus der Tüte. »Du mußt das schnell anprobieren.«

Traudl sträubte sich erst, ging dann aber doch mit Franzi nach nebenan und ließ sich in das Kleid helfen. Es war zu kurz und auch ein wenig zu eng für sie, also vermutlich für die zierlichere Sabina genau richtig. »Wunderbar!« sagte Rica, als Traudl sich in dem Brautstaat präsentierte.

Das junge Mädchen warf ihr einen skeptischen Blick zu. »Das zieht die Sabina nie an. Die ist doch völlig unromantisch.«

Franzi lachte. »Hast du eine Ahnung, wie romantisch eine Frau werden kann, wenn sie auf dem Weg zum Traualtar ist.«

Da klopfte es schon wieder an die Tür. Schnell warf Franzi der Traudl eine lange Strickjacke über, und im nächsten Augenblick betrat Herr Konrad die Anmeldung. Er sah aus, daß den drei Frauen buchstäblich die Luft wegblieb, denn er trug einen Frack, der nicht nur total verschossen, sondern ihm auch viel zu weit war. »Wie gut, daß ihr da seid«, sagte er. »Ich wollt' bloß wissen, ob ich so auf die Hochzeit gehen kann. Man will ja nach was aussehen, wenn man eine öffentliche Rede hält. Wollt ihr sie mal hören?« Er stellte sich in Positur und begann zu deklamieren: »Wenn man denkt an Hochzeitsfeste . . .«

Das Wort blieb ihm im Hals stecken, als plötzlich Thomas Burgner erschien. »Was ist denn hier los?« fragte er verwundert. »Brauchst jetzt Gesellschaft beim Arbeiten, Traudl?«

»Wir müssen bloß was mit der Traudl besprechen«, erwiderte Franzi verlegen, »wegen . . .«

»Wir wollten fragen, ob sie mit uns ins Kino geht«, kam Rica ihr zu Hilfe.

Thomas' verblüffter Blick fiel auf Herrn Konrad. »Wie sehen Sie denn aus? Wollen Sie so ins Kino?«

Beinahe empört wehrte dieser ab. »Ich gehe nie ins Kino!«

Thomas trat auf ihn zu. »Fühlen Sie sich net wohl, Herr Konrad? Lassen S' mich doch mal Ihren Puls fühlen.«

Herr Konrad wich ihm aus. »Mir ist es noch nie besser gegangen, Herr Doktor.«

Thomas lächelte ihm freundlich zu. »Dann ist's ja gut. Ich will euch net aufhalten. Pfüat euch.« Damit verließ er die Anmeldung und ging in den Wohntrakt hinüber.

»Ins Kino!« zischelte Traudl. »So eine blöde Idee.«

Rica machte ein schuldbewußtes Gesicht, und Franzi

lachte, während sie Traudl in dem zu kleinen Hochzeitsstaat betrachtete. »Na ja, wenn man dich so sieht, könntest du glatt aus einem Film entsprungen sein.«

Elvira Krause hatte den Weg zum Friedhof eingeschlagen. Dort sah Pfarrer Hauberer sie an der Mauer stehen, vor der Steinplatte, die zum Gedenken an ihren Mann dort eingelassen war. Elvira kam täglich hierher, wenn sie in Sonnenstein war. ›*Franz Krause*‹, stand auf der Platte. ›*Geboren 13. 3. 62, vermißt seit 15. 8. 87. Gott hab ihn selig.*‹

Der Pfarrer nickte der jungen Frau freundlich zu und ging dann weiter zur Kirche. Er wollte gerade eintreten, als der Portalflügel von innen geöffnet wurde. Vroni und Maxl kamen heraus. Der Bub hatte eine vollbepackte Plastiktüte bei sich.

»Ja, Maxl, sind wir denn zum Ministrantenunterricht verabredet?« fragte Pfarrer Hauberer verwirrt. »Das hab' ich ja ganz vergessen.«

Der Bub sah aus wie das verkörperte schlechte Gewissen. »Nein, nein, Herr Pfarrer. Ich . . . ich hab' der Vroni bloß was zeigen wollen . . . in der Kirche.«

Das Mädchen nickte bekräftigend und fragte dann, um abzulenken. »Haben Sie es sich jetzt überlegt, Herr Pfarrer? Ich wär' so ein guter Ministrant.«

»Jetzt hörst aber auf!« erwiderte Hochwürden und konnte nur den Kopf schütteln über so viel Halsstarrigkeit. Die Kinder liefen davon, und der Pfarrer mußte unwillkürlich lächeln. Wenn bloß die Buben so scharf aufs Ministrieren wären wie die Vroni, dachte er. Grad' schad' ist das.

Vroni und Maxl rannten zu einer Waldwiese außerhalb des Dorfes. Atemlos ließen sie sich in das hohe Gras fallen, und Maxl zog ein weiß-rotes Ministrantenhemd aus seiner Plastiktüte. Das hatte er vorhin in der Sakristei mitgehen lassen. »Glück gehabt!« meinte er und zog Vroni das Hemd über.

Aus ihrer Jackentasche holte sie zwei kleine Tonkrüge und eine Stoffserviette, die sie sich über den Arm legte. »Aus der Küche geklaut!« verkündete sie fröhlich.

Maxl stimmte nicht in ihr Kichern ein. Schließlich waren sie nicht zum Herumalbern hier, sondern er wollte der Vroni beibringen, wie man bei einer Hochzeitsmesse richtig ministrierte. »Zuerst dann mußt ihm die Krügel geben«, erklärte er. »Danach das Tuch, damit er sich die Hand' abtrocknen kann.«

Vroni zog ein zweifelndes Gesicht. »Und wenn er mich doch net mitmachen laßt?«

»Der laßt dich schon, wenn du alles perfekt kannst«, beteuerte Maxl, aber sie war noch nicht davon überzeugt.

»Vielleicht sollt' ich lieber Blumen streu'n?« meinte sie skeptisch.

»Mit so einem blöden Kranzel im Haar?« fuhr er auf. »Ich denk', du bist für die Gleichberechtigung?«

Da nickte Vroni entschlossen. Von diesem Aspekt aus betrachtet, war es schon richtig, daß sie darauf bestand, als Ministrant bei Dr. Burgners Hochzeitsmesse zu fungieren.

Maxl zupfte ihr das weiß-rote Gewand zurecht. »Ich freu' mich schon auf das Gesicht vom Papa, wenn der uns als Meßdiener sieht. Der war nämlich selber mal Ministrant. In München in der Theatinerkirch'.«

Die beiden übten nun sehr fleißig, was Maxl bei Pfarrer Hauberer gelernt hatte, und vergaßen darüber die Zeit. So konnte es passieren, daß Maxl zur Abendbrotszeit noch nicht daheim war. Sabina hatte ein warmes Essen vorbereitet, darum setzen Thomas und sie sich schon einmal allein an den Tisch auf der Terrasse.

Sie aß mit gutem Appetit. Aber dann entdeckte sie, daß Thomas nur auf seinem Teller herumstocherte, und fragte lächelnd: »Schmeckt's dir nicht mehr, was ich koche? Ich gebe zu, Franzis Bratkartoffeln sind immer noch unerreicht . . .«

Er schob den fast vollen Teller ein Stück von sich. »Tut mir leid, irgendwie habe ich keinen Appetit.«

In diesem Moment kam Maxl angesaust. »Hunger!« rief er vergnügt und setzte sich an den Tisch.

»Kannst du nicht einmal pünktlich sein!« fuhr sein Vater ihn gereizt an. Das kam so selten vor, daß Maxl und Sabina ihn verdutzt anstarrten.

»Entschuldigung«, sagte der Bub dann kleinlaut. »Ich war bei der Vroni. Englisch . . .«

»Ist doch nicht so schlimm«, meint Sabina und legte begütigend ihre Hand auf die von Thomas. »Sag mal, warum bist du denn so heiß?« Besorgt befühlte sie seine Stirn und erschrak. »Du hast ja Fieber. Mindestens neununddreißig-sieben . . .«

Er versuchte ein mattes Grinsen. »Ach, geh, du übertreibst.«

»Mamma mia, ich übertreibe nicht!« widersprach sie temperamentvoll. »Du gehörst ins Bett.«

Sein Protest, er dächte nicht daran, sich wegen ein bißchen Fieber gleich hinzulegen, wurde von Sabina nicht zur Kenntnis genommen. Energisch packte sie ihn beim Arm, zog ihn hoch und bugsierte ihn zum Haus.

»Sie ist die Stärkere«, sagte Thomas schulterzuckend zu Maxl, der recht bänglich dreinschaute.

»Aber du kannst doch net krank werden«, jammerte er. »Du mußt übermorgen heiraten.«

»Keine Sorge, Maxl, das krieg' ich schon hin!« erwiderte Sabina lächelnd.

»Das wäre ja noch schöner: Bergdoktor-Hochzeit fällt wegen Krankheit aus.« Damit verschwand sie, Thomas mit sich ziehend, im Haus, und Maxl blickte mit langem Gesicht vor sich hin.

Schließlich zog er den noch vollen Teller seines Vaters heran und begann, dessen Bratkartoffeln aufzuessen. So fand ihn Pankraz Obermayr, als er um die Hausecke kam.

»Ja, sag mal, was bläst du hier so einsam Trübsal? Sind doch Ferien!«

»Der Papa is' krank!« berichtete Maxl bedrückt, und diese Nachricht war auch für Pankraz so alarmierend, daß er sogleich nach oben ins Schlafzimmer ging, um sich den erkrankten Bräutigam einmal anzuschauen.

In seinem Haus hatten sich indessen Franzi, Rica und Herr Konrad versammelt. Rica saß am Klavier und übte zum wiederholten Male den Hochzeitsmarsch, Franzi war dabei, einen Kuchenteig anzurühren, und Herr Konrad schrieb die Tischkarten für das Hochzeitsessen.

Gerade setzte er mit seiner schwungvollen Schnörkelschrift ›*Frau Spreti*‹ auf eine Karte. Franzi las es, als sie ihm über die Schulter schaute und nickte Rica anerkennend zu. »Daß du die Mama von der Sabina noch aufgetrieben hast, war ein Meisterstück, Rica. Wann kommt's denn an?«

Rica unterbrach ihr Spiel und drehte sich um. »Morgen früh. Ich hol' sie ab und nehm' sie gleich mit zu mir, damit sie der Sabina net zufällig über den Weg laufen.«

»Wieso laufen?« wiederholte Franzi. »Wer kommt denn noch?«

»Na, die alte Nonna, ihre Schwester Eugenia, zwei Onkel – und natürlich Ettore.«

»Na, da würd' ich mich aber gleich ans Telefon hängen und alle wieder ausladen«, sagte Pankraz, der gerade eingetreten war und die Aufzählung noch mitbekommen hatte. »Die Hochzeit is' geplatzt!«

»Hast du ihnen etwa gesagt, was wir planen?« ging Franzi sofort wütend auf ihn los.

Kopfschüttelnd ließ er sich in einen Stuhl fallen. »Geh, Franzi, ich bin doch kein Spielverderber. Die Hochzeit fällt aus, weil der Doktor krank is'. Er liegt mit vierzig Fieber im Bett.«

Die Neuigkeit machte alle zunächst völlig ratlos und betroffen. Franzi war die erste, die sich von ihrem Schock erholte. Sie hob den Kopf und blickte alle der Reihe nach an. »Das glaubt ihr doch selber net, daß wir aufgeben. Man muß dem Thomas doch helfen!«

Pankraz grinste müde. »Franzi kuriert den Bergdoktor. Du traust dir wirklich eine Menge zu.«

Rica pflichtete ihm bei. »Nichts gegen deine Heilkünste, Franzi. Aber ich glaub', diesmal überschätzt du dich.«

Und ihr unterschätzt mich, dachte die Franzi und beschloß, dem Kranken sogleich einen Besuch abzustatten.

Thomas lag währenddessen im Bett, und Sabina machte ihm Wadenwickel, um das Fieber zu senken. Er war froh, daß er lag, denn er fühlte sich wirklich miserabel, ganz dumpf im Kopf, mit schmerzenden Gliedern. Sabina zog die Decke über ihn und blickte ihn liebevoll an. Matt tastete er nach ihrer Hand. »Bist du mir bös?«

»Weil du die erste Hochzeit in meinem Leben platzen läßt? Vielleicht soll es einfach nicht sein. Weißt du was? Wir lassen alles beim alten.«

»Aber Sabina«, sagte er erschrocken, »aufgeschoben ist noch net aufgehoben.«

Sie drehte ihm hastig den Rücken zu, damit er nicht sehen konnte, daß ihr Tränen in die Augen schossen. »Schließlich kommt es ja nur darauf an, *daß* man heiratet«, brachte sie ein wenig gequetscht hervor, »und nicht, *wann* man heiratet.«

Damit ging sie hinaus. Unten im Wohnzimmer ließ sie dann ihren Tränen freien Lauf. Sie hatte sich so auf ihre Hochzeit gefreut. Jetzt war die Enttäuschung riesengroß, obwohl das natürlich im Grunde kindisch war. Schließlich wurde die Trauung ja tatsächlich nur verschoben.

Vor lauter Weinen überhörte Sabina das Klopfen an der Tür und merkte auch nicht, daß die Franzi hereinkam. Erst als diese sie leise ansprach, wandte Sabina den

Kopf und fiel Franzi aufschluchzend in die Arme. »Ach, ich bin ja so enttäuscht . . .«

Franzi strich ihr tröstend über den Rücken. »Weißt, Sabina, die Männer sind manchmal solche Feiglinge . . .«

Sabina hob den Kopf. »Aber Thomas ist nicht feige. Er ist krank.«

Franzi lächelte verschmitzt. »Aber liebe Frau Doktor Spreti, jetzt sagen Sie bloß net, Sie hätten noch nie etwas vom Zusammenhang zwischen Körper und Seele gehört!«

Sabina ergriff ihre Hand und zog sie mit sich zum Sofa. »Ich muß dir etwas gestehen. Wir wollten übermorgen heiraten. Heimlich, ohne jemandem etwas zu sagen.«

Franzi spielte die total Überraschte und schlug die Hände zusammen. »Heiraten wollt ihr? Das is' ja grandios! Herzlichen Glückwunsch.«

»Ich wollte eine kleine Hochzeit«, fuhr Sabina mit ihrem ›Geständnis‹ fort. »Aber jetzt sieht es so aus, als ob ich gar keine kriegte.«

»Was redest denn da?« wehrte Franzi an. »Bloß weil der Bräutigam ein bisserl krank is'?« Sie kramte in ihrer großen Tasche und zog einen Beutel mit Kräutern heraus. »Zufällig hab' ich da eine ganz besondere Fiebermischung dabei. Davon gibst du ihm alle zwei Stunden eine Tasse Tee, dann wird er schon werden.«

»Danke«, sagte Sabina und nahm die Kräuter. »Und bitte, das mit der Hochzeit, das vergißt du schnell wieder, ja?«

»Ich weiß jetzt nicht mehr wie in dem Momenterl, als ich herkam«, erwiderte Franzi wahrheitsgemäß und lächelte fein.

Am nächsten Tag lag Thomas immer noch im Bett und hatte Fieber, und Rica Althäuser stattete gegen Mittag abermals dem Gasthof zur Post einen Besuch ab. Als sie Elfriede Angerer auseinanderzusetzen versuchte, daß man noch nicht genau sagen könne, ob die Hochzeit am nächsten Tag stattfinden konnte, wurde die Wirtin energisch.

»Aber Frau Althäuser, wie stellen Sie sich das vor? Ich muß doch wissen, ob ich morgen hundert Essen kochen soll oder nicht!«

»Vielleicht, wenn ich's Ihnen morgen früh definitiv . . .« setzte Rica an und wurde sogleich wieder unterbrochen.

»Ich bin doch kein Schnellimbiß! Bei uns ist alles frisch. Also wirklich, beim besten Willen, Sie müssen mir jetzt sagen, was Sie wollen, hü oder hott!«

Rica nagte an der Unterlippe. »Vierzig Fieber hat er . . .« Dann gab sie sich einen Ruck. »Also gut, hiermit sage ich das Hochzeitsessen ab.«

»Das is' aber dann verbindlich«, erklärte Frau Angerer, und Rica nickte niedergeschlagen.

Elvira Krause kam herein, um ihren Zimmerschlüssel auf den Tresen zu legen. Stumm wie zumeist wandte sie sich anschließend zum Gehen. Elfriede Angerer hielt sie auf, um zu fragen, ob sie zum Abendessen da sei.

»Wahrscheinlich nicht«, antwortete Elvira leise und verließ das Haus. Die Wirtin schaute ihr kopfschüttelnd nach.

»So eine komische Person!«

Am frühen Nachmittag kam ein junger Mann mit einer Reisetasche ins Hotel. Er sah nett und sympathisch aus, mochte etwa Ende Zwanzig sein und erkundigte sich nach Elvira Krause. »Die wohnt doch bei Ihnen?« wollte er von Frau Angerer wissen.

Die Wirtin nickte. »Aber sie ist net da.«

Der junge Mann, er hatte sich als Klaus Berger vorgestellt, wirkte ziemlich nervös. »Ist sie allein? Oder ist sie mit einem zusammen?«

Die Frage ärgerte die Postwirtin. Schließlich führte sie ein anständiges Haus, und Frau Krause war ein sehr anständiger, wenn auch ein wenig seltsamer Gast. »Was denken Sie denn? Seit fünf Jahren kommt sie jedes Jahr hierher!«

Klaus Berger nickte heftig. »Und warum? Sie muß doch einen Grund haben! Sie hat bestimmt einen Lover hier!«

»Die Frau Krause?« Elfriede Angerer bezweifelte einen Moment sogar, daß sie von derselben Frau sprachen. »Bevor die einen ›Lover‹ hat, folgt sie noch eher ihrem Mann.«

Klaus starrte sie fassungslos an. »Sie ist verheiratet? Aber das gibt's doch gar nicht!«

»Vielleicht sagen Sie mir erst einmal, was Sie das alles angeht«, konterte die Wirtin spitz.

Er fuhr sich durch das volle Haar. »Was mich das angeht? Ich liebe sie und will sie heiraten. Seit Monaten warte ich auf eine Antwort von ihr.«

Das war mal eine interessante Neuigkeit! Elfriede beschloß, der Sache auf den Grund zu gehen. »Und sie? Liebt sie Sie auch?«

Er zuckte mit den Schultern. »Ich habe keine Ahnung. Anscheinend kenne ich sie ja überhaupt nicht. Was ist das für eine Sache mit ihrem Mann? Wieso lebt sie nicht mit ihm zusammen?«

»Das würd' sie wohl gern«, erwiderte die Wirtin. »Aber ihr Mann ist tot.« Sie verstummte und runzelte nachdenklich die Stirn. Wahrscheinlich würde sie heute nicht zum Abendessen kommen, hatte die junge Frau beim Weggehen gesagt. Das bekam auf einmal eine ganz andere, beängstigende Bedeutung . . .

»Ich fang' wirklich an, mir Sorgen zu machen«, sagte Frau Angerer. »Sie war in diesem Jahr, als sie herkam, noch verstörter als sonst.« Ein mißtrauischer Blick traf Klaus Berger. »Hatten Sie Streit? Haben Sie sie unter Druck gesetzt?«

»Ich wollte, daß sie sich endlich entscheidet«, gab er zu. »Und da ist sie abgehauen.«

»Und was ist, wenn sie sich für den Falschen entscheidet?« fragte die Wirtin beunruhigt. »Für ihren Mann?«

»Ich denke, der ist tot«, warf Klaus verwirrt ein, und sie nickte bedeutungsvoll. »Eben!«

Ihr Gespräch wurde durch das Klingeln des Telefons unterbrochen. Es war Franzi, die gerade von Rica erfahren hatte, daß diese das gesamte Hochzeitsessen abgesagt hatte. Daraufhin hatte Franzi sofort entrüstet zum Hörer gegriffen und die Nummer vom Hotel zur Post eingetippt. »Angerin, bist du's?« fragte sie. »Jetzt paß mal auf: Wir brauchen morgen mittag hundert Essen für die Doktorhochzeit . . .«

Elfriede Angerer stieß einen empörten Schrei aus. Ob die Franzi nicht wisse, daß Frau Althäuser das ganze Essen abgeblasen hätte?

»Sicher weiß ich das«, erwiderte Franzi und warf Rica einen aufsässigen Blick zu. »Aber du kennst doch die Althäuser. Die bringt halt alles wieder durcheinander. Also es bleibt bei den Essen, Wein und Nachtisch. Kuchen wird mitgebracht.«

»Ist das nun definitiv?« erkundigte die Postwirtin sich genervt, und Franzi bejahte. Sie erklärte sich sogar bereit, die Kosten zu übernehmen, falls die hundert Essen wegen der ausgefallenen Hochzeit nicht gegessen würden.

Denn für die Franzi gab es überhaupt keinen Zweifel daran, daß Thomas Burgner am nächsten Morgen durchaus heiratsfähig vor dem Altar der Sonnensteiner Dorfkirche stehen würde. Ihr Heilkräutertee würde das schon schaffen.

Elvira Krause war stundenlang bergauf gewandert. Heute war der Todestag ihres Mannes, und zu diesem Datum war sie immer zu dem Gletscher hinaufgestiegen, in dem er den Tod gefunden hatte. Lange hatte sie dort gestanden und in den Abgrund aus Eis geblickt, der den Leichnam nie freigegeben hatte.

So war es auch in diesem Jahr. Elvira hatte einen

Strauß Blumen mitgebracht und dachte an den Toten, den sie so geliebt hatte. Dann trat sie noch näher an die Gletscherspalte heran und warf die Blumen hinunter. Sie beugte sich ein wenig vor, um zu sehen, wie die roten und weißen Blüten in die Tiefe flatterten.

Da zerriß ein Schrei die Stille. »Elvira! Um Gottes willen!«

Sie war so in ihre Gedanken versunken, daß sie ihn gar nicht wahrnahm.

»Elvira, warte!« schrie der Mann wieder, der über das Geröllfeld jagte. Es war Klaus Berger. Von Unruhe getrieben, hatte Elfriede Angerer ihm den Weg zu jenem Gletscher erklärt, in dem Franz Krause umgekommen war, und Klaus hatte sich auf die Suche nach der geliebten Frau gemacht.

Die Sonne ging gerade unter, als er die Stelle erreichte, und Elvira stand da, ganz in rot-goldenes Licht getaucht. Klaus sah, wie sie die Blumen in den Abgrund warf, noch näher herantrat, sich ein wenig vorbeugte, als wollte sie in die Tiefe springen.

Wie ein Rasender hetzte Klaus die letzten Meter bergauf, beachtete dabei nicht, wohin er trat, und sein Fuß berührte ein paar lose Felsbrocken, die unter ihm nachgaben, und geriet dadurch gefährlich ins Rutschen. Voller Schreck schrie er wiederum auf, während er stürzte und ein Stück abwärts glitt.

Diesmal hörte Elvira ihn, wandte sich um und rannte zu ihm hin.

»Klaus! O Gott, Klaus!« stammelte sie und kniete sich neben ihn auf den Boden. Sein schmerzverzerrtes Gesicht glättete sich ein wenig, als sie ihn umarmte. »Was machst du denn hier?«

»Ich hab' dich gesucht«, gestand er und war glücklich, daß sie gesund und unversehrt bei ihm war. »Ich hatte Angst um dich. Ich hab' befürchtet . . .«

Sie umschloß sein Gesicht mit ihren Händen. »Ich habe

endlich Abschied genommen«, sagte sie leise. »Jetzt kann ich dich heiraten.«

»Elvira«, murmelte er überwältigt und wollte sie an sich ziehen. Aber da durchzuckte ihn ein heftiger Schmerz. Sie gewahrte es und strich ihm das Haar aus der Stirn.

»Bleib liegen, ich laufe los und hole Hilfe!« Voller Liebe küßte sie ihn und machte sich dann auf den Rückweg nach Sonnenstein.

Sie erreichte das Dorf erst in der Nacht, denn es war ein weiter Weg, und in der Dunkelheit brauchte sie viel mehr Zeit dafür als den Aufstieg.

Wenig später klingelte im Doktorhaus das Telefon. Maxl erwachte davon und lief nach unten, um den Hörer abzunehmen. Sabina war gerade bei seinem Vater und brachte ihm eine weitere Tasse von Franzis Tee. Thomas hatte geschlafen und blinzelte Sabina müde an. »Schon wieder Franzis Teufelsgebräu? Ich fühl' mich schon viel besser«, murmelte er, und Sabina hielt ihm die Tasse hin. »Hoffentlich!«

Er setzte sich auf, und sie fragte besorgt: »Geht es?«

Er grinste ein wenig und reckte sich. »Besser denn je!« Dann trank er und verzog den Mund. »Scheußlich!«

Gleich darauf tauchte Maxl im Schlafzimmer auf. »Die Bergrettung hat angerufen. Auf dem Gletscher ist jemand verunglückt. Du sollst mit aufsteigen.«

Thomas stöhnte kurz auf, warf dann aber die Bettdecke zurück. »Gott sei Dank hab' ich ja Franzis Tee.« Er stand auf und suchte seine Bergsteigerkluft aus dem Schrank zusammen. »Sabina, ich brauch' meine Tasche. Maxl, die Bergschuh' . . .«

»Aber du bist krank«, begehrte Sabina auf, und er wandte sich zu ihr um.

»Ich war krank. Da war so ein Zaubertrank, der hat mich in Null Komma nichts geheilt.«

Sie wußte, daß er fieberfrei war, und außerdem sah er

tatsächlich wieder viel besser aus als noch am Nachmittag. Darum erhob sie keine Einwände mehr, als Thomas in seine Sachen schlüpfte, wohl wissend, daß sie ohnehin nichts genützt hätten, sondern sagte nur noch trocken: »Okay, dann vergiß aber nicht, daß morgen um elf geheiratet wird.«

Er küßte sie. »Und nach der Trauung fahren wir nach Innsbruck zum Essen. Nur wir drei. Ich habe ein Superessen bestellt.«

Am nächsten Morgen schon in aller Frühe fuhr Pankraz' Kutsche vor dem Doktorhaus vor. Sie war mit Blumen geschmückt, das Pferd und Poldi hatten jeder eine große rote Schleife umgebunden. Franzi, schon in ihrem Sonntagsstaat, war mit Blumen und Geschenken beladen, während Pankraz zwei Torten vor sich her balancierte.

Sie waren nicht die ersten Ankömmlinge. Ein paar Dörfler, Rica und der Kinderchor hatten sich ganz leise und verstohlen eingefunden und vor dem Haus Aufstellung genommen.

Franzi klopfte an die Tür, die wenig später von Maxl aufgerissen wurde. Er trug Jeans und ein T-Shirt, und Sabina, die hinter ihm auftauchte, war auch noch in ihrer üblichen Alltagskluft. »Was ist denn hier los?« fragte sie verblüfft, als sie die Ansammlung vor dem Haus gewahrte.

»Na, Hochzeit soll gefeiert werden«, entgegnete Franzi resolut. »Warum seid ihr denn noch im Räuberzivil? Soll das etwa heißen, daß es nicht geklappt hat?« Sie drückte Sabina die Blumen und Päckchen in die Arme. »Ich glaub', ich muß jetzt selber mal mit dem Herrn Doktor reden. So schlimm ist das Heiraten auch wieder net, daß er gleich gar net mehr gesund werden will.«

Sie war schon bei der Treppe, als Sabina, die ihre Fassungslosigkeit inzwischen überwunden hatte, ihr nachrief: »Jetzt warte doch, Franzi. Es hat schon alles geklappt. Der Tee hat Wunder gewirkt. Aber jetzt ist der Thomas auf dem Gletscher. Da hat es einen Unfall gegeben.«

»Einen Unfall? Da bin ich aber froh«, sagte die Franzi strahlend. Sie setzte sich kurzentschlossen im Wartezimmer auf einen Stuhl, als Herr Konrad sich ebenfalls einfand. »Ich denk', heut' wird geheiratet?« fragte er verdutzt, und Franzi winkte ihn neben sich.

»Wird schon, wird schon! Bloß net so bald!«

Um diese Zeit befand sich Thomas Burgner mit zwei Männern von der Bergrettung wieder auf dem Abstieg. Die beiden hatten Klaus Berger auf eine Spezialtrage gebettet. Elvira ging neben ihm her und hielt seine Hand.

»Jetzt geht's erst mal ins Krankenhaus«, meinte Thomas, und Elvira blickte ihn besorgt an.

»Und der Knöchel ist wirklich nur angeknackst?« vergewisserte sie sich.

Thomas nickte. »Er wird einen Gips bekommen, und dann können Sie ihn sofort mit nach Hause nehmen.«

Sie atmete auf. »Gott sei Dank. Ich will ihn nämlich überhaupt nicht mehr hergeben.«

Klaus lächelte zu ihr hoch. »Damit hast du ja wohl endlich meinen Heiratsantrag angenommen.«

»Mit einem echten Doktor als Zeugen«, bestätigte sie glücklich, und Thomas lachte.

»Nicht nur Doktor! Vor allem Bräutigam. Dazu einer, der bestimmt sehnsüchtig erwartet wird.«

Zwar kamen sie am hellen Tag schneller voran, als während des nächtlichen Aufstiegs, dennoch schlug es von der Sonnensteiner Kirchturmuhr zwölf, als Thomas' Jeep das Dorf erreichte.

Außer Pankraz' Kutsche standen jetzt noch ein paar blumengeschmückte Autos vor dem Doktorhaus. Rica hatte sich auf die Bank gesetzt, der Kinderchor in den Schatten eines Baumes. Pankraz und einige Sonnensteiner hatten sich's ebenfalls im Freien bequem gemacht. Nach dem Mittagsläuten trat Franzi mit einem Kuchentablett aus dem Haus und rief in die Runde: »Jetzt gibt's eine Stärkung.«

Rica konnte sich einer spöttischen Bemerkung nicht enthalten. »So sieht's also aus, wenn der Bergdoktor heiratet. Franzi, ich glaub', du hast bei der Angerin eine Riesenrechnung offen!«

Pfarrer Hauberer, der um elf, wie vorgesehen, in der Kirche gewartet hatte, hatte sich indessen ebenfalls beim Doktorhaus eingefunden. Er versuchte, sich die Wartezeit zu versüßen mit der Frage, wo denn Thomas Burgner seinen Marillenschnaps aufzubewahren pflegte.

In diesem Moment stoppte Thomas' Wagen vor dem Haus. Mit einem Blick erfaßte er die Versammlung und fragte entgeistert: »Was ist denn hier los?«

Franzi setzte ihr Kuchentablett ab. »Thomas, schnell, dein Anzug liegt im Schlafzimmer.«

»Aber was soll dieser Menschenauflauf? Wo ist Sabina?«

Statt einer Antwort umarmte Franzi ihn gerührt und schob ihn zur Haustür. Dort wäre er fast mit Sabina zusammengeprallt, die gerade ins Freie trat. Sie trug den Brautstaat von Franzis Mutter und sah hinreißend darin aus. Thomas starrte sie wie eine Erscheinung an. Kaum, daß er wagte, sie in die Arme zu nehmen.

»Sabina . . .« stieß er überwältigt hervor. Dann rief er unvermittelt nach Maxl. Sein Sohn kam angelaufen, und Thomas bat ihn: »Zwick mich mal. Ich glaub' nämlich, ich hab' immer noch einen Fiebertraum.«

Maxl gehorchte lachend, und Thomas umarmte Sabina noch einmal. »Wie schön du bist! Und ich hab' schon befürchtet, daß du einen anderen heiratest, bloß weil ich nicht pünktlich bin.«

»Geht's dir gut?« fragte sie, und er drückte sie fest an sich.

»Herrlich! Ich liebe dich.« Dann stürmte er ins Haus, um sich endlich für die Trauung umzuziehen. Er mußte an den Festgästen vorbei, die im Flur und in der Anmeldung saßen. Sie applaudierten, als er an ihnen vorüberrannte. Thomas erkannte Sabinas Mutter darunter und nickte ihr erfreut zu. An der Treppe blieb er noch einmal stehen. »Irgendwie hab' ich das Gefühl, daß das nicht die kleine stille Hochzeit wird, die Sabina sich gewünscht hat. Aber jetzt geht's gleich los!«

Während er sich in Windeseile in seinen dunklen Anzug warf, bildeten die Festgäste vor dem Doktorhaus Spalier. Frauen hielten blumengeschmückte Bogen, durch die das Brautpaar schreiten sollte, und der Kinderchor nahm Aufstellung. In diesem Augenblick fuhr der Wagen Markus von Braunecks vor. Der Graf stieg aus, während Alexandra im Fond sitzen blieb. Er rannte auf Sabina zu. »Grüß dich! Wo ist Thomas?«

Sie lächelte ihm erleichtert zu. »Markus, Gott sei Dank. Wir haben schon gedacht, wir müssen ohne dich heiraten.«

»Wer redet denn vom Heiraten!« stieß er ganz außer sich hervor. »Alexandra bekommt ihr Baby!«

Sabina hatte in den letzten beiden Tagen und vor allem heute schon so viel erlebt, daß nichts mehr sie erschüttern konnte. Sie raffte ihr Brautkleid und lief zu Alexandra, gerade als Thomas aus dem Haus trat. Er band sich noch die Fliege um, und Pankraz hob die Arme, um dem Kinderchor das Zeichen zum Einsatz zu geben.

»Also dann mal los«, sagte Thomas gutgelaunt und trat auf Markus zu. »Komm, mein Freund. Steh mir zur Seite.«

Sabinas Ruf ließ ihn sich umwenden. »Thomas, schnell! Das Baby!«

Er blickte zwischen Markus und seiner Braut hin und her und meinte voller Galgenhumor: »Also irgendwer hat was dagegen, daß ich heirate.«

Markus von Brauneck reagierte nicht auf den Scherz. Dazu war er viel zu nervös. »Bitte, Thomas, du mußt sie ins Krankenhaus bringen. Ich kann das nicht. Es ist doch schon mal was passiert, als ich Alexandra gefahren hab' . . .«

Dr. Burgner nickte. Hochzeit hin oder her, diese Bitte konnte er dem Freund nicht abschlagen. Er zwinkerte Sabina zu. »Mir scheint, daß der liebe Gott vor das Heiraten jetzt auch noch das Kinderkriegen gesetzt hat.«

Sie lachte und stieg zu Alexandra in den Fond von Markus' Wagen, während Thomas sich ans Steuer setzte. Im Anfahren kurbelte Thomas das Fenster hinunter und rief dem sprachlos dastehenden Pfarrer Hauberer zu: »Herr Pfarrer, laufen S' ja nicht weg. Geheiratet wird heut noch auf jeden Fall.«

Hochwürden seufzte und warf einen wehmütigen Blick zum Himmel, an dem sich inzwischen zu allem Überfluß auch noch bedrohliche Gewitterwolken aufgetürmt hatten. Als ihn jemand von rückwärts an seiner Soutane zupfte, wandte er sich um und erkannte Vroni, die ein Ministrantenhemd anhatte, ein Umstand, der Pfarrer Hauberer zunächst sprachlos machte. Vroni grinste. »Wenn die Hochzeit eh nicht stattfindet, macht's doch nichts, wenn ein Madel ministriert, oder?«

Dieser Logik wußte Pfarrer Hauberer absolut nichts entgegenzuhalten, und so nickte er gottergeben. An diesem Tag war wirklich alles möglich!

Das Gewitter näherte sich mit rasender Geschwindigkeit. Als die ersten Blitze über den Himmel zuckten, denen krachende Donnerschläge folgten, begann es wie aus Kübeln zu gießen. Thomas Burgner mußte die Fahrgeschwindigkeit zurücknehmen, weil er kaum noch Sicht hatte. Und dann war die Fahrt plötzlich ganz zu Ende, weil ein Baum quer über der Straße lag.

»Das hat uns gerade noch gefehlt«, stöhnte Thomas auf, während Alexandra auf dem Rücksitz einen unterdrückten Schrei ausstieß. Sabina, die sie untersucht hatte, richtete sich auf und sagte leise: »Thomas, ich glaube, es ist so weit.«

Danach ging alles ziemlich rasch. Während der Regen auf das Autodach prasselte und das Gewitter allmählich weiterzog, wurde Alexandra von Brauneck von ihrem Baby entbunden. Glücklicherweise war es eine leichte, komplikationslose Geburt, und das Neugeborene begann, kaum daß es das Licht der Welt erblickt hatte, kräftig zu schreien. Thomas nabelte es ab, ließ es von Sabina in eine Decke wickeln und legte es Alexandra in den Arm.

»Herzlichen Glückwunsch«, sagte er. »Du hast einen Sohn.«

Und Sabina fügte lächelnd hinzu: »Ein echtes Kind der Berge.«

Im Doktorhaus hatte man inzwischen damit begonnen, die noch gar nicht stattgefundene Hochzeit zu feiern. Man trank Champagner und aß die vielen selbstgebackenen Kuchen und Torten. Die Stimmung war, von Markus von Brauneck abgesehen, der aufgeregt hin und her rannte wie ein Tiger im Käfig, ausgesprochen fröhlich.

Als Thomas und Sabina, etwas abgekämpft wirkend, endlich zurückkamen, stürzte er sofort auf die beiden zu. »Und? Wie geht's ihr? Jetzt sag schon!«

Thomas schlug ihm lachend auf die Schulter. »Du hast einen Sohn.«

Markus' Freude war rührend. Er umarmte erst Thomas, dann Sabina, dann Franzi. »Ich hab' einen Sohn!« rief er, während er sie herumschwenkte. Dann erst fiel ihm seine Frau wieder ein und er wiederholte seine Frage: »Wie geht's ihr?«

»Sie ist wohlauf«, berichtete Thomas, und Markus stürzte zur Tür. »Ich muß zu ihr!«

Thomas lief ihm nach. »Halt, Markus, bleib da. Ich brauch' dich doch noch!« rief er, aber er sah nur noch, wie Markus von Brauneck in seinen Wagen sprang und davonbrauste.

Kopfschüttelnd kehrte Thomas ins Haus zurück. »Jetzt fehlt uns ein Trauzeuge. Sabina, ich glaub', jetzt ist endgültig alles aus. Keine kleine Hochzeit, keine große Hochzeit – gar nichts.«

»Halb so schlimm«, meinte Pfarrer Hauberer tröstend. »Morgen ist ja auch noch ein Tag. Dann wird eben morgen geheiratet.«

Doch da wurde Sabina sehr energisch. »Kommt überhaupt nicht in Frage. Entweder wir heiraten jetzt – oder nie!« Sie blickte in die Runde. »Wir können doch nicht einfach nicht heiraten – nach so einem Tag.«

»Aber ohne Trauzeugen?« wandte Thomas ein.

Pankraz Obermayr war es, der die Hochzeit rettete. Zwar kämpfte er noch einen kurzen Augenblick mit sich, dachte an den Tag, an dem Dr. Thomas Burgner seine Christl geheiratet hatte, die nun schon so lange tot war und heute eine Nachfolgerin bekommen sollte – und besiegte alle Vorbehalte. »Ich würd' mich freuen, wenn ich dein Trauzeuge sein dürfte, Thomas«, sagte er fest.

Thomas begriff, was dieser Entschluß für seinen Schwiegervater bedeutete. Ein, zwei Sekunden sahen sich die beiden Männer voller Zuneigung an, und alles, was nach Christls Tod jemals zwischen ihnen gestanden hatte, wurde in diesem Augenblick endgültig begraben. Thomas streckte die Hand aus. »Ich dank' dir, Schwiegervater.«

Und dann wurde es doch noch eine Hochzeit wie aus einem Märchen. Die Sonnensteiner Kirche war festlich geschmückt, Kerzen brannten, Weihrauch duftete, und Rica Althäuser spielte so schön Orgel wie selten in ihrem Leben. Vroni und Maxl ministrierten mit strahlenden Augen und heißen Wangen, und wie es sich gehörte, schluchzten einige Frauen gerührt, als Pfarrer Hauberer Thomas Burgner und Sabina Spreti zusammengab.

Nach dem Jawort der beiden küßte Thomas seine Frau, während Rica den Hochzeitsmarsch intonierte. Auch Franzi mußte weinen, während sie Pankraz zuflüsterte:

»Siehst es, manche Leut muß man einfach zu ihrem Glück zwingen.«

Ausnahmsweise widersprach er ihr diesmal nicht.

Entscheidungen

Die Hochzeit des Bergdoktors war natürlich noch lange ein beliebtes Gesprächsthema in Sonnenstein, während im Doktorhaus längst wieder der Alltag eingekehrt war. Die Schulferien waren zu Ende, in Dr. Burgners Wartezimmer gaben sich die Patienten die Klinke in die Hand, und Frau Dr. Sabina Burgner fuhr täglich nach Hall in die Klinik zum Dienst.

Sie bemühte sich nicht nur, ihren Thomas glücklich zu machen, eine gewissenhafte Ärztin zu sein, sondern auch dem Maxl eine gute Mutter zu werden. Und dazu gehörte, wie sie fand, daß man ihm nicht immer seinen Willen ließ. Beispielsweise, was die Anschaffung eines Chemiebaukastens betraf, den Maxl sich so brennend wünschte.

Darüber war schon am Vortag heiß diskutiert worden, und am nächsten Morgen beim Frühstück setzte der Bub die Debatte fort. »Alle haben einen«, behauptete er. »Bloß ich nicht, Sabina!«

Sie blickte ihn über den Rand ihrer Kaffeetasse hinweg freundlich an. »Kann es sein, daß du ein bißchen übertreibst?«

Trotzig schüttelte er den Kopf, und Sabina unterdrückte einen Seufzer. »Wenn du erst einmal zwei, drei Jahre Chemie gehabt hast, dann hab' ich nichts dagegen. Aber jetzt – es tut mir leid, Maxl, so ein Chemiebaukasten ist einfach noch zu gefährlich.«

»Aber Chemie ist mein Lieblingsfach!« beharrte er. »Sabina, ich bin bestimmt vorsichtig!«

Als Thomas zum Frühstück kam, spürte er sofort die etwas gespannte Atmosphäre und fragte: »Na, ihr zwei, habt's den ersten Krach?«

Maxl nickte heftig, während Sabina gleichzeitig den Kopf schüttelte. »Eine kleine Meinungsverschiedenheit.« Sie streckte die Hand aus und strich Maxl über den gesenkten Kopf. »Wir werden uns schon zusammenraufen.«

»Geht's immer noch um den Chemiebaukasten?« wollte Thomas wissen. »Aber Maxl, ich hab' gedacht, daß du Sabinas Argument einsiehst.«

»Ich weiß ja, was alles passieren kann«, erwiderte der Bub muffelig. »Aber echt, Papa, ich bin doch kein Baby mehr.« Er stand auf, nahm seinen Schulranzen, der neben seinem Platz stand, und wollte gehen. »Daß Frauen immer so ängstlich sein müssen. Find' ich echt blöd.«

Sabina nahm das eingewickelte Päckchen, das auf dem Tisch lag, und hielt es ihm hin. »Dein Pausenbrot. Auch große Chemiker kriegen mal Hunger.«

Wider Willen mußte er grinsen. Sabina sah es und küßte ihn rasch auf die Wange. »Und versprich mir, daß du nicht verzweifelst über mich.«

Sein Gesicht verfinsterte sich wieder. »Verzweifle tu' ich nicht. Aber verstehen tu' ich's auch nicht.« Damit rannte er los, damit er nicht zu spät zum Schulbus kam.

Sabina blickte ihm nach. »Er glaubt, ich will ihn ärgern«, meinte sie ein wenig traurig.

Thomas blickte sie liebevoll an. »Bist du sicher, daß er noch zu klein ist für so ein Ding?«

»Jetzt fang du nicht auch noch an!« fuhr sie auf. »Ich hab' schließlich immer wieder Kinder auf dem OP-Tisch mit verbrannten Gesichtern und abgerissenen Fingern. Willst du das?«

»Natürlich nicht«. Er umfaßte ihr Kinn und gab ihr einen Kuß.

Eine halbe Stunde später ging Dr. Burgner in seine Praxis. Traudl war schon da und legte ihm die Krankenkarten der bereits wartenden Patienten auf den Schreibtisch. Er blätterte sie durch und mußte lachen. »Also wie du das hingekriegt hast, daß sich plötzlich ganz Sonnenstein die Schilddrüse untersuchen läßt, das tät' ich schon gern wissen.«

»Mit medizinischen Argumenten bestimmt net«, erwiderte sie vergnügt, während Thomas seinen Arztkittel zuknöpfte.

»Dabei ist eine vergrößerte Schilddrüse eine echte Mangelerscheinung, die man verdammt ernst nehmen soll.«

Sie zuckte mit den Schultern. »Aber wen interessiert's schon, daß unser Wasser kein Jod enthält und deshalb die Schilddrüse wächst.«

»Also hast die Patienten bestochen«, neckte er sie, und sie grinste.

»Sind bis jetzt eh nur Patientinnen. Denen hab' ich einfach mal den Spiegel vorgehalten. Und ein paar Modezeitschriften. Haben Sie schon mal ein Model mit einem Kropf geseh'n?«

Traudl hatte gerade die erste Patientin – es war die Kramerin Anna Pölz – zur Schilddrüsenuntersuchung hereingebeten, als Franzi total aufgeregt und atemlos ins Sprechzimmer gestürzt kam. Sie hatte einen Einschreibbrief in der Hand, den sie vor wenigen Minuten in der eingegangenen Post entdeckt hatte. Er war an sie gerichtet und kam von einem Notar. »Thomas, ich brauch' dich«, stieß Franzi hervor. »Ganz dringend.«

Die Kramerin warf ihr einen spitzen Blick zu. »Ich bin jetzt dran.«

Franzi beachtete den Einwand gar nicht, sondern hob flehend die Hände. »Bitte, Thomas, es geht um mein Leben.«

Dr. Burgner sah ihr an, daß sie wirklich etwas Wichtiges auf dem Herzen hatte, und wandte sich mit einem netten Lächeln der Kramerin zu. »Die Traudl nimmt schon mal Ihre Daten auf. Ich komm' gleich wieder.« Dann nahm er Franzi beim Arm und führte sie nach draußen.

»Also, wo brennt's denn?« erkundigte er sich, während sie nebeneinander um das Haus herumgingen. Stumm reichte sie ihm den Brief. Er holte den Bogen heraus und las, was Notar Dr. Wolfgang Matuschek der Franzi geschrieben hatte. Dann blickte er überrascht auf. »Ja, so was, du hast geerbt! Herzlichen Glückwunsch, Franzi. Sag mal, die Waldwirtschaft, ist das net . . .«

». . . das Gasthaus in Kirchberg, das seit zehn Jahren geschlossen ist«, vollendete Franzi. »Früher is' es ja eine echte Goldgrube gewesen, aber dann, wie der Alfons gestorben is', hat die Else einfach zugemacht und vom Ersparten gelebt. Das Geld hat s' alles aufgebraucht, aber die Wirtschaft, die g'hört jetzt mir. Kannst du mir vielleicht sagen, was ich damit machen soll?«

»Da gibt's zwei Möglichkeiten«, erwiderte er bedächtig. »Entweder du verkaufst die Wirtschaft. Oder du wirst Wirtin.«

»Ich?« Sie starrte ihn an, als hätte er ihr vorgeschlagen, mit der nächsten Raumfähre mitzufliegen. »Wirtin in Kirchberg? Da müßt' ich ja weg von Sonnenstein. Kommt überhaupt net in Frage!«

Er hakte sie freundschaftlich unter. »Das will ja auch niemand. Bloß, bevor man eine solche Entscheidung trifft, sollte man alle Seiten genau beleuchten. Chefin von einem florierenden Wirtshaus zu sein ist schließlich auch net das Schlechteste.«

»Da magst recht haben. Aber was sollt' dann aus dem Pankraz werden? Der is' doch praktisch hilflos ohne mich. Da hab' ich doch eine Verantwortung.« Sie blickte zum Dorf hinunter, wo Pankraz' Haus lag. Dann schüttelte sie entschlossen den Kopf. »Da brauch' ich gar net lang' zu überlegen: Ich verkauf' das G'raffl, und damit is' eine Ruh'.«

Spontan nahm Thomas sie in die Arme. »Hast ja recht, was wär' Sonnenstein ohne unsere Franzi!«

Lachend machte sie sich von ihm los. »Aber eine Bitte

hätt' ich noch: Tät'st mit mir hinfahren zur Waldwirtschaft? Ich weiß ja gar net, wie instand sie is'. Und was man für so was verlangen kann.«

Diesen Wunsch erfüllte Dr. Burgner ihr gern. Sie verabredeten sich für den Spätnachmittag, sobald er seine Krankenbesuche hinter sich hatte. Erleichtert verabschiedete Franzi sich. Aber bevor sie ihre Poststelle wieder aufmachte, die sie nach Erhalt des aufregenden Briefes einfach abgeschlossen hatte, wollte sie noch beim Pankraz vorbeischauen, um ihm die große Neuigkeit zu erzählen.

Pankraz war allerdings nicht allein. Rica Althäuser saß mit ihm in der Küche, weil er sie um ihren Besuch gebeten hatte. In ein paar Tagen hatte die Franzi nämlich ein ganz besonders Jubiläum. Dann arbeitete sie genau fünfunddreißig Jahre beim Pankraz. Und da er sehr genau wußte, was er an ihr hatte, wollte er ihr zu diesem Tag eine ganz besondere Überraschung bereiten: eine nagelneue Küche. Pankraz hatte sich schon Prospekte von den verschiedenen Kücheneinrichtungen besorgt, und Rica sollte ihn bei der Qual der Wahl beraten.

Als Franzi so unerwartet auftauchte, waren die beiden gerade dabei, die Küche auszumessen. Noch im Flur rief Franzi: »Pankraz? Bist daheim?« Keine Antwort. Statt dessen versuchten die beiden, die Spuren ihres Tuns zu verwischen. Pankraz wickelte eilig das Maßband auf, verhedderte es zu allem Überfluß dabei, und Rica raffte die Prospekte zusammen und schob sie unter die Tischdecke.

Als Franzi gleich darauf eintrat, wirkten die beiden auf sie reichlich schuldbewußt, so, als hätten sie etwas zu verbergen. Letzteres stimmte zwar, aber Franzi zog völlig falsche Schlüsse daraus. Immerhin war sie schon ewig auf die Rica eifersüchtig, und das nicht ganz ohne Grund. Trotz seiner weißen Haare war der Pankraz nämlich gelegentlich ein rechter Schlawiner.

»Was ist denn hier los?« fragte Franzi deshalb mißtrauisch und blickte von einem zum anderen.

»Nichts, gar nichts«, erwiderte Pankraz eilig, doch in Franzis Ohren klang das keineswegs überzeugend. Und Ricas Antwort ebenfalls nicht. Sie sagte nämlich:

»Ich wollt' den Pankraz nur fragen, ob er...« Dann stockte sie und wußte nicht mehr weiter.

»Ob ich ihr was aus Hall mitbringen könnt'«, vollendete Pankraz an ihrer Stelle, und Franzi kniff die Augen zusammen.

»Aha, aus Hall! Ich hab' gar net gewußt, daß du heut nach Hall fährst.«

Ihr schnippischer Ton ärgerte ihn, und da er der Meinung war, daß Angriff immer noch die beste Verteidigung sei, polterte er los: »Sag mal, was machst du eigentlich hier? Hast nix zu tun in der Post?«

»Ich komm' dir wohl ungelegen?« konterte Franzi bissig und wandte sich zum Gehen. »Dann laßt euch mal net stören, ich bin schon wieder weg.« Rrrums, flog die Tür hinter ihr zu. Die Haustür folgte mit einem noch lauteren Knall.

Pankraz stieß den angehaltenen Atem aus. »Das war knapp«, meinte er grinsend und verabredete sich mit Rica in deren Wohnung, um dort ungestört über den Küchenprospekten brüten zu können.

Dr. Burgners Hausbesuche hatten länger gedauert, als er gedacht hatte. So kam es, daß er und Franzi die Waldwirtschaft erst erreichten, als die Sonne unterging.

Das Haus stammte aus der Zeit um die Jahrhundertwende. Es lag auf einer Anhöhe außerhalb von Kirchberg, und aus der Ferne wirkte es sehr romantisch. Aber als Thomas und Franzi aus dem Wagen stiegen, entdeckten sie, daß die Fensterläden teilweise lose in den Angeln hingen und einige der Scheiben eingeschlagen worden waren. Alles wirkte sehr verwahrlost.

»Ach, du meine Güte«, sagte Franzi beklommen, während sie mit Thomas auf die Haustür mit der abgeblätterten Farbe zuging.

Die Gaststube sah nicht viel besser aus als die Hausfassade. Sie war bis auf ein paar Bänke und Stühle leer, überall hingen Spinnweben, und durch die teilweise geschlossenen Läden fiel nur mattes Dämmerlicht herein. Als erstes öffnete Franzi ein Fenster und schlug die Läden zurück.

»Aber die Aussicht ist herrlich«, stellte sie fest, als sie auf den sanft ansteigenden Bergwald blickte, hinter dem die Felsregion begann.

Thomas trat neben sie und nickte. »Man muß zwar eine Menge reinstecken, aber dann läuft der Laden bestimmt wie geschmiert. Haben die hier auch Gästezimmer gehabt?«

»Soweit ich weiß, nicht.« Franzi schob die Unterlippe vor. »Aber das wär' bestimmt keine schlechte Idee.«

»Willst die Wirtschaft jetzt doch wieder aufmachen?« neckte er sie. »Irgendwie is' so was schon verlockend. Etwas ganz Neues aufbauen . . .«

Sie dachte einen Moment lang über seine Worte nach, dann schlug sie mit einem Knall den Fensterladen wieder zu. »Ein Schmarr'n! Ich verkauf's – und damit basta.«

Auf der Rückfahrt nach Sonnenstein war Franzi ziemlich schweigsam. Sie dachte an Pankraz und Rica. Ob sich da wieder etwas bandelte? Eigentlich kaum zu glauben bei dem alten Depp'n, aber möglich wäre es schon!

Franzi preßte die Lippen zusammen. Dann würde sie dem Pankraz aber den Krempel vor die Füße werfen und Waldwirtin von Kirchberg werden!

»Meinst eigentlich, daß es schwierig is', eine Lizenz für ein Wirtshaus zu bekommen?« fragte sie aus ihren Gedanken heraus.

Thomas lenkte den Jeep in die Straße, in der Pankraz' Haus stand. »Keine Ahnung. Warum willst denn das wissen?«

»Ach, bloß so«, erwiderte sie ausweichend. Als er den Jeep vor der Haustür stoppte, lächelte sie zu ihm hoch. »Dank dir schön, du warst mir eine große Hilfe.«

Er gab ihr einen Kuß auf die Wange. »Ich bin froh, daß du dich für Sonnenstein entschieden hast.«

»Ich auch«, antwortete sie, aber es klang etwas zögernd. »Gute Nacht.«

Als Franzi das Haus betrat, lag alles im Dunkeln. Pankraz war nicht da und hatte ihr einen Zettel auf den Küchentisch gelegt. ›*Bin auf Hausbesuch. Warte nicht auf mich.*‹

Franzi setzte sich auf die Eckbank. Hausbesuch – so spät, dachte sie. Natürlich kam so etwas vor. Aber diesmal, so schien es ihr, war das eine faustdicke Lüge. Für so etwas hatte die Franzi einen sechsten Sinn.

Mit trotzig zusammengepreßten Lippen saß sie eine Weile da. Dann stand sie auf und ging zum Telefon. »Angerer, ich bin's«, sagte sie, als der Postwirt sich gemeldet hatte. »Ich hätt' eine Frage an dich als Bürgermeister. Wenn ich eine Wirtschaft aufmachen will, was müßt' ich dann tun?«

Am nächsten Tag allerdings war Franzis Stimmungsbarometer wieder ein wenig in die Höhe geschnellt. Sie hatte gehört, daß der Pankraz nicht allzu spät nach Hause gekommen war. Trotzdem war sie nicht mehr aus ihrem Zimmer heruntergekommen, um ihm von ihrer Erbschaft zu erzählen, sondern verschob das auf den nächsten Mittag.

Dazu zog sie dann ihr hübschestes Dirndl an, kochte etwas besonders Gutes und deckte festlich den Tisch, während Pankraz noch in seiner Ordination war. Als sie eine Flasche Wein entkorkte, dachte sie an das Geld, das sie für die Waldwirtschaft bekommen würde, wenn sie sie verkaufte. Pankraz würde staunen, wenn sie plötzlich eine wohlhabende Frau war. Und vielleicht konnten sie sich dann endlich eine neue Küche leisten . . .

Als Pankraz zum Essen kam, blickte er verdutzt auf den gedeckten Tisch. »Was is' denn hier los?«

Franzi stellte sich in Positur und holte tief Luft. »Ich muß dir was Wichtiges mitteilen.«

Aber er schob sie zur Seite und griff nach seinem Hut, der auf der Eckbank lag. »Tut mir leid, Franzi, ich muß sofort weg. Dem Michelhuber seine Resi is' am Kalben.«

Ihre Vorfreude auf ihre Eröffnung hatte sich in tiefe Enttäuschung verwandelt. »Dir waren ja schon immer die Küh' wichtiger als ich«, sagte sie verdrossen, und er lachte. Gleich darauf hatte er das Haus verlassen, und Franzi saß in ihrem Sonntagsstaat allein am Tisch und schenkte sich ein Glas Wein ein, um ihren Frust hinunterzuspülen.

Da klingelte das Telefon. Franzi nahm ab, und noch ehe sie sich melden konnte, sprudelte Rica am andern Ende hastig hervor: »Pankraz, ich brauch' noch zehn Minuten. Dann können wir losfahren.«

Langsam legte Franzi den Hörer auf die Gabel zurück. Sie war ganz blaß geworden. So ist das also, dachte sie. Ich hab's doch gewußt.

Auch für Dr. Burgner und Sabina wurde dieser Tag zu einem echten Unglückstag. Sabina war gegen Mittag ins Dorf gefahren, um Maxl vom Schulbus abzuholen. Aber nur Vroni stieg mit ein paar anderen Kindern an der Haltestelle am Dorfplatz aus. Maxl war nicht dabei.

»Grüß dich, Vroni!« rief Sabina und überquerte die Straße. »Wo hast du denn den Maxl gelassen?«

Vronis Gesicht verschattete sich. »Der fährt nicht mit mir zur Zeit.«

»Warum denn nicht?« fragte Sabina erstaunt.

»Der ist immer mit dem Hubert zusammen und dem Flori aus der neunten Klasse. »Die . . .« Sie stockte und wirkte plötzlich schuldbewußt. Schließlich wußte sie, warum Maxl soviel Interesse an den beiden Vierzehnjährigen hatte, und er hatte ihr eingeschärft, nur ja seinem Vater und der Sabina nichts davon zu verraten.

»Die was?« hakte Sabina sofort nach, weil eine ganz bestimmte Vermutung in ihr aufstieg.

Vroni senkte den Kopf. »Ich glaub', die machen da so Experimente. Beim Hubert in der Garage«, erklärte sie unsicher.

»Mit dem Chemiekasten?« fragte Sabine alarmiert, und das Mädchen nickte.

»Das muß ich mir mal anschauen«, fuhr Sabina fort. »Wo wohnt denn der Hubert?«

»Gleich hinter dem Winkelhofbauern. In dem neuen Haus mit der großen Garage.«

Zehn Minuten später hatte Sabina das Anwesen erreicht und hielt vor der Garage, deren Tor nicht eingeklinkt, sondern nur halb geschlossen war. Schon beim Aussteigen hörte sie Maxls helle Bubenstimme: »Und was machst du jetzt, Hubert?«

»Jetzt streu' ich das Magnesium . . .«

Mit zwei langen Sätzen war Sabina bei der Garage, riß das Tor auf und sah genau das, was sie befürchtet hatte. Hubert und Florian, die beiden größeren Jungen, waren beim Experimentieren mit ihrem Chemiekasten. Sie trugen Schutzbrillen, und ein Bunsenbrenner war angezündet. Einer der beiden Großen hielt einen Löffel in der Hand, auf den er ein weißes Pulver schüttete.

Sabina stürzte auf die drei zu, schob Maxl mit einem Schwung nach draußen ins Freie, wollte Hubert den Löffel aus der Hand reißen. »Weg!« schrie sie. »Schnell weg!«

Doch das Pulver auf dem Löffel rieselte auf den brennenden Bunsenbrenner. Eine weiß glühende Stichflamme schoß zischend empor, und in Sekundenschnelle war alles in dichten Dampf gehüllt. Sabina riß die Arme hoch, preßte die Hände auf die Augen und stürzte zu

Boden. Maxl sah sie fallen und schrie gellend auf. »Sabina! Sabina . . .«

Eine Viertelstunde später stürzte Traudl mit allen Anzeichen des Entsetzens in die Ordination. »Schnell, Herr Doktor, Ihre Frau und der Maxl haben einen Unfall gehabt. Sie müssen sofort ins Krankenhaus fahren.«

Thomas war aufgesprungen. »Was ist denn geschehen?« fragte er, während er seinen Arztkittel auszog.

»Das weiß ich auch net genau«, erklärte Traudl, den Tränen nahe. »Irgend etwas mit einer Explosion . . .«

Sabina, dachte Dr. Burgner immer wieder, während er die Straße nach Hall entlangjagte, Maxl . . . O Gott, laß nichts Schlimmes geschehen sein. Bitte! Er fuhr fast nur Vollgas, mißachtete sämtliche Geschwindigkeitsbeschränkungen und stoppte endlich vor der Klinik.

Max saß auf einem Stuhl vor der Ambulanz. Er hatte glücklicherweise nur ein paar Schürfwunden abbekommen, die inzwischen von den Ärzten versorgt worden waren. Allerdings stand er unter einem schweren Schock. Als er seinen Vater sah, rannte er aufweinend zu ihm hin und warf sich in seine Arme.

»Papa!« schluchzte er, und Thomas spürte, daß er am ganzen Körper zitterte.

Er streichelte Maxls Rücken. »Ist ja gut, mein Bub, jetzt bin ich ja da. Es ist alles gut.«

Aber Maxl konnte sich nicht beruhigen. Unter heftigem Schluchzen beschuldigte er sich, Sabinas Unfall verursacht zu haben, berichtete von der Explosion und beteuerte im nächsten Augenblick verzweifelt, daß er doch nicht dafür könne. Dr. Burgner konnte nichts anderes tun, als ihn festzuhalten und immer weiter zu streicheln.

Kurz darauf kam Dr. Renner aus einem Untersuchungszimmer und winkte Thomas zu sich. Der führte Maxl zu seinem Stuhl zurück und ging dann auf den Chefarzt der Klinik zu. »Was ist mit Sabina?« fragte er leise, damit Maxl das Gespräch nicht mithörte. »Was ist überhaupt passiert?«

»Eine Magnesiumstichflamme«, gab Renner Auskunft. »Die Kinder haben nur ein paar Kratzer abbekommen.«

»Und Sabina?« drängte Thomas.

Renner wich seinem Blick aus. »Ein paar Prellungen an den Armen, ein paar Schürfwunden. Das ist alles nicht so schlimm.« Er stockte und rang sich dann zu einer klaren Aussage durch. »Der Magnesiumdampf hat sich auf ihre Augen gelegt.« Er fing Thomas' entsetzten Blick auf und fügte hinzu: »Es kann sein, daß nach ein paar Tagen alles wieder in Ordnung ist. Das Problem ist, daß wir im Moment überhaupt nicht sagen können, ob die Hornhäute unverletzt geblieben sind.«

»Und wenn nicht?« fragte Thomas tonlos, obwohl er die Antwort bereits kannte.

Dr. Renner hob in einer hilflosen Geste die Hände. »Dann besteht die Gefahr, daß sie blind ist.«

Ein paar Sekunden war Thomas wie erstarrt. Dann fragte er: »Wo ist sie? Ich will zu ihr.«

Renner legte ihm die Hand auf den Arm. »Später. Im Moment wird sie noch behandelt. Ich würde vorschlagen, daß Sie erst mal den Maxl nach Hause bringen. Wenn Sie dann wiederkommen, können Sie bestimmt gleich zu Ihrer Frau.«

Thomas nickte schweigend und kehrte zu seinem Buben zurück.

»Papa, was ist mit der Sabina?« fragte Maxl mit einer ganz kleinen dünnen Stimme und rutschte von seinem Stuhl. »Was Schlimmes?«

Thomas nahm ihn bei der Hand. »Ich weiß es nicht, Maxl. Ich weiß es wirklich nicht«, sagte er heiser.

Zu Hause brachte er den Buben erst einmal zu Bett und blieb bei ihm sitzen, bis Maxl, erschöpft vom Weinen und der Aufregung endlich eingeschlafen war. Als Thomas danach in die Küche hinunterkam, saß zu seinem Erstaunen Franzi beim Tisch. Sie hatte Kaffee gekocht und auf ihn gewartet.

»Ich hab's von der Traudl gehört«, sagte sie und umarmte ihn. »Ist es sehr schlimm?«

»Es besteht die Gefahr, daß sie blind wird«, antwortete er gepreßt und spürte ihr Zusammenzucken. Der Schreck verschlug auch ihr einen Moment die Sprache. Dann wollte sie wissen, was mit dem Maxl war.

»Der war völlig fertig. Jetzt schläft er erst mal. Kannst du eine Weile hierbleiben? Ich will gleich wieder ins Krankenhaus.«

Franzi schenkte ihm eine Tasse Kaffee ein und hielt sie ihm hin. »Trink erst mal.«

»Dank' dir, Franzi«, sagte er und nahm ein paar Schlucke. Dann stellte er die Tasse ab und wandte sich zum Gehen. Franzi nahm ihn noch einmal in die Arme.

»Du darfst net verzweifeln, Thomas«, flehte sie, und er nickte, obwohl die Verzweiflung in seinen Augen stand.

Während er wieder nach Hall fuhr, war Dr. Renner bei Sabina. Sie war bei Bewußtsein. Man hatte ihre Augen verbunden und ihr eine Tropfinfusion angelegt.

»Was ist mit dem Maxl?« fragte sie schwach, als Dr. Renner sich über sie beugte. Er lächelte beruhigend, obwohl sie das ja gar nicht sehen konnte.

»Mit dem ist alles okay. Ihr Mann hat ihn nach Hause gebracht.«

»Und meine Augen?« wollte sie wissen, während sie über den Verband tastete.

»Sie haben was abgekriegt vom Magnesiumdampf«, erwiderte er vorsichtig und hoffte, sie würde nicht weiterfragen.

Aber das war nicht Sabinas Art. »Schlimm?« erkundigte sie sich, um einen möglichst sachlichen Ton bemüht. »Besteht die Gefahr, daß ich . . . daß ich blind werde?« Renner schwieg, und sie verlangte: »Sagen Sie es mir.«

»Wir müssen ein paar Tage abwarten«, wich Dr. Renner aus, und sie fuhr ihn fast barsch an:

»Los, ich kann damit umgehen! Wie sind meine Chancen?«

»Fünfzig zu fünfzig«, erwiderte er wahrheitsgemäß. Als sie nicht darauf antwortete, beugte er sich erneut über sie. »Sabina . . .«

»Ich bin müde«, sagte sie abwesend.

Dr. Renner stand auf. »Ich gehe sofort. Aber vorher muß ich Ihnen noch sagen: Dem Kind ist nichts passiert.« Als sie wiederum schwieg, fragte er: »Sie haben doch gewußt, daß Sie schwanger sind?«

Nach einer Weile nickte sie. »Weiß Thomas es?« Dr. Renner verneinte, und sie erklärte mit einem Lächeln, daß ihm ins Herz schnitt: »Ich will es ihm selber sagen.« Dann drehte sie den Kopf zur Seite. Sie hörte, wie Dr. Renner hinausging und leise die Tür hinter sich schloß.

Als Thomas wenig später kam, lag Sabina vollkommen reglos da. Er wußte nicht, ob sie wach war oder schlief, und blieb bei der Tür stehen. Still und voller Mitleid betrachtete er ihre zierliche Gestalt in dem weißen Klinikbett.

»Thomas?« sagte sie da leise und fragend.

»Sabina!« Sie lächelte, als sie seine Stimme hörte, streckte die Hand nach ihm aus und versuchte, sich aufzusetzen. Mit zwei Schritten war er bei ihr und nahm sie in die Arme. »Sabina, Gott sei Dank . . .«

Eine Weile blieben sie so, einer wortlos die Nähe des anderen spürend. Dann fragte sie: »Wie geht es Maxl?«

»Dem geht's gut«, antwortete er. »Aber er macht sich fürchterliche Vorwürfe. Er denkt, er sei schuld daran, daß du . . .«

»Du weißt, wie meine Chancen stehen?« fragte sie tapfer, und er nickte, während er sie immer noch umarmt hielt.

»Du bist hier in den besten Händen. Dr. Renner sagte

mir, daß die Augenabteilung eures Krankenhauses einen sehr guten Ruf hat.«

Sie antwortete nicht darauf, sondern lehnte das Gesicht an seine Brust. Dann sagte sie, und es klang wieder ein wenig nach der alten selbstironischen Sabina: »Sieht so aus, als hätte ich die erste Bewährungsprobe als Mutter nicht gemeistert.«

»Wie?« fragte Thomas völlig überrascht, und sie setzte ihm auseinander, daß es im Grunde ihr Verbot, Maxl einen Chemiebaukasten zu kaufen, gewesen sei, das den Buben veranlaßt habe, zu diesem Hubert zum Experimentieren zu gehen.

»Hör auf!« sagte Thomas heftig. »Das ist Blödsinn.« Er küßte sie und fügte innig hinzu: »Ich liebe dich. Und jetzt sehen wir zu, daß du gesund wirst.«

»Natürlich«, erwiderte sie. »Ich denke doch nicht daran, aufzugeben.« Es gelang ihr, ihn über ihre Angst und Verzweiflung hinwegzutäuschen. Gerührt betrachtete er sie, bevor er sie wieder an sich zog.

»Du bist wunderbar. Ich bin froh, daß ich dich habe.«

Franzi hatte sich nicht aus der Küche des Doktorhauses weggerührt. Oben war alles still, und sie war nicht hinaufgegangen, um Maxl nicht zu stören. Bestimmt war es das Beste für ihn, wenn er bis zum Morgen durchschlief.

Als es dunkel wurde, knipste sie das Licht an und holte den Brief von Notar Matuschek hervor, um ihn noch einmal zu lesen.

Draußen vor dem Fenster tauchte Pankraz' Gesicht auf, und gleich darauf kam er wütend in die Küche gestapft. »Hier bist du!« fuhr er Franzi an. Er war mit Rica nach Hall gefahren, um die neue Küche für Franzis Jubiläum zu bestellen, und fand es nun empörend von ihr, daß sie ihn nicht zu Hause erwartet hatte. »Wieso bist du net daheim? Ich dacht', du wolltest mit mir reden? War wohl net so wichtig . . .«

Franzi schwieg. Sie hatte den Brief sinken lassen und schaute Pankraz nur an. Das machte ihn noch zorniger. »Kannst du mir sagen, was los is'? Komm, jetzt, wir gehen. Ich fall' um vor Hunger.«

Da tat sie endlich den Mund auf. »Die Sabina und der Maxl haben einen Unfall gehabt.«

Er wurde blaß. »Um Gottes willen. Schlimm?«

»Der Maxl hat bloß ein paar Kratzer abgekriegt. Aber die Sabina . . . Im Krankenhaus wissen sie net, ob sie ihr Augenlicht verliert.«

Pankraz starrte sie entsetzt an. Dann ging er auf sie zu und nahm ihre Hand. »Kannst mir verzeihen, daß ich eben so grob war«, sagte er reuig. Und mit Überwindung fügte er hinzu: »Ich weiß schon, daß ich manchmal recht herumknattere. Aber ich mein's net so.«

Sie spürte, daß seine Worte ehrlich gemeint waren, und in diesem Augenblick war sie bereit, ihm alles zu verzeihen, was sie seit Ricas Anruf so gequält hatte. Sie hatte ihn ja auch gern, diesen alten Querschädel, und sie kannte sich ein Leben ohne ihn überhaupt nicht vorstellen.

Hastig, damit er es nicht sah, versuchte sie, den Brief des Notars in ihre Jackentasche zu stecken, und merkte nicht, daß er zu Boden flatterte, denn im selben Moment rief der Maxl von oben mit ganz kläglicher Stimme: »Papa . . .«

»Der Maxl«, sagte Franzi besorgt und lief zur Tür. Im Hinausgehen drehte sie sich noch einmal zu Pankraz um. »Wennst warten magst, mach' ich dir nachher was zu essen.« Er nickte ihr lächelnd zu, und sie rannte eilig nach oben.

Die Neuigkeiten, die sie ihm erzählt hatte, versetzten Pankraz in Sorge. Himmel, wenn die Sabina erblindete . . . Nervös begann er hin und her zu wandern, und dabei fiel sein Blick auf den am Boden liegenden Brief. Neugierig hob Pankraz ihn auf und begann zu lesen. Wieder ließ ihn der Schreck ganz blaß werden, und er atmete ein paarmal tief durch. So is' das also, dachte er. Das hat sie mir sagen wollen, daß sie weggeht von mir. Und ich Depp will ihr auch noch eine neue Küche schenken.

Sorgfältig legte er den Brief wieder dorthin, wo er ihn gefunden hatte, und verließ rasch und zutiefst verletzt das Haus.

Eine Zeitlang wanderte er durch das nächtlich stille Dorf. Und der Gedanke, daß Franzi ihn verlassen wollte, tat ihm scheußlich weh. Daß sie ihn so einfach im Stich lassen konnte . . .

Es war schon sehr spät, als Pankraz an Rica Althäusers Tür klingelte. Ihr Haus lag im Dunkeln, aber nach seinem Läuten wurde oben ein Fenster hell, und weil Pankraz nun den Finger auf den Klingelknopf legte und nicht mehr herunternahm, erschien Rica wenig später an der Tür. Sie trug einen Morgenmantel und sah, obwohl sie schon im Bett gelegen hatte, gepflegt und damenhaft wie immer aus.

»Pankraz, um Gottes willen«, sagte sie erschrocken, als sie ihren späten Besucher erkannte. »Ist etwas mit der Sabina? Thomas hat mich angerufen . . .«

Er schob sie ins Haus und drückte die Tür hinter sich ins Schloß. »Von der Sabina weiß ich nix Neues. Aber von der Franzi. Sie will mich verlassen.«

»Wie bitte?« fragte Rica entgeistert, und preßte erbittert die Lippen zusammen.

»Jawohl! Eine Wirtschaft hat s' geerbt. In Kirchberg.«

»Aber Pankraz!« warf Rica konsterniert ein. »Die Franzi is' doch ka Wirtin!«

»Ach, und warum verheimlicht sie mir das Ganze?« grollte er. »Seit mindestens zwei Tagen weiß sie schon davon.« Als Rica nichts erwiderte, sondern nur betroffen schwieg, fuhr er drängend fort: »Also, wir müssen morgen sofort nach Hall und alles mit der Küche rückgängig machen. Ich mach' mich doch net lächerlich und schenk' ihr auch noch was zum Jahrestag.«

Indessen war Thomas Burgner aus dem Krankenhaus zurückgekehrt, und Franzi konnte endlich heimgehen. Sie war sehr verwundert, daß sie den Pankraz dort nicht vorfand. Überhaupt begriff sie nicht, warum er so unvermittelt aus dem Doktorhaus verschwunden war. Aber wahrscheinlich hatte er solch einen Hunger gehabt, daß er in die ›Post‹ zum Essen gegangen war. Deshalb machte Franzi sich weiter keine Gedanken über sein Ausbleiben, sondern ging, erschöpft von den Aufregungen dieses Tages, ins Bett.

Thomas schaute noch einmal beim Maxl herein. Der Bub hatte auf ihn gewartet, und als Thomas ihm jetzt erzählte, daß Sabina mindestens eine Woche in der Klinik bleiben müsse, fragte Maxl sofort, ob er sie besuchen dürfe.

Thomas strich ihm über den Kopf. »Tut mir leid, jetzt noch net. Sie braucht jetzt absolute Ruhe.«

Maxl schwieg eine Weile. Dann stellte er leise und todtraurig fest: »Sie will nicht, daß ich komme.«

Thomas drückte ihn an sich. »Red net so einen Schmarr'n.«

»Aber ich muß ihr doch sagen, daß es mir leid tut. Ich muß doch . . .« Maxls Lippen zitterten. »Papa, ich hab' solche Angst.«

Thomas streichelte seine Wange und erwiderte nichts. Denn er hatte ebenfalls große Angst.

Pankraz war die ganze Nacht nicht nach Hause gekommen. Erst am nächsten Morgen, als Franzi zum Dienst in die Poststelle wollte, tauchte er müde und übernächtigt auf. »Ja, sag mal, wo warst du denn?« fragte Franzi in einer Mischung aus Ärger und Sorge.

»Ein Notfall«, murmelte er. »Ich hab' zu einem Notfall müssen.« Damit wollte er an ihr vorbei ins Haus, doch sie hielt ihn zurück.

»Du, Pankraz, ich muß dir noch etwas sagen.« Er blieb stehen und schaute sie an. Jetzt kam es also.

»Du weißt doch, die Elsa, meine Cousine, die mit der Waldwirtschaft, also die ist gestorben«, sprudelte Franzi hervor, und er setzte eine ganz erstaunte Miene auf.

»Die Else? Jetzt is' s' also auch dahin. Wie alt war's denn?«

»Zweiundachtzig. Ja, weißt du, die hat doch keine Verwandten außer mir. Und da hat sie mir ... also ich bin ihr einziger Erbe.«

Er wollte etwas einwerfen, doch sie ließ ihn nicht zu Wort kommen. »Die Wirtschaft is' ja schon ein paar Jahr' zu, aber wenn man's richtig macht, bestimmt eine Goldgrube. Wenn ich sie gut ...«

Wenn ich sie gut verkaufe, hatte Franzi sagen wollen, doch diesmal schnitt Pankraz ihr das Wort ab. Er tat, als freue er sich übermächtig für die Franzi. »Da bist du ja jetzt eine reiche Frau. Eine gute Partie, sozusagen. Da muß man dir ja gratulieren. Wann willst denn die Wirtschaft wieder eröffnen? Hast schon gekündigt bei der Post?«

Seine Reaktion machte sie zunächst vollkommen sprachlos. »Gekündigt? Bei der Post?« brachte sie schließlich hervor.

»Oder willst die Post noch neben der Wirtschaft weitermachen? Das wird aber eine ziemliche Fahrerei.«

»Aber Pankraz«, stammelte Franzi, »ich wollt' doch gar net ...«

Wieder überging er ihren Einwand. »Hast dir schon überlegt, wann du rüberziehst nach Kirchberg?«

Stumm schüttelte sie den Kopf, und er lächelte ihr zu, ganz der joviale, verständnisvolle Dr. Pankraz Obermayr, bei dem die Franzi fast fünfunddreißig Jahre im

Dienst gestanden hatte. »Na ja, wenn's wegen mir is', kannst dir ruhig Zeit lassen. Ich richt' mich da nach dir. So schnell findet man ja keine Nachfolgerin, die in deine Fußstapfen paßt.«

Franzi wandte sich zum Gehen. »Ich sag' dir rechtzeitig Bescheid«, stieß sie hervor, ohne ihn anzusehen. »Ein paar Monat' kann's ja noch dauern, ich muß erst noch renovieren.«

Pankraz blickte ihr nach. Erst als Franzi ein Stück entfernt war, tätschelte er dem Poldi, der herbeigekommen war, um sein Herrchen zu begrüßen, den großen Kopf. »Das wird ganz schön schwer werden ohne die Franzi, gell, Poldi?« murmelte er niedergeschlagen. »Aber Reisende soll man net aufhalten. Wenn's unbedingt weg will von uns, dann muß sie halt gehen. Wir werden ihrem Glück keinen Stein in den Weg legen.«

In ihrer Poststelle nutzte die Franzi eine ruhige Viertelstunde, um das Branchentelefonbuch hervorzuholen und darin nach geeigneten Handwerkern für die Renovierung zu suchen. Sie wollte gerade eine Elektrofirma anrufen, als Rica hereinkam. »Grüß dich, Franzi«, sagte sie freundlich. »Briefmarken bräucht' ich. Dreißig Stück für Briefe.«

Franzi klappte die Markenmappe auf. Rica zahlte, steckte die Marken ein und bedankte sich. Als von Franzi keine Erwiderung kam; blickte sie sie aufmerksam an. »Sag mal, hast du was?«

Erst wollte Franzi nicht mit der Sprache herausrücken, aber dann faßte sie sich doch ein Herz und sagte, ohne aufzuschauen: »Kannst du dir vorstellen, daß der Pankraz mich loswerden will?«

»Der Pankraz?« wiederholte Rica verblüfft. »Was denkst du denn? Der wär' ohne dich doch völlig aufgeschmissen.«

»Das hab' ich auch gedacht«, antwortete Franzi bedrückt. »Aber heut' morgen, da hat er mir quasi den Stuhl vor die Tür gestellt.«

Rica beschloß, wenigstens teilweise mit dem herauszurücken, was sie wußte. »Vielleicht denkt er, du willst *ihn* verlassen.«

»Meinst?« fragte Franzi hoffnungsvoll, und Rica bekräftigte:

»Könnt' doch sein. Oder hast du noch nichts von dem Gerücht gehört, daß eine gewisse Franzi Pichlinger die Waldwirtschaft von Kirchberg wieder aufmachen will?«

»Aber das ist doch ein Riesenschmarr'n«, sagte Franzi im Brustton der Überzeugung, und Rica lachte erleichtert auf.

»Vielleicht solltest du das dem Pankraz einfach sagen.«

»Will ich ja schon dauernd«, beklagte Franzi sich. »Aber er läßt mich einfach net zu Wort kommen.« Sie dachte ein paar Augenblicke nach und griff dann entschlossen nach dem Schlüsselbund der Poststelle. »Aber jetzt kommt er mir nimmer aus. Ich werd' sofort mit ihm reden, ob er will oder net.«

Aber Franzi traf den Pankraz nicht zu Hause an. Er hatte kurz vor ihr mit dem Poldi das Haus verlassen, um einen Spaziergang zu unternehmen. Schuld daran war ein Anruf von Bürgermeister Angerer, der eigentlich die Franzi hatte sprechen wollen. Es ging um die Beantragung der Schanklizenz, nach der sie den Angerer neulich gefragt hatte.

»Ich weiß nix von einer Schanklizenz für eine Waldwirtschaft!« hatte Pankraz ungnädig erwidert. »Das mußt ihr schon selber sagen!« Damit hatte er den Hörer aufgeknallt. Die hat's ja wirklich eilig, die Dame, hatte er voller Empörung gedacht. Kann gar net schnell genug von uns wegkommen. Er schnappte sich seinen Hut, pfiff dem Poldi und ging, seinen Mordszorn auszulüften.

Nicht einmal die Küchenprospekte hatte er fortgeräumt, die er vorhin noch betrachtet hatte. Franzi entdeckte sie auf dem Tisch, als sie heimkam. Aha, dachte sie in einer Mischung aus Zorn und Kummer, während sie

sie durchblätterte. Wenn die alte Haushälterin geht, fliegt die alte Kücheneinrichtung gleich hinterher. Für Franzi war damit alles klar. Kaum hatte der Pankraz erfahren, daß sie ihn verlassen wollte – oder nein, das stimmte ja gar nicht. Vielmehr hatte er darauf gedrängt, daß sie es tat. Aber egal! Kaum wußte er, daß sie fortging, informierte er sich schon über den Kauf neuer Küchenmöbel. Vermutlich hatte er Angst, daß er keine Haushälterin finden würde, die in dem alten Zeug hier arbeiten mochte. Nur für sie, Franzi, war das gut genug gewesen.

Der Spaziergang bewirkte auch nicht, daß Pankraz sich danach besser fühlte. Deshalb faßte er den spontanen Entschluß, in Thomas' Praxis vorbeizuschauen. Er mußte einfach mit jemandem über Franzis unverständlich treuloses Verhalten reden.

Aber natürlich fiel Pankraz nicht mit der Tür ins Haus, sondern erklärte Thomas, daß er nur wegen einer Schilddrüsenuntersuchung vorbeigekommen sei. Dr. Burgner ließ sich nicht anmerken, daß er diesen Vorwand durchschaute, sondern führte zunächst die Untersuchung gewissenhaft durch. Dann erst meinte er: »Und jetzt sagst mir, warum du wirklich gekommen bist. Du kannst mir doch net erzählen, daß dich die Sorg' um deine Schilddrüse zu mir treibt.«

»Ich hab' halt gehört, daß es so eine Art Reihenuntersuchung bei dir gibt«, verteidigte Pankraz sich, doch Thomas unterbrach ihn.

»Bitte, Pankraz!«

Da gab er das Versteckspiel auf. »Weißt, daß die Franzi am vierzehnten fünfunddreißig Jahre bei mir ist?« platzte er unvermittelt heraus.

Thomas lächelte. »Das ist ja fast das ganze Leben! Daß es so was noch gibt! Werdet ihr groß feiern?«

Pankraz' Miene verfinsterte sich. »Bestimmt net. Oder soll ich sie noch dazu beglückwünschen, daß ihr die fünfunddreißig Jahre anscheinend nichts wert sind und sie mich verläßt wegen so einer... so einer blöden Wirtschaft?«

»Was? Sie will die Wirtschaft jetzt doch aufmachen?« fragte Thomas verdutzt, und Pankraz nickte erbittert.

»Sie hat beim Angerer schon wegen einer Schanklizenz nachgefragt.«

Thomas schüttelte den Kopf. »Komisch. Mir hat sie gesagt, sie will die Wirtschaft verkaufen.«

»Da siehst es wieder einmal«, meinte Pankraz verächtlich. »So wenig kann man sich auf die Frauen verlassen.«

Wieder schüttelte Thomas den Kopf. Da mußte todsicher ein dickes Mißverständnis vorliegen. Doch das konnte man ausräumen. »Geh, Pankraz«, sagte er versöhnlich, »die Franzi will doch keine Wirtschaft führ'n. Dein Haushalt ist ihr ein und alles.«

»Und warum sagt sie das nicht?« grollte sein Schwiegervater. Und da er sich weiß und unschuldig wie ein Lamm fühlte und der Meinung war, nie mit etwas hinter dem Berg gehalten zu haben, fügte er überzeugt hinzu: »Thomas, wir sind doch erwachsene Leut'. Wir sollten uns die Sachen sagen, wie sie sind, und net um den Brei herumreden.«

Auf diese männlich-markige Aussage konnte Thomas, der seinen Schwiegervater schließlich viele Jahre lang kannte, nur stumm mit den Schultern zucken.

Dann entschloß er sich allerdings doch noch zu einem weiteren Anlauf und wollte wissen, ob Pankraz der Franzi denn wenigstens gesagt habe, er wolle um keinen Preis, daß sie von ihm wegging. Seine Frage löste tiefe Entrüstung aus. »Das muß ich ihr doch net sagen! Das weiß sie doch!«

»Vielleicht würd' sie es gern einmal hören«, wandte Thomas ein, aber Pankraz fand solchen Schmäh überflüssig.

»Wenn sie nach fünfunddreißig Jahren immer noch net gemerkt hat, daß sie mir wichtig is', dann tut's mir leid. Dann kann ich ihr auch net helfen!«

»Soll das heißen, lieber läßt du sie gehen, bevor du sie bittest, bei dir zu bleiben?« erkundigte Thomas sich belustigt. Sein Schwiegervater starrte ihn einen Moment lang finster an. Dann erklärte er mürrisch.

»Wird wohl so sein!«

Soviel zu erwachsenen Leuten, die sich gegenseitig die Sachen sagen sollten, wie sie sind . . .

Am Nachmittag fuhr Thomas Burgner wieder in die Klinik zu Sabina. Er kam gerade dazu, als ihr behandelnder Augenarzt, Dr. Braun, den Verband von ihren Augen löste. »Und jetzt versuchen Sie, mich anzusehen«, forderte er sie danach auf.

Sabina öffnete die Augen.

»Und?« fragte der Arzt gespannt.

Sie erwiderte nichts, sondern schüttelte nur stumm den Kopf. Dr. Braun zeigte sich davon keineswegs beunruhigt, sondern legte ihr einen neuen Verband an. »Das hat noch gar nichts zu sagen. Eine Woche ist das mindeste, bis wir mit Sicherheit etwas wissen können.« Er half Sabina, sich wieder in Bett zu legen, und drückte ihr die Hand. »Nicht verzweifeln. Bis morgen.«

Sie nickte nur schweigend, und er verabschiedete sich noch von Thomas Burgner, bevor er das Zimmer verließ.

Gleich darauf kam eine junge Pflegerin mit einem Tablett herein. »Essen . . .« verkündete sie mit berufsmäßiger Fröhlichkeit.

»Ich habe keinen Hunger«, wehrte Sabina ab. »Nehmen Sie es gleich wieder mit.«

»Aber du mußt was essen«, drängte Thomas sie liebevoll und lächelte der Schwester flüchtig zu. »Lassen Sie es bitte hier.«

Sie stellte das Tablett auf dem schwenkbaren Nachttisch ab und ging wieder hinaus.

»Thomas, ich habe Angst«, sagte Sabina nach einer

Weile leise. »Ich weiß nicht, was ich tun soll, wenn ich blind bleibe.«

Schweigend nahm er sie in die Arme, und sie sprach weiter, den Kopf an seine Brust gelehnt. »Es ist furchtbar, so von allen abhängig zu sein. Ich kann das kaum aushalten.«

»Du mußt versuchen, dich auf deine Heilung zu konzentrieren«, riet er ihr, aber sie schüttelte beharrlich den Kopf.

»Wenn ich blind bleibe, werde ich euch nur eine Last sein. Euch allen – und vor allem dir.« Er wollte widersprechen, aber ihm fielen keine Gegenargumente ein. Sie löste sich ein wenig von ihm und hob das Gesicht. »Ich weiß nicht, ob ich das aushalten kann. Ich glaube, ich würde verrückt werden.«

»Jetzt hör bitte damit auf!« bat er gequält, und das Mitleid mit ihr drückte ihm fast das Herz ab. »Wenn es wirklich so sein sollte, daß du nicht mehr sehen kannst, werden wir eine Lösung finden für unser Zusammenleben.«

»Keiner hat das Recht, andere so mit sich zu belasten«, behauptete sie, und er drückte ihr Gesicht wieder an sich und wiegte sie sanft hin und her.

»Jeder, der liebt, hat dieses Recht – und jeder, der geliebt wird.«

»Ich könnte das nicht aushalten«, murmelte sie an seiner Brust. »Immer abhängig, immer lästig. Ich will das nicht. Eher verzichte ich auf dich und auf Max.«

Er strich ihr über das Haar. »Du weißt, daß Maxl es nie verwinden könnte, dich zu verlieren. Er würde für immer unglücklich werden ohne dich. Und ich auch.«

Jetzt weinte sie fast. »Aber mit mir würdet ihr auch unglücklich werden. Und irgendwann würdet ihr beide anfangen, mich zu hassen. Das könnte ich nicht ertragen.«

Sie sprachen noch lange miteinander an diesem Nachmittag, und als Thomas sich endlich verabschiedete, weil er noch Krankenbesuche machen mußte, war es ihm nicht gelungen, Sabina aus ihrer depressiven Stimmung zu reißen. O Gott, sie darf nicht blind werden, dachte er immer wieder, während er nach Sonnenstein zurückfuhr. Nicht Sabina! So vielen Menschen hatte er helfen können, der Bergdoktor Thomas Burgner. Aber bei der Frau, die er liebte, fühlte er sich vollkommen machtlos.

Solange Sabina im Krankenhaus lag, schlief Maxl bei ihm in dem breiten Ehebett. Und an diesem Abend hörte der Bub, wie sein Vater unten in der Diele telefonierte.

Schnell warf er die Decke zurück und schlich zur Schlafzimmertür. Er öffnete sie und verstand, was sein Vater sagte.

»Ich wollt' mich auch nur einmal bei dir erkundigen, wie die Voraussetzungen wären für eine Hornhaut-Transplantation. Nur für den Fall, du verstehst? – Natürlich ist noch nichts sicher. Aber ich brauch' ein paar Informationen, mit denen ich Sabina Mut machen kann. Sie ist so verzweifelt . . . Okay, Richard, ich dank' dir. Ja, wenn es so weit sein sollte, melde ich mich. Danke. Wiedersehen.«

Maxl hörte, wie der Hörer aufgelegt wurde, und kroch wieder ins Bett. Eine Hornhaut-Transplantation, dachte er. Und plötzlich kam ihm eine Idee . . .

Am nächsten Morgen wollte Thomas seinen Sohn mit dem Jeep zum Schulbus bringen. Da kam Franzi über die Wiese gestapft, mit zwei schweren Koffern beladen.

»Franzi!« rief Thomas erstaunt. »Gehst auf Urlaub?«

Sie hatte verweinte Augen. »Ausgezogen bin ich. Der Pankraz will mich ja net mehr dahaben. Kann ich bei euch bleiben, bis die Waldwirtschaft renoviert ist?«

Einigermaßen fassungslos sahen sich Thomas und Maxl an. Dann platzte Thomas heraus: »Fast möcht' man euch beiden Sturköpfen wünschen, daß ihr euch verliert!«

Franzi schniefte. »Was meinst denn damit?«

»Du willst doch gar net weg«, erinnerte Thomas sie, und sie wischte sich über die Augen.

»Manchmal wird man halt net gefragt.«

Maxl trat ungeduldig von einem Bein auf das andere. »Papa, ich komm' zu spät.«

Thomas nickte und wandte sich noch einmal Franzi zu. »Paß auf, ich mach' jetzt erst ein paar Krankenbesuche, dann schau' ich nach Sabina. Und heut nachmittag, wenn ich zurück bin, reden wir über diesen Schmarr'n. Das is' ja net zu glauben: zwei erwachsene Leut' – und so deppert.«

Sie funkelte ihn gekränkt an. »Wenn du mich auch net dahaben willst, kann ich ja gehen!«

»Jetzt hörst aber auf!« sagte Thomas streng. »Alle wollen dich dahaben. Das solltest einfach mal glauben.« Da er nun aber wirklich keine Zeit mehr verlieren durfte, winkte er Franzi verabschiedend zu und stieg in den Jeep, in dem Maxl schon auf ihn wartete. Während Thomas anfuhr, kurbelte der Bub das Fenster herunter und rief zurück: »Was der Papa sagt, stimmt. Ganz ehrlich, Franzi!«

Ein wenig getröstet schaute sie den beiden nach, bevor sie ihre Koffer wieder aufnahm und das Doktorhaus betrat.

Währenddessen tigerte Pankraz Obermayr durch sein Haus, das ihm ohne Franzi und ihr lieb-freches Mundwerk scheußlich leer und ungemütlich vorkam. Und so sollte das jetzt immer bleiben? Eine Vorstellung, die den Pankraz erschauern ließ.

Schließlich schlich er in seine Praxis hinüber, setzte sich an den Schreibtisch und starrte grübelnd vor sich hin. Dann zog er Briefpapier aus einer Schublade, griff nach einem Kugelschreiber und begann zögernd, ein paar Zeilen aufzusetzen.

»Franzi? Pankraz?« rief eine Frauenstimme im Flur. »Keiner zu Hause?«

Pankraz gab keine Antwort darauf. Mit gefurchter Stirn starrte er auf das Geschriebene, und im nächsten Augenblick erschien Rica Althäuser in der Tür. »Ja, Pankraz, warum sagst denn net, daß du hier bist?« fragte sie vorwurfsvoll.

»Wirst dich dran gewöhnen müssen«, knurrte er ungnädig.

Beunruhigt kam sie näher. »Was schreibst denn da?«

»Eine Anzeige«, gab er widerwillig Auskunft. Rica blickte ihm über die Schulter und las halblaut:

»Florierende Tierarztpraxis zu verkaufen. Telefon 799 . . .« Sie brach ab und drehte ihn in seinem Stuhl zu sich herum. »Spinnst du jetzt auch?« fragte sie empört.

Er rutschte noch ein bißchen mehr in sich zusammen. »Die Franzi is' ausgezogen heut morgen. Wenn sie net mehr da is', hält mich hier auch nix mehr.«

Die Vehemenz, mit der Rica auf den Tisch schlug, ließ ihn zusammenzucken. »Jetzt hab' ich aber genug von euch beiden.«

Er warf ihr einen trüben Blick zu. »Was meinst? Ob's in einer Wirtschaft wohl eine Arbeit gibt für einen ehemaligen Tierarzt?«

Fünf Minuten später klingelte in der Küche vom Doktorhaus das Telefon. Als es nicht abriß, nahm Franzi schließlich doch den Hörer ab und meldete sich mit matter Stimme: »Pichlinger bei Burgner.«

Zu ihrem Erstaunen war Rica am anderen Ende der Leitung. »Franzi, gut, daß ich dich find'. Du mußt schnell kommen. Es is' was mit dem Pankraz.«

Der Schreck fuhr Franzi in alle Glieder. »Was denn, um Gottes willen?«

»Ich weiß es net so genau«, erwiderte Rica. »Er ist so . . . so komisch. Komm schnell!« Damit legte sie einfach auf.

Als Franzi auf Pankraz' Haus zurannte, sah sie ihn bei der Tür stehen. Sofort bremste sie ihre Eile und bemühte sich, gemessenen Schrittes weiterzugehen. Dann aber sah sie, womit er gerade beschäftigt war: Er schraubte sein Praxisschild neben der Haustür ab.

»Aber Pankraz, das kannst doch net machen!« sagte Franzi vorwurfsvoll, als sie hinter ihm stand.

Er hatte sie nicht kommen gehört und fuhr erschrocken zu ihr herum. »Du gehörst doch nach Sonnenstein«, fügte sie hinzu und lächelte ihn scheu an.

Er zog ein brummiges Gesicht. »Wenn du das Schiff verläßt, dann wird's bestimmt bald untergehen. Da ist es besser, ich verlass' es auch.«

Ein paar Sekunden sahen sie einander stumm an. Dann sagte Franzi leise: »Ich verlass' das Schiff doch net. Du schickst mich von Bord. Hast ja sogar schon eine neue Kücheneinrichtung bestellt.«

Sie wich zurück, als er unvermittelt losbrüllte: »Ja, bist du denn von Sinnen, du dummes Weib, du! Die Küche war doch für dich gedacht. Zum fünfunddreißigsten Jahrestag. Aber statt zu feiern, willst ja plötzlich Wirtin werden!«

Langsam dämmerte es der Franzi, und die Wahrheit überwältigte sie so, daß sie fast losgeheult hätte. In letzter Minute riß sie sich zusammen und brachte nur ein leises »Will ich gar net!« hervor.

»Ach, und warum machst so ein Theater – mit Schanklizenz und so?« wetterte Pankraz weiter. Ihr Eingeständnis, daß sie gar nicht fortwollte, bescherte ihm wieder Oberwasser. »Das ganze Dorf lacht ja schon über mich!«

Franzis Rührung verflog. »Das Dorf! Das ist wichtig!« empörte sie sich. »Kannst es wohl net ertragen, daß dich eine verläßt und alle zuschauen!«

»Nein! Kann ich nicht!« Wenn er wollte, konnte er viel lauter brüllen als sie. Und diesmal wollte er. »Der Gedanke, daß du weggehst, ist mir einfach widerlich!«

»Und warum sagst dann nicht, daß ich bleiben soll?«

schrie Franzi zurück. Wie zwei gereizte Kampfhähne funkelten sie einander an und schwiegen plötzlich, weil ihnen die Munition ausgegangen war.

Und dann fingen sie beide gleichzeitig wieder an zu reden. »Ich will nicht, daß du gehst«, sagte Pankraz. Und »Ich will nicht weggehen«, sagte die Franzi. Danach war wieder Stille. Noch immer sahen sie sich an, und als hätte eine gute Fee über ihre erzürnten Gesichter gestrichen, glätteten sich ihre Mienen, und sie begannen zu lächeln.

Pankraz räusperte sich. »Franzi, ich wollt' dir schon immer sagen, ich will nicht, daß du weggehst. Weil ich dich brauch'.«

Bei diesem Geständnis kullerten ihr nun doch die dicken Tränen aus den Augen. »Du alter Depp, ich wollt' ja auch überhaupt net weg. Ich brauch' dich doch auch!«

Im nächsten Moment lagen sie einander in den Armen, Franzi weinend und Pankraz ebenfalls gerührt und sehr glücklich. Aber auch schon wieder ein bisserl triumphierend. Warum mußten Frauen erst immer so ein Theater machen! Am Ende wußten sie doch, wohin sie gehörten!

Maxl Burgner rannte auf das Klinikportal zu. Er hatte in der Schule behauptet, daß ihm schlecht sei, und er hatte das so glaubhaft getan, daß sein Lehrer ihn nach Hause geschickt hatte.

»Grüß Gott«, sagte der Bub zu dem Pförtner der Klinik. »Ich bin der Max Burgner. Is' mein Papa schon da?«

»Nein, noch nicht«, antwortete der ältere Mann, und Maxl war sehr erleichtert über die Auskunft.

»Gut, dann wart' ich auf ihn.«

Chefarzt Dr. Renner, der in seinem Büro einige Krankenakten studierte, blickte überrascht auf, als Maxl nach einem kurzen Anklopfen den Kopf hereinstreckte. »Maxl, was tust du denn hier? Dein Vater hat dir doch sicher gesagt, daß du die Sabina erst in ein paar Tagen besuchen darfst.«

Maxl nickte, schloß die Tür hinter sich und kam näher. »Ich weiß schon. Ich will die Sabine auch gar net aufregen, aber ich muß Sie dringend was fragen. Es is' lebenswichtig.«

Seine Augen hatten dabei einen so flehenden Ausdruck, daß Dr. Renner aufstand und Maxl zu der Sitzgruppe in einer Ecke des Raumes führte. Dort drückte er ihn in einen Sessel und setzte sich ihm gegenüber. »Also, was hast du auf dem Herzen?«

»Ich hab' gehört, daß man die Hornhaut von einem Menschen auf den anderen übertragen kann.« Maxl sah, wie der Arzt nickte, und fuhr nach einem tiefen Atemzug fort: »Meinen Sie, es ist möglich, daß die Sabina meine Hornhaut kriegt, wenn ihre ganz zerstört ist und sie nicht mehr sehen kann?«

»Aber Maxl, noch ist ja gar nicht sicher, daß sie blind bleibt«, wandte Dr. Renner ein. Doch der Bub ließ sich nicht bremsen.

»Aber wenn – kann ich ihr dann meine Hornhaut geben? Ich bin doch schuld an dem Unfall. Ich muß das doch wieder gutmachen.«

Dr. Renner schüttelte den Kopf. »Maxl, man transplantiert nicht die Hornhaut von lebenden Menschen. Weil die dann ja blind würden.«

Seine Antwort ließ den Maxl fast verzweifeln. Er kämpfte mit den Tränen.

»Bevor die Sabina blind bleiben muß, will lieber ich es sein«, brachte er hervor.

Renner setzte sich zu ihm auf die Sessellehne und legte ihm den Arm um die Schultern. Er hatte alle Mühe, das verzweifelte Kind zu trösten. Immer wieder beteuerte er ihm, daß es ja noch längst nicht heraus sei, daß die Sabina tatsächlich erblindet war, und wenn, so könne man vielleicht tatsächlich eine Hornhautübertragung versuchen – aber keinesfalls von ihm, Maxl. Dafür gäbe es dann schon andere Möglichkeiten.

Endlich hatte Maxl sich so weit beruhigt, daß Dr. Renner ihn verabschieden konnte. Auf dem Flur aber wandte der Bub sich nicht zum Ausgang, sondern flitzte in die entgegengesetzte Richtung. Er wollte, er mußte die Sabina einfach sehen und mit ihr sprechen.

Nach einigem Suchen fand er die Abteilung für Augenheilkunde und ging leise über den Flur. Er kannte Sabinas Zimmernummer nicht, aber plötzlich hörte er ihre Stimme hinter einer geschlossenen Tür. »Wahrscheinlich wird alles ganz schön schwierig«, sagte sie gerade.

Maxl schlich näher und spähte durch das Schlüsselloch. Ein Arzt saß an Sabinas Bett. Bestimmt dieser Dr. Braun, von dem mein Papa mir erzählt hat, dachte Maxl und lauschte mit angehaltenem Atem.

»Sie dürfen nicht so pessimistisch sein«, erwiderte Dr. Braun. »Es gibt immer Wege, mit schwierigen Situationen fertig zu werden. Haben Sie doch ein wenig Geduld.«

Sabina lachte bitter auf. »Ich soll Geduld haben, wo ich doch immer die Ungeduld in Person war?«

»Aber denken Sie doch an das Kind«, mahnte der Arzt. »Das braucht Sie.«

Maxl war natürlich vollkommen sicher, daß da von ihm die Rede war, und wartete gespannt auf Sabinas Antwort. War sie ihm noch böse? Wollte sie am Ende gar nichts mehr von ihm wissen?

Und dann hörte er voller Entsetzen, wie Sabina sagte: »Kein Kind braucht eine blinde Mutter. Ich wünschte, das Kind würde es nicht geben. Dann wäre alles viel einfacher.«

Ein, zwei Herzschläge lang stand Maxl wie erstarrt da. Er war leichenblaß geworden. Dann rannte er, blind vor Tränen, davon. Er stürmte aus dem Krankenhaus, als Thomas Burgner gerade mit einem Blumenstrauß in der Hand, auf den Eingang zukam.

Als er seinen Sohn gewahrte, sagte er überrascht: »Ja, Maxl, was . . .«

Aber der Bub hörte und sah nicht, sondern rannte an ihm vorbei in Richtung des Parkplatzes. Thomas lief ihm nach. »Maxl, bleib doch stehen! Maxl . . .«

Im selben Moment bog ein Krankenwagen mit eingeschaltetem Blaulicht und Sirene von der Straße auf den Parkplatz ein. In scharfem Tempo raste er genau auf Maxl zu. Thomas blieb fast das Herz stehen, als er die Gefahr erkannte.

»Maximilian!« schrie er aus Leibeskräften. »Bleib stehen!«

Bremsen kreischten, der Krankenwagen schleuderte noch ein Stück auf Maxl zu. Erst in diesem Augenblick zerbrach die Starre, die den Jungen umfangen gehalten hatte. Er hörte seinen Vater schreien, sah den Krankenwagen und blieb abrupt stehen. Einen Schritt vor ihm kam der Wagen zum Stoppen.

Thomas Burgner rannte auf seinen Sohn zu und nahm ihn in die Arme. Erst jetzt wurde Maxl klar, daß er um ein Haar überfahren worden wäre, und er begann laut und heftig zu weinen.

Thomas hielt ihn an sich gepreßt und konnte nur immer wieder stammeln: »Maxl, o Gott, Maxl . . .«

Erst als sich beide wieder ein wenig gefaßt hatten, gingen sie gemeinsam zu Sabina. Dr. Braun war noch bei ihr und löste gerade ihren Augenverband. »So, jetzt wollen wir mal sehen«, sagte er, als Maxl und Thomas in der Tür auftauchten. Die beiden blieben auf der Schwelle stehen und beobachteten stumm, wie der Arzt die letzte Mullschicht entfernte.

»Und jetzt, bitte, machen Sie die Augen auf«, verlangte Dr. Braun, aber Sabina hielt die Lider fest zusammengepreßt.

»Ich trau' mich nicht«, sagte sie leise.

Da ging Maxl auf ihr Bett zu und ergriff ihre Hand.

Sabina wußte, wem diese feste Bubenhand gehörte, und lächelte ihn an. »Maxl! Wie schön ...«

Er drückte ihre Finger. Seine Stimme klang ganz heiser. »Bitte, Sabina, trau dich.«

Da schlug sie tatsächlich die Augen auf. Maxl, Thomas, Dr. Braun nahmen keinen Blick von ihr. Was würde jetzt geschehen?

Sabina streckte plötzlich die Arme aus und umfaßte, ohne zu zögern, Maxls Gesicht, um ihn an sich heranzuziehen.

»Siehst du mich?« fragte er atemlos, und sie nickte. Selig nahm sie ihn in die Arme, und er umklammerte sie, als wollte er sie nie wieder loslassen.

»Jetzt wünschst du aber net mehr, daß es mich net geben würd'?« fragte Maxl nach einer kleinen Weile erstickt, »oder?«

Sie schob ihn ein Stückchen von sich. »Das habe ich nie gewünscht.«

»Aber ... vorhin hast du doch gesagt, daß alles viel einfacher wär', wenn es das Kind net geben würd'«, brachte er stockend hervor.

Das war der Augenblick, in dem Dr. Braun es für diskreter hielt, sich unauffällig zurückzuziehen. Thomas, Sabina und Maxl merkten es nicht einmal, wie er leise die Tür hinter sich zudrückte.

Über Maxls Kopf hinweg warf Sabina ihrem Mann einen unsicheren Blick zu. Thomas kam zu ihr und nahm beide in die Arme, seine Frau und den Maxl. »Ich glaub', Sabina hat gar nicht von dir geredet«, erklärte er seinem Sohn. »Wir bekommen ein Geschwisterchen.«

»Du weißt das?« fragte Sabina fassungslos, und er lächelte befreit.

»Was wär' ich denn für ein Arzt, wenn ich net merken würd', daß meine eigene Frau schwanger ist!« Worauf der Maxl als erster in ein fröhliches Lachen ausbrach, in das die beiden Erwachsenen glücklich einstimmten.

Dr. Burgner konnte seine Sabina noch am selben Tag nach Hause holen. Sie selbst hatte darauf gedrängt, und weil ihre Augen tatsächlich wieder völlig in Ordnung waren, hatte Dr. Braun keinen Einwand erhoben.

Es war eine klare, mondhelle Bergnacht, als Thomas und Sabina am offenen Fenster ihres Schlafzimmers standen und hinausschauten. Welch ein Geschenk, wieder sehen zu können, dachte Sabina und betrachtete die wunderschöne, von bläulich-weißem Mondlicht beschienene Landschaft. Mit einem tiefen Aufatmen tastete sie nach Thomas' Hand. »Ich bin sehr glücklich«, sagte sie leise, und er beugte sich zu ihr, um sie zu küssen.

»Ich liebe dich.«

Sie lächelte zu ihm hoch. »Wirst du mich auch lieben, wenn ich dick und unförmig bin?«

»Und wie!« beteuerte er und zog sie erneut an sich.

Sie lehnte die Stirn gegen seine Brust. »Ich hätte es nicht ertragen, dich und den Maxl zu verlassen«, gestand sie.

»Und wir hätten dich nicht gehen lassen«, ergänzte er und küßte sie wieder. Da wurden sie von einer fröhlichen Stimme unterbrochen:

»Wenn ihr beiden jetzt mal aufhörten könnt zu turteln, dann würden die Franzi und ich euch gern was sagen!«

Pankraz und Franzi standen unten im Garten, Arm in Arm, und winkten vergnügt zu ihnen hinauf.

»Übermorgen feiern wir Franzis fünfunddreißigsten Jahrestag in meinem Haus. Dazu seid's alle herzlich eingeladen.«

Maxls Kopf erschien an seinem Zimmerfenster. »Und wenn du net aufpaßt, Opa, heirat' ich die Franzi vor deiner Nase weg!« verkündete er lachend. »Die is' jetzt nämlich eine echt gute Partie!«

Erleichtert sahen Thomas und Sabina, wie Pankraz den Arm um Franzi legte und nach einem Abschiedswinken mit ihr davonging. Auch zwischen den beiden war also alles wieder in Ordnung – eine Tatsache, die Thomas sehr froh stimmt.

Dann aber schloß er das Schlafzimmerfenster und wandte sich wieder Sabina zu. Daß sie bei ihm – und daß sie gesund war, war das schönste Geschenk dieses Tages. Ach was, seines ganzen Lebens!

ENDE